日々新たに

五十嵐幸雄　備忘録集Ⅴ

コールサック社

備忘録集Ⅴ　日々新たに

目次

Ⅲ　思いつくまま　―興味をもったこと―

備忘録集Ⅴ

日々新たに

五十嵐幸雄

まえがき　―備忘録集Ⅴの収録に当たって―

古希を迎えた四年半前の夏。ビジネス通勤から解放されて実務労働を免除され、所謂「毎日が日曜日」の身分になった。当時の私自身が自覚していたことは、思考力や知的作用で言うところの「概念、理解、判断、記憶、推理など」と言った力量が、明らかに脆弱化してきたことを感じ取っていたことである。そして、「これまで蓄積してきた知識や経験則の維持、新たな知見への好奇心と吸収力」に対して、高齢化に伴って進む「忘却力と遊惰な生活態度や気力の低下」の方が勝ると言う「不等式」が成り立つ状況を、如何にしたら回避若しくは、その進展を鈍化させることができるかを真剣に考えていたのである。

このような状況と頭脳年齢に達したなかにあって、思考力と行動力が停滞して、これからの人生に「為すべきことがない、見つからない」まま無為に過ごし、激動する社会から乖離していくことを想像すると、強い不安を覚えた。そこには、自らを高めるどころか、身体的・精神的な能力の更なる衰退と老化への促進を加速させ、無味乾燥な人生になるばかりか、他人様に負担を惹き起こし兼ねないものになると思われた。それは、近年の人気番組（ＮＨＫ・ＴＶ）「チコちゃんに叱られる！」の名台詞、正しく「ボーっと生きてんじゃねーよ‼」と叱責されることに間違いのないところである。

ビジネス人生から解放され、これから自由に選択できる人生を、どのように生きて豊かにするかは、インド哲学（ヒンズー教マヌ典）で記している「林住期の理想的な生き方」の教えに従うのがよいと思っていた。それは、これまでの人生でやり残したことや新たに体験してみたいことに挑戦する意欲を失ってはならないことだけは認識していたからである。

デンマークの哲学者キルケゴールは、「人生は後ろ向きにしか理解できないが、前を向いてしか生きられない」と記している。これを自分なりに人生への警句として捉えるならば、これまで歩んできた自分の歴史を振り返ることは容易《たやす》いが、その先に何があるか、自らの未来に何が待っているかは、自らの思考と行動で切り開き創造していくしかないと言うことであろう。その意味では、やり残したことや挑戦してみたいことを具体化する必要があった。

改めて考えてみると、ビジネス人生の終焉は、企業人に求められる付加価値を創造する労働から解放されることである。すなわち、賃金の対価義務である労働力の提供と企業組織や集団からの束縛がなくなり、拘束される時間や行動から自由が得られることである。このビジネス人生の終焉を恙なく迎えられることを、一般には「ハッピーリタイヤ」と言う。しかし、私の経験則から言える結論を急げば、個人差はあるにしても、「リタイヤによって得られる自由は、不自由でさえある」と言うことである。つまり、拘束された不自由から解放されたとしても、何ひとつやることがない自由とすれば、それほど不自由なことはないのである。畢竟《ひっきょう》、真の自由とは自らの意思でなすべきこと、やりたいことが存在することである。そして、そうした自由でさえも規律と責任が伴うことは論を俟たない。

作家・永井荷風の一日は、多くは目的と行動が伴ったとされる。それは代表的な作品である『断腸亭日乗』を読めば明らかである。老いた人生の教訓として、「年を取ったらキョウイクとキョウヨウが大事」と言われるが、それは「教育と教養」のことではなく、「今日行く所（出掛けることの意義）」と「今日の用事（頭脳作業）」が大事だと言う教えである。豊かな未来と向き合い、生きることに価値を求めるならば、リタイヤ後の空白の多い手帳を埋め、これからの人生に対して等閑視するような「今さら何を」ではなく、「今から何を」という挑戦的で創造的なライフスタイルとその実践的な行動が不可欠であろう。

この様な考えから、古希を迎えた際に不退転の決意としたことは、週間・年間行動計画を定め実践することであった。荷風が実践したであろうところの、「キョウイク」と「キョウヨウ」を手帳に埋め、実践することであった。週間行動計画（「今日行く所・今日の用事」）としては、午前中は自宅から徒歩五分程の茅ケ崎市立図書館に通い、午後はJR茅ケ崎駅北口のスポーツクラブで身体機能の低下を防止することである。この二つの施設は月曜日が休館・休業なので、私の休日を月曜日にしたのである。

図書館では、自宅で購読していない新聞のコラムと興味ある社説に目を通すことにしている。そして部屋を移動した読書室では、自宅自室に「積読《つんどく》」して置いた書籍を持参して読書するか、散文の執筆作業に利用している。午後からのスポーツクラブでは、ビデオに合わせたストレッチ体操と機材を利用した筋肉トレーニング、ゴルフ月例会前三日間程度はドライバーの練習で過ごし、終了後の気分によってはサウナを利用することもある。このクラブでは多くの知人が得られ、サロンでは世間話ができること、かつ運動による効果としてはストレス解消と夕食時のビールが旨いことである。

一方、最優先する年間行動計画としては、現役時代の先輩、友人らと結成したゴルフ会の月例会に参加すること、渋谷の母校が主催するオープンカレッジ（古典文学、歴史など四〇科目から選択・年一〇回）と集中講座（四日間）を受講すること、家人と行動を共にすることでは、少なくても年に一度は、主に奈良か京都の寺院巡り旅行や新橋演舞場での観劇、美術館巡りを目的とした上野や箱根など遠出の散策などを楽しんできた。

さらに毎朝のルーティンとして課したことは、朝食前の散歩である。このルーティンは、年老いて起床が早く、購読している朝刊二紙に目を通した時間になっても家人が起きてこないこと、決定的な要因は健康上による体脂肪を改善するためである。これは、旅行やゴルフなど早朝に出掛ける場合を除き小雨でも決行する。スポーツクラブにもランニングマシンはあるが、それを利用すると、短時間で目標とする歩行距離と消費カロリーに到達したいとする性癖からマシンを操作して速度を速める。その結果、負荷がかかり足首に腱鞘炎を発症して以来利用していない。そのため、携帯電話に付帯する歩数計による朝の散歩に変更したのである。何と言っても朝の散歩は、清々しい空気と散歩途上で四季折々の花々に巡り合えるのが、スポーツジムでは味わえない爽快感があり、至福を感じるのである。さらに、毎日のように散歩途上ですれ違う人と顔見知りになって挨拶を交わすのも非常に気持ちが良いものである。

その他には、案内のある会合（同級会・同窓会・会社ＯＢ会等）には優先して出席することである。古希を迎えて以来、私の「今日行く所・今日の用事」の行動計画は、概ね以上の様な生活スタイルである。サボることはあるにしても実践してから四年半ほど経過して今日に至っている。

一方で健康管理の面では、毎年の四月に茅ケ崎市立病院の人間ドックと暮には都内原宿のクリニックで大腸検査を受診している。指摘される事項は山ほどある。これらの指摘事項は、言わば老人病であるから、青年時代の状態に戻れるわけではない。願うことは「緊急事態」の発症が少しでも遠い将来の遭遇になるよう、主治医先生のご指導をよく聞き、無理をせず仲良く付き合っていくことである。従って、体調に不具合が生じると掛かり付けの医院に直行する。

手元の携帯ボックスには、常時使用する八枚の診察券と「お薬手帳」がある。

さて長い前置きになったが、今回の五冊目となる備忘録集は、前述した古希を迎えた以降から実践してきた、様々な知的媒体から学んだ新しい知見、朝の散歩や旅行の際に巡り合った四季折々の花々を愛でた心情の有り様、家人と出掛けた思い出深い旅行、そして日々の社会現象に想いを馳せて記録した散文の一部を収録するものである。そして、これらの散文で示す記録は、約五年間の自己表現であり、約半世紀続いたビジネス人生から解放され、幸いにも自らの意思に基づいて生きてこられた証でもある。

今回も含めて、これまで記してきた五冊の散文のなかには、人生観や自然観、企業観、社会・国家観、世界観などと言った、理論的な観念や思想上の態度を示すような視点を意識して語れたものはなく、企図できることでもない。ひとりの人間の、謂わば「自分史」のような日誌として捉えられれば私の幸せとする。そして、これらの文集は、自分本位の生き方しかできなかった私にとっては、家族らにできる唯一の感謝を込めた贈り物、若しくは記念品のようなものなのである。さらに付言すると、家人に対しては、今年五月の誕生日に「喜寿」を迎え、秋の文化の日には「金婚」に辿り着く、彼女が歩んできた「これまでの人生とその生き方」に祝意と喜び、そして「ありがとう」の感謝を込めた私からのメッセージを示すものである。

（二〇二〇年五月）

本書のタイトル『日々新たに』について

本書のタイトル『日々新たに』は、二文字で表す「日新」に、若い時代から胸に秘めて生きてきた思い入れの深い言葉である。また、これからの人生の指針でもある。

私にとって「日新」とは、会津人としての気質を育んできた初代藩主・保科正之（三代将軍・家光の異母弟）の遺訓を旨とする会津藩校・日新館※の日新であり、一方では青春を謳歌した山岳クラブの活動拠点であった雄国山（沼）湿原に咲く、ニッコウキスゲの花言葉『日々新たに』の日新でもある。それは文字通り、「日々を新たになること」（毎日を新たな気持ちで迎えて生きること）、「日々の反省から悪習を改める」の意味合いであり、朝夕にこの二文字を意識することで、日々の自らを鼓舞する精神的なバックボーンになっている言葉である。

※注釈　藩校・日新館について

会津藩祖・保科正之の遺訓を旨とする藩校・日新館を創設したのは、五代目藩主・松平容頌《かたのぶ》時代の享和三年（一八〇三年）である。そして、日新館の「日新」は、大学（儒教の経書の一つ）にある「苟《まこと》に日も新たならば日に日に新たに　また日に新たにせん」の一文に由来するものとされる。今日的には「日々心を新たにし、進歩向上しよう」とする建学の精神と言えるだろう。

（二〇二〇年七月）

Ⅰ　散歩道のラチエン桜

四季折々の花

―年年歳歳花相似―

　ビジネス通勤から解放されて以来、毎朝のルーティンとしていることに散歩がある。これは、毎年受診していた人間ドックの結果、五〇代後半から指摘されている体脂肪数値の改善を促進するためである。総コレステロールや中性脂肪の数値を正常値に戻すためには、投薬が手っ取り早いのだが、主治医の先生は暴飲暴食を慎み、毎日適度な運動をするのが最も望ましいと言われるのである。そこで、まず散歩コースを決め、携帯電話に付帯している歩数計による歩数、消費カロリー、脂肪燃焼量の目標を定めた。

　散歩コースは、自宅が面する通称・豆屋通りから数分の「鉄砲道通り」に出て、辻堂方面に延びる直線道路を突き当たりのT字路（右方が松下政経塾の正門）までを基本コースとした。そして、この間に交差する一中通りとラチエン通りなどを右折して茅ケ崎海岸方面に進むか、左折して国道一号方面からJR茅ケ崎駅を経て自宅に戻るかの選択は、その日の体調に合わせて決めることにした。

　一方、歩数計による計測で目標にしたことは、歩数で八〇〇〇歩台程度、消費カロリーは一六五キロカロリー以上、脂肪燃焼量は一〇グラム以上に達することである。ただ、この数値は体脂肪を正常化するための、効果的見地から科学的・医学的理論に裏打ちされたものではなく、自らが勝手に決めたことである。

この様な決意のもとで実際に実行に及んでみると、散歩途上に目標数値の進行具合を確認しながら、ただ黙々と歩くことは、何と味気ない単調なことをやっているのかと自責の念に駆られ、長続きできるか自信を喪失した。そこで、散歩の基本コースから住宅地に入り、公道に面したお宅の庭の樹木や花々を眺めながら歩くことにしたのである。無論のこと、公道とはいえ、他人様の庭を眺めるに当たっては、挙動不審に誤解されるような、庭の前に立ち止まり、垣根から覗き込むことや私道に立ち入り、樹木や花々を眺めることは厳に慎まなければならい。ゆっくりとした歩調による観賞を原則とした。

すでに、朝の散歩を始めてから三年程経過したが、早朝から出かける旅行などで留守にする日、風邪で体調を崩した場合以外は多少の雨でも、極寒期の冷え込みの厳しい日でも休んだことがない。これほど続けられていることは珍しい。

このように、朝の散歩が長続きしているのは、散歩途上で見る樹木や花々が、四季の変化を教えてくれ、それを全身で受け止める楽しさがあるからである。様々な花々や樹木の枝を観賞して気付いたことだが、その変化は四季といった「春夏秋冬」で測れるものではなく、一年を二四に区分した「二十四節気」で感じることができる。

例えば、植物図鑑では春の花に区分される樹木であっても、蕾から開花そして落花までには、立春、雨水、啓蟄、春分、清明、穀雨にそれぞれの姿や形を見せてくれるのである。その変化を見る楽しみは、時として新しい発見がある。さらには、樹木や花々をとおして、青春時代やビジネス人生を顧みることができ、苦悩したことや喜びに溢れ楽しかったことを脳裏に呼び起こしてくれる。それは、これまでの人生に感謝する気持ちと残り少ない未来に活力を与えてくれる。正しく、毎年花開く樹木の花や草花を見ていると、劉希夷の漢詩を思い起こすのである。

中国は初唐代の詩人・劉希夷の作品に「古人復《また》洛城の東に無く今人還《また》対する落花の風年年歳歳花相似たり歳歳年年人同じからず言を寄す全盛の紅顔《こうかん》子《し》応《まさ》に憐れむべし半死の白頭翁」とある。代表作品「代悲白頭翁」の一節に基づくものである。

この詩は、時の移ろいゆく様子、人の世の変わり易い、儚さや無常を悠久不変の自然と比べながら詠んだものに違いない。例えば毎年、春になれば梅、沈丁花、木蓮、桜、山吹、藤と言った樹木や数々の草花が変わることなく咲くけれども、その花を見ている人は毎年変っていて同じはないと言うことだが、さらには同じ花でも見る人の思い入れの深さや感情は毎年変わるもので、同じではないと解釈することができる。

以下に記す散文は、古希を迎えた年から始めた、朝の散歩と思い立って出かけた遠出の散歩、家人とツアーに参加した際に、寺院の境内などで巡り合った花々を愛で、心に残った記録である。また、この章のタイトルを「散歩道のラチエン桜」としたが、それは年間を通して最も多く足を運ぶ、ラチエン通り公園のラチエン桜に特別の思いをもっているからである。また、春夏秋冬二十四節気の移ろいゆく季節のなかで、散歩を通して巡り合う花々を眺めながら、思い起こした歴史や文化、そして自らの若かりし頃や今の心に感じる有り様を記した備忘録である。

（二〇一九年四月）

1　春

スプリング・エフェメラル　—上高地徳沢へ—

スプリング・エフェメラル（Spring ephemeral）は、直訳すると「春の儚いもの」「春の短い命」と言うような意味で、「春の妖精」とも呼ばれ、雪解け後の春先に花をつけ夏まで葉をつけると、後は地下で過ごす一連の草花の総称のことである。多くは落葉樹林の林床に生息する植物で、キンポウゲ科ではニリンソウやユキワリイチゲ、フクジュソウなど、ユリ科ではカタクリやショウジョウバカマなどがあげられる。

そのなかでも、ニリンソウには特別な思い入れがある。それを実感できるのは、上高地の中心に位置する河童橋から明神池への散策道である。明神館を目指して歩いて行くと、山道沿いにはニリンソウが和名の由来となった二輪の清楚な白い花をつけて咲き乱れていて、その可憐さに心が癒され元気がでるのである。

ブリタニカ事典によると、「ニリンソウ」はキンポウゲ科の多年草で、アジア東部に広い分布をもち、日本各地の山地の樹陰などに見られ、しばしば大群落をつくる。地下茎は短く横に這い先端近くから数枚の根生葉を出す。柄はなく三つの小葉からなり、表面に淡白色の斑点をもつ。春先、茎の上部につく無柄の茎葉のつけ根から一〜二本花茎を出し、殆ど二個ずつ白い花をつける、としている。因みに、地中海原産で真っ赤な花を咲かせることで知られる「アネモネ」とは同属で、この二つは洋の東西によって全く別物に変化した植物である。

そして、私はこの花の命名が洒落ていることからも好きである。その理由は、属名の学名「Anemone」が、ギリシャ語の「anemos（風）」を語源としていること、春の初めの穏やかな風が吹く頃に花を咲かせるからと言われていることである。更に付言すると、ニリンソウを英語では「Soft windflower（柔らかい風の花）」、同属のギリシャ語の「anemos」は英語の「Windflower（風の花）」に相当するとしていて、この花で浮かぶイメージは、春風に凭れて咲く可憐さにあり、正に「春の妖精」に思えることが好ましい。

ところで、一昨年の一〇月初旬に訪ねた上高地は、ハイクの定番コースである梓川左岸コースを歩き、明神池を訪ねて穂高神社奥宮を参拝してから、嘉門次小屋で昼食を楽しみ、右岸コースを河童橋へと下り、色鮮やかな紅葉を楽しむものであった。そして、それまで四回の散策では、河童橋からウェストン碑を経て隣接する上高地温泉ホテルに立ち寄り、日帰り温泉を利用してから、宿泊ホテルに帰るのを常としていた。それは、ツアーが指定する宿泊ホテルはバスタブで、温泉ではないからである。

そこで次回の訪問では、初めてのコースになるが、明神池への分岐点になる明神館から梓川の上流で、明るいハルニレ（ニレ科の落葉高木）の森で公園のような、ニリンソウの大群落が広がる「徳沢」に足を延ばす挑戦を家人と決めていた。さらに徳澤園に興味を抱いたのは、井上靖の小説『氷壁』に登場する山小屋が、「氷壁の宿徳澤園」として現存するからである。そして、この作品は菅原健次主演で映画化されたが、撮影に用いたピッケルとザックが旅館に展示してあることを知り、興味が倍加したのである。徳澤園までは、宿泊ホテルからは往復四時間を超える散策コースである。家人は健脚を主張するので心配には及ばないようである。

今年の二月、いつも利用している旅行社からの案内に上高地旅行が掲載されていた。いつもと異なり、利用している宿泊ホテルが、初めて二泊ともテラス付きの部屋が取れること（ツアーでは珍しい）、最終三日目の行程には、一度は訪ねてみたいと思っていた、安曇野周遊と興味深い「絵本作家いわさきちひろ」の作品や世界の絵本作家の作品に触れあえる「安曇野ちひろ美術館」の鑑賞が組み込まれていたこと、さらにはニリンソウの開花時期である五月の中旬であることから、参加することに決めていたのである。余談として、恥ずかしいことながら記しておくと、いわさきちひろさんが、私の主観ではあるが野党の国会議員のなかにあって見識と品格ある政治家として尊敬できる代議士・松本善明氏のご夫人であることを、今旅行の事前準備をするまで知らなかった。

宿泊ホテルは、梓川上流に向かって右岸の霞沢岳の麓は深い森のなかにあり、テラスのない正面玄関に面した部屋の窓からの眺めは、目前に森林が迫って来るばかりで、穂高連峰の展望はもとより大空を仰ぐこともできない。一方、今回初めてツアーがリザーブできた梓川に面したテラス付きの部屋は、裏庭が開けていて岩肌を見せる穂高連峰の絶景が眺望でき、そのテラスではお茶やビールの楽しみが倍加できると期待したことも、ツアー参加の決め手となったのである。そして二日目の自由行動では、前回から決めていた徳沢まで足を伸ばし、山上盆地に群生するニリンソウを愛でながら、目前に迫る穂高に身を置きたいとの思いから、往復四時間以上を要する散策に耐えられる体力の準備（二週間ほど朝の散歩で距離を長くした）をしてきたのである。

上高地二日目、家人との単独行動。晴天のなか九時には宿泊ホテルを出発し、明神館へ向けて左岸コースを進み、一〇時過ぎには到着した。このコースは五回目の散策になるが、どのシーズンを歩いても爽快なコースで、いつもよりも速いペースである。休憩所前のベンチで小休憩して、愈々《いよいよ》初めての散策道を徳沢へと向かった。散策道を一五分も進むと、山林が開けた広い斜面にはニリンソウの中規模な群落とそのなかには、紫色の花を付けるエンレイソウや光沢のある葉に可憐な黄色い花をつけるオオバキスミレなども観察することができた。さらに、険しい斜面には、薄いピンクのシャクナゲの花も咲いていて、この時期の散策道は春の花のプロムナードのようである。

とくにシャクナゲは、花びらが身を寄せ合う姿の美しさに魅せられる。ふと京都大原の三千院などの寺院庭園で観るシャクナゲも気持ちを癒してくれることを思い出したが、深山に自生するシャクナゲの花に勝るものはない。この花の美しさで、一一年経った今でもイメージできるのは、屋久島を訪ねたときの風景である。標高一〇〇〇メートル付近に位置する屋久島ランド散策で、「仏陀杉（樹齢一八〇〇年胸高周囲八メートル）」に向かう途中、やや厳しい登山道沿いには多くのヤクシマシャクナゲの花が咲き乱れていて、その薄紅色の華やかな美しさを忘れることはできない。

三〇分程歩いた途中の、梓川に面した古池が見える散策道で小休憩した。そこからは穂高連峰の全貌を眺望することができ、部屋に備えてあった頒布地図で山々を確認してみた。上流方面には、山頂が槍の穂先に似た尖峰の槍ヶ岳（三一八〇メートル）が目視では最も高く見え、梓川の源である。因みに、槍ヶ岳の谷間から流れ出た梓川の下流は犀川、千曲川、さらには日本最長の信濃川へと続き新潟県から日本海に注ぐのである。

さらには、槍ヶ岳から下流方面に目をやると、南岳、北穂高岳、涸沢岳、奥穂高岳と連なり、地図では三一九〇メートルと記している奥穂高岳が連峰では最も標高の高い山である。続いて、劔岳、西穂高岳、割谷山、そして大正四年（一九一五年）の噴火による泥流で、梓川が堰き止められて大正池を形成した焼岳は、今朝も煙を吐いていた活火山である。ハイカーたちは、この穂高連峰の絶景を見たいために再び来訪するのである。私たちも同じである。

明神館から五〇分ほど進むと赤土が現れる場所に辿り着く。散策道はこのコースで最高地点までの登りになるが、そこを通過すると開けた梓川が見下ろせ、広々とした山上盆地の地形が見えてくる。徳沢はもうすぐである。道を坂上から下り切ると梓川支流の小さな流れに沿って平坦な道になる。昭和初期までは徳沢牧場の牧草地であった徳沢盆地は、開放感に溢れた大キャンプ場になっており、広大な平原をイメージさせる。ここには、巨木となったハルニレやコメツガに交じり、カツラやサワグルミ、ダケカンバなどの樹木が点在している。今どきは、芽吹いて間もない新緑が瑞々しさを誇示していて、穂高連峰の眺望をより豊かにしている。

徳沢盆地に入った散策道は、上流の横尾キャンプ場に通じる。その途中の徳沢小屋近くまでは散策道に沿った五〜一〇メートル前後左方には梓川に注ぐ幅二メートル程の小川が流れていて、その空間にはニリンソウの一大群落地が山小屋近くまで広がっている。その花畑は感動に値するものであった。立ち入り禁止ではなく、青草の匂いがする小川の畔に腰を下ろして、澄み切った高原の空気を胸一杯吸い込み、可憐な白い花で埋め尽くされたニリンソウを心ゆくまで眺めながら休憩した。空は限りなく青く澄んでいて心が晴れやかになった。そして、今回の散策の最終目的地である、「氷壁の宿徳澤園」に立ち寄り、館内に展示してある映画の撮影に使われたザックとピッケルを見学し、売店を覗いてから喫茶室に入った。私はコーヒーを注文した。そして、ゆっくりと味わいながら思い起こしたことは、穂高を舞台とした山岳小説のことである。その概略を閑話として記しておきたい。

「魚津恭太は、列車がもうすぐ新宿駅の構内にはいろうという時眼を覚ました。〜」の書き出しで始まる井上靖の作品『氷壁』は、昭和三一年（一九五六年）二月から翌年の八月までのほぼ一年半に亘って朝日新聞に連載され、新潮社から刊行された。この小説は、昭和三〇年正月二日、前穂高岳で実際に起きたナイロンザイル切断事故をモデルにした。切れるはずがないナイロンザイルが切れたために、登山中に死亡した友人に同行していた主人公・魚津恭太は、その渦の中に巻き込まれていく。山をひたすら愛する若者たちの友情と美しい恋愛が絡んで、山という自然と照らし合わせて描いた読み応えのある長編小説である。

作家・井上靖がこの事故（事件）を小説のモデルとした当時、私は小学五年年生で知る由もない。ネットで調べてみると、ナイロンザイル切断事故は、昭和三〇年一月二日に北アルプス

前穂高岳で発生した。登山クラブ・三重県岩稜会に所属する石原國利さん（中大四年）、沢田栄介さん（三重大四年）、若山五朗さん（三重大一年）が、前穂高岳の東壁を登山中、若山さんが半メートル程滑落したが、その際頭上の岩に掛けた新品のナイロンザイルがショックもなく切断し、彼は墜死した事故である。ナイロンザイル事件として世間を騒がしたのは、この事故だけではなく、その他にも前年の一二月二八日には東雲山渓会が明神岳東壁で、この事故の翌日の三日には大阪市立大山岳部が同じ前穂高で、ナイロンザイルが切断する事故があり、事の重大さが明らかになった。このナイロンザイル切断事故は、ロープメーカーとザイルの安全性を容認した日本山岳会と岩稜会の間で、ザイルの抗張力実験結果を巡り控訴事件にまで発展した、日本山岳界に大騒動事件として歴史に残るビッグニュースになったのである。

閑話休題。お昼前の一一時半頃、ニリンソウの大群落を惜しみながら徳澤園を後にした。氷壁の宿の食堂には洋食の人気メニューもあったが、昼食は空腹を我慢しても明神池畔の「嘉門次小屋」の囲炉裏で焼いているイワナを肴に一杯やりたいと思う。散策道を下山すると言っても然程の高低差のない平坦な道程だが、それでも帰路の足取りは軽く明神館には五〇分で到着した。梓川に架かる明神橋を渡り、明神神社奥宮の鳥居を潜って明神池に向かう途中にある、昔ながらの佇まいを見せる嘉門次小屋に到着した。快い疲労感を癒す冷えたビールは格別の旨さだった。そして、食事後は明神池周辺を散策し、河童橋には梓川右岸コースを下り、ケショウヤナギの林間の道を散策、ウェストン碑を経て上高地温泉ホテルに立ち寄った。そして、ゆっくりと日帰り温泉を利用し天神、田代橋から左岸コースを経て宿泊先のホテルには四時を回った頃に帰ってきた。この人気あるホテルのサロンと売店は、散策途中で立ち寄った多くのハイカーたちで混雑していた。

前回に上高地を訪ねた一昨年の秋季旅行終了時に、次に訪ねる時は上高地に遅い春の到来を告げる、白く可憐な「ニリンソウ」の大群落がある徳沢に足を運ぶことを決めていた。その夢は二〇一六年の五月一五日に実現した。ニリンソウで気になることは、西洋では「スプリング・エフェメラル」と言われているが、実見してみると、花こそ可憐ではあるものの、意外なことに茎や葉も有毒植物のトリカブトの若葉に似ていること、開花から萎れるまでや花全体の開花期間も極端に短いとは思われないことである。好きな花だけに命名の由来である「春の儚いもの、つまりは春の短い命」のイメージとは合致しないと思うことである。

ところで、作詞・水木かおる、作曲・弦哲也の作品に『二輪草』がある。平成一〇年（一九九八年）一月に発表されたこの歌は、演歌歌手の川中美幸が歌い、この年の第四〇回レコード大賞で優秀作品賞と編曲賞を受賞し、百万枚以上のミリオンセラーになった曲である。彼女はその年のＮＨＫ紅白歌合戦に出場を果たし、その後同じ曲の『二輪草』で三回出場していて、現役時代にはカラオケでもよく聴いた歌である。私は歌ったことはないが、ミリオンセラーであることから詩には興味があり、記憶にある一番の歌詞を記すと「あなたおまえ／呼んで呼ばれて寄り添って／やさしくわたしをいたわって／好きで一緒なった仲／喧嘩したって背中あわせのぬくもりが／かようふたりは二輪草」であり、二番三番の歌詞も「苦労を共にするも夢を追う離れられないふたりの有り様」を歌った詩である。この歌の意図することは、明らかにニリンソウの花言葉からきている。その花言葉である「友情・協力・ずっと離れない」は、ひとつの茎に仲よく二輪の花を咲かせることに因んでおり、演歌『二輪草』が恋人たちや夫婦の在り方として共感され、ミリオンセラーになったとすれば、ニリンソウは決してスプリング・エフェメラル（春の儚いもの・春の短い命）などではない。

（二〇一六年五月）

ハクモクレン

立春を迎えると何となく心が浮き立つような気分になり、紀貫之が立春の日に詠んだとされる歌を思い起こす。古今和歌集巻一春歌上二番歌に、「袖ひちてむすびし水の凍れるを　春立つ今日の風やとくらむ」がある。國學院のオープンカレッジで古今集を受講した際、講師の中村幸弘先生（同大・名誉教授）は、「下の句は「月令（漢籍の分類のひとつ）」の猛春の日、東風凍を解くによるもので、去年と今年を「むすぶ」と「とく」の対比で表しているとし、「春」に「張る」、「立つ」に「裁つ」をかけ、「結ぶ」「張る」「裁つ」「とく」は冒頭の袖の縁語である」とした。

当時の講義録ノートを見てみると、「縁語とは、一首のなかに意味合い上、関連する語を連想的に二つ以上用いることで情趣を持たせる和歌の修辞技法のひとつ」と記している。二番歌を通釈すると、「去年の暑い夏の日、袖を濡らしながら手で掬ってのどを潤した山の清水が、冬の間は寒さで凍ってしまったのを、立春の今日の暖かい春の風が解かしているのだろうか」と言う具合である。去年の夏、秋、冬を経ての立春の喜びを知的、観念的、技巧的に表現し、古今集の特徴をよく示した歌とされる。この季節は、生物が冬の眠りから目を覚まし、草木は芽ぐみだし、花が咲き鳥も鳴きだし、土から虫が顔を出し始めると言うように、生けるものの何もかもが動き出す躍動感を感じ、「毎日が日曜日」である私にとっても、自然と行動力を鼓舞できる時期でもある。

既に啓蟄も過ぎ「初春」から「仲春」へ、そして「晩春」へと向かう。人の世は常に定まることなく移ろうが、花は前もって約束でもしてあるかのように、季節の巡りに誠実に咲く。これを「花に三春の約あり」という。早朝の散歩を日常のルーティンとしてから二シーズン目の春を迎え、立春から朝の散歩で花木の移ろいを見てきたが、春を代表する花木を桜とするならば、それまでに咲く庭木は多くはない。梅から沈丁花、雪柳、ネコヤナギ、マンサクなどである。そして弥生の中旬を迎えて、いまは木蓮類が盛りを迎えようとしている。

自宅から鉄砲道を辻堂方面へ進み、一中通りかラチエン通り、平和学園辺りで住宅街の公道に入り戻って帰るのだが、モクレンが見られるのは稀のことで、殆どがハクモクレンである。仮にモクレン科のコブシの花があったとしても、散歩途上にゆっくり歩行しながらの観賞ではモクレン類との区別がつかない。それでも、この花の咲く時期は卒業式や入学の準備の時期と相まって、本格的な春の訪れを知らせてくれるのである。

モクレンをブリタニカ等の事典で調べてみると、モクレン科の落葉低木で原産は中国である。

古くから輸入され観賞用として庭園に植えられる。幹の高さは二〜四メートル程の直立で、根元から分岐し叢生する。葉は広く大きく互生し広倒卵形で全緑、下面の脈に細かい毛がある。三月から四月に、葉に先立って大型の花を開く。花弁は六枚、外面は暗紫色、内面は白っぽい赤紫色で美しく優雅に見える。果実は多数の袋果からなり、白い糸状の柄のある赤い種子を生じる。

一方のハクモクレンは、落葉高木で五メートル以上になること、乳白色の大花をつけ、日が当たると開き多数咲いて香りが高いところがモクレンとの決定的な違いである。中国原産だが、和名はモクレンに似ていることと花が白いと言うことから命名されたものである。

散歩途上で見る庭のハクモクレンは、殆どのお宅が他の庭木と同様に剪定をするので、低木であるモクレンのように直立した枝がなく、枝全体が蜘蛛の巣のように隙間がなく、そのため蕾は密集して多くつくものの花弁は小さくなる。全体としての美しさを失うものではないが、ひとつの花の美しさが半減するようで惜しい気もする。

しかし、剪定しないお宅もある。駅ビルで用事を済ませて帰宅する際、散歩がてら東海岸通りのスーパー「たまや」を左折した住宅街の公道を進んで行くと、高さ七メートルはあろうと思われるハクモクレンの大木に巡り合えたのである。垣根の柾《まさき》や松などの庭木が職人の手によって手入れされており、ハクモクレンだけが意識的に剪定せず自然体のままにしてあるのだろう。そのハクモクレンは、幹の高さ三メートル程でY字に分岐し、その片方がさらに一・五メートル程先で三つに分岐して、四つの幹から多くの枝が直立して伸びている。ハクモクレンとしては最大限の生長と思われた。そして、空に向かって咲く乳白色の花は、白い小鳥が枝に留まっているように見える、独特の花姿に感動すら覚えるものがあった。さらに根元から二メートル程は、芽吹かんとする蔦に覆われた幹回り三〇センチを越える貫禄と風格を感じる大木を見ていると、植樹されたご主人のこのハクモクレンに対する思い入れを感じないわけにはいかない。「木は神聖なものである。木と話す、木に耳を傾けることを知る者は真理を知る。木は教義も処方も説かない。木は個々のことに囚われず、生の根源法則を説く」とは、ドイツの小説家ヘルマン・ヘッセが記した言葉である。

モクレンの花言葉は、春になり花々が一斉に咲き誇る季節に、枝先に紫色の大きな花を付け、自身も自然を謳歌しているかのように見えることを由来として、「自然への愛」としている。一方のハクモクレンの花言葉は、英国の王宮植物園の園長だったジョセフ・バンクス卿が、中国から輸入したとき、「枝先にユリの花が付いている木」と評価したことに因んで、「気高さ」としている。いずれにしてもハクモクレンは、仲春のこの時期に春の訪れを感じさせ、風が花の上品な香を運び、人々の心を和ませてくれる花木で「春先の女王」と称するに相応しいと思う。私の散歩道で巡り合う、本格的な春を告げる最も多い庭木の花である。

一方、モクレンの咲くこの時期に思い起こすことは、箱根町の岡田美術館所蔵の日本画家・速水御舟の作品『木蓮（春園麗華）』を鑑賞し、その美しさに感動した記憶が新しいことである。『木蓮』は、五～六本の細い幹の木蓮が空（天）に向かって伸びるそのものを象徴性の強い写実的に描いた、墨の濃淡だけで表現した作品である。暫くの間、この作品を凝視していると、墨絵の葉は緑色に、花弁の外面は暗紫色、内面は白っぽい赤紫に色づいているように見えてくる。そして、作品全体からは仲春の季節と空気感が伝わってくると同時に、気高く清らかな気持ちになるような不思議な絵である。ある専門家は、この作品を日本水墨画の歴史のなかで最高の傑作と評価している。

ところで、私のような北国の会津に育った者にとっては、都会で見るモクレン科の花で望郷の思いに駆られるのは四月上旬に深山に咲くコブシ（辛夷）を思い起こすからである。そして、コブシの花で連想するのは、昭和五二年発売「いではく作詞・遠藤実作曲」の演歌『北国の春』である。演歌歌手・千昌夫でヒットし、三〇年以上を経て今日でも国内ではもとより、歌詞「白樺　青空　南風　こぶし咲くあの丘　北国の　ああ　北国の春～」に望郷の念を覚えるのは中国や台湾人も同じらしく、カラオケで歌い継がれている名曲である。

コブシは、モクレン（木蓮）やハクモクレンと同じモクレン科の落葉樹ではあるが、決定的な違いは中国原産の渡来ではなく、日本各地の山地に自生する花木である。ブリタニカ事典で

ハクモクレンとコブシを比較してみると、開花中にハクモクレンは葉をつけないが、コブシは花の下に葉を一枚だけ付けること、花びらは厚みと幅があり、八～一〇センチに対してコブシは薄めで幅が狭いこと小ぶりの半分程度である。そして、コブシは開花時期が二週間ほど遅いのが特徴である。因みに、和名のコブシは集合果でデコボコした果実の形状が赤ん坊の握りこぶしに似ていることに由来する。幹は八～一〇メートルまで生長し、枝は太くても折れ易く、芳香が湧出する。樹皮は煎じて茶の代わりや風邪薬にもなるとされる。そして、コブシの花の花言葉としては、「愛らしさ」「友情」「信頼」「友愛」「歓迎」「自然の愛」「乙女のはにかみ」など多彩である。それは偏《ひとえ》に、「赤ん坊の拳のような蕾を広げるように咲く、純白で曇りのない花姿」と「故郷の風景や兄弟・旧友を思い起こす」ことに由来するのではないだろうか。

私にとって春先に咲くコブシの花は、一八歳まで暮らした会津地方の深山の原風景や帰省する際に車窓からの風景、地方への旅行で見る風景のなかに咲くコブシを想像すると、それは郷愁そのものなのである。森鷗外が訳したアンデルセンの作品『即興詩人』で歌っている「われ若し山国の産まれならば、此情はやがて世に謂う思郷病《ノスタルジア》なるべし」なのである。

いま、改めてコブシの花で思い起こすことを挙げれば、磐越西線の中山宿駅から磐梯町駅辺りまでの車窓から眺める雑木林に咲くコブシである。また同様な風景が頭に浮かぶのは、信州は高遠城址の桜遊山の旅に出掛けたとき、ＪＲ茅野駅からバスで杖突峠を越える際に見た深山のコブシの花の美しさは、何年たっても記憶から消えることはない。その風景を山桜に例えるならば、詞花和歌集にある源頼政の歌「深山木のその梢とも見えざりし　桜は花にあらはれにけり」である。大意は、「芽吹く前、奥山の雑木林のなかに混じる山桜の木は、桜の梢に見えず目立つものではない。しかし、ひとたび花咲く季節を迎えると遠くからでも一目で桜と分かる」と言うところであり、コブシも同じである。

余談になるが、この歌の詠み人である頼政は、平家物語のヒーローの一人で、平治の乱（一一五九年）で、源氏としては一人だけ平清盛方につき、従三位に叙されているので、この歌の本意は「平穏無事の時世では、凡も非凡も押しなべて同等であるが、一旦事が起こった場合は各々の平生の志やその所作に現われて、非凡はおのずと他人を超えてその頭角を見せしめる」と言うことであろう。

三月も下旬に入り、ハクモクレンは桜にバトンタッチを急ぐかのように、次々と花を開き本格的な春への足音を加速させている。隣家では、私ら夫婦にとって初孫である長女の凛が先日すでに茅ケ崎小学の卒業式を終えていて、茅ケ崎一中に入学する準備で繁多を極めているようである。中学に入ると、これまで続けてきたクラブのバレーボールは正式な部活へ、習い事のピアノやお茶は続けながらも塾は高校受験に合わせて変えるという。小学三年に進級する次女の杏も姉に追従するスタイルである。のんびりしている様子を見たことがない。孫たちの多忙な日常を見ていると、挑戦していることは異なるも、それは親として倅たちに歩ませた道を繰り返し継承しているようで、謂わば人生の在り方に輪廻を感じないわけにはいかない。半世紀以上も前、会津の田舎で中学・高校時代をのんびりと遊び惚けていた私にとっては、羨ましくもあり些か心配でもある。時代は全く変わったのである。

（二〇一八年三月）

ラチエン桜

　私の朝のルーティンは、自宅を六時に出て鉄砲道通り（Teppo-michi St）を辻堂方面に歩くことである。そして、その日の体調に合わせ、最初の交差点を右折して一中通りを茅ケ崎海岸に向かうか、次の交差点であるラチエン通りを右折して海岸に向かうか、左折して東海道線沿いを茅ケ崎駅に向かうか、それとも鉄砲道を直進し団十郎公園辺りで引き返すかである。鉄砲道の終点であるT字路（松下政経塾正門近く）までは小一時間あり、帰路を考えるとある程度の覚悟が必要で、これまでは一度挑戦しただけである。

　このように、私の朝の散歩コースはその日の体調や気分で決める。それでも最も多い道順は、ラチエン通りを東海道線方面へ進み、交差する桜道通り（Sakura-michi St）を茅ケ崎駅に向かい、高砂通りかサザン通りを経て市立図書館に立ち寄り、高砂緑地公園を横切って、東海岸通りから自宅に戻ってくるコースである。携帯電話の歩数計は最大でも八五〇〇歩前後を示す程である。

　ラチエン通りは、箱根駅伝で選手が疾走する海岸沿いの国道一三四号線から旧東海道・国道一号線へと南北に結ぶカーブのない一直線の茅ケ崎市道の呼称である。散歩の際、鉄砲道から右折してラチエン通りを海岸方面に進むと、道路の標高が若干上がる地点があって、そこからは、突如として相模湾の真正面に浮かぶ「烏帽子岩」が間近に現れ、眺望絶佳の場所として、アマチュアカメラマンにとっては絶好のスポットである。そして、烏帽子岩が大きく見えるのは、海岸沿いの遊歩道に突き抜けた周囲が砂防林になっているための錯覚としているが、不思議な現象に思う。

また、この通りには、芥川賞作家・開高健さんの自宅があり、相続人である開高夫人の詩人・牧羊子さんも、愛娘・道子さんも亡くなり、羊子さんの妹・馬越君子さんによって、遺産の自宅や著作初版本、蔵書、釣り道具などの遺品を茅ケ崎市に寄付され、市が「開高健記念館」として一般公開している。また、生前の開高さんは、海岸近くの自宅から東海道線沿いにある「林スイミングスクール」に通い、その帰路にはこのラチエン通りの飲食店（蕎麦屋、鮨屋、中華屋、肉屋など）に立ち寄り、食通として店主との親交を結んでいる。詳細は『備忘録集Ⅱ　忙中自ずから閑あり』に収録してあるので割愛する。

さらに、当地出身の桑田佳祐さんは茅ケ崎第一中学出身で、青山の学生時代にはプロボウラーを目指して、俳優・上原謙さんがオーナーであった、地元にとってのシンボルで、この通りと国道一三四号線に面していた「ホテル・パシフィック」でアルバイトに励んでいた。後にサザンオールスターズとして『ラチエン通りのシスター』、『HOTEL PACIFIC』、『勝手にシンドバッド』など、独特の旋律と律動、諧調を創作していて、いずれも自由奔放な若者の生き方や茅ケ崎海岸の潮騒・潮風を感じる風景が浮かんでくる名曲である。

ところで、このラチエン通りにある蕎麦屋の「江戸久」は、開高健さんがよく立ち寄ったとされる店だが、その向かい側に散歩途上に立ち寄って休憩する百坪足らずの小さな公園がある。隣接する五階建てマンション専用の公園と思っていたが、古希を迎えてから三年余り、毎日のように立ち寄って観察していると、その名称や案内板、樹木の種類、季節ごとに植え替えられる花壇の花などから想像するに、茅ケ崎市の管理下にある公園であろう。正式な名称は、公園入口にステンレス製で「松が丘ラチエン通り公園」の表示板があり、木製の重厚な四つの低いベンチと公園内の中央には、二メートル足らずの鉄パイプ製で、それは幼児専用とも思える極小さい滑り台が施設してあるだけである。

この公園の特徴は樹木の多いことだろう。鉄砲道の市立公園である団十郎公園（九代目の別荘を市に寄付）は、広さではこの公園の数倍はあるが樹木や花壇は少なく殺風景である。ラチエン通り公園のフェンス沿いに植樹された木々は、背が一番高い欅、黒松が二本、モミジのほか、花が咲く樹木としては梅が三本、百日紅が二本、紫陽花、ツツジ、芙蓉、雪柳など一〇種類以上に及ぶ。そして三本の桜があり、樹木による四季の移ろいを肌で感じることのできる公園としての体裁は整っている。その三本の桜木のなかで、すでに花を咲かせるまでに生長した桜木が一本あって、名称を「ラチエン桜」とあり、根元近くのフェンス沿いには木製の小さな立て看板が設置されている。現在、この通りには一本の桜木もないにも拘わらず、この公園の記念樹として「ラチエン桜」と命名したのは、この通りの名称の由来に関わっているのである。

ラチエン通りの由来を、茅ケ崎市の広報誌『シリーズ・茅ケ崎ゆかりの人物たち』から簡単に記しておきたい。この通りの名称である「ラチエン」とは、明治三五年（一九〇二年）に来日し、東京に輸入商社「ラチエン商会」を設立し、私の勝手な想像だがベンツの自動車（御料車二台納入）やライカのカメラ、ゾーリンゲン製の刃物などドイツ精密製品を取り扱って財を成したであろう、ドイツの貿易商人「ルドルフ・ラチエン」と言う人名である。日本女性と結婚したラチエンは、昭和七年に現在の松が丘周辺に一万五〇〇〇坪の土地を取得して別荘を建て、朝於《あさお》夫人と共に別荘生活を楽しみ、地元住民とも交流したとされる。

そして、親日家で桜木を愛したラチエンは、別荘から海岸に至る道沿い（約一キロメートル・ラチエン通りの約半分）に桜を植えたことから、この通りは桜道と呼ばれていた。市の文化生涯学習課市史編纂担当部署には、当時の写真が保存されており、庭を背景にした和服姿のラチエン夫妻、さらに迎賓館を思わせる六角形のホール、敷地内に配置された五重塔や温室、本館の南側の大きな池に架かる、日光の神橋を模したとされる赤い太鼓橋が見られる。

しかし、戦時期に入ると、事業も縮小せざるを得なくなり、東京大空襲では「ラチエン商会」が焼失し、終戦後は東京を引き払い茅ケ崎の別荘に転居するも、本館は占領軍に接収され、敷地内の脇に仮の住宅を建てて住んでいたと言う。築き上げてきた財産も差し押さえられ、失意のうちに昭和二四年、心臓の病で六八年の生涯を閉じた。朝於夫人は昭和六〇年に死去するまで茅ケ崎に住み続けたと記録されている。

ラチエン夫妻の別荘は、現在のラチエン公園と隣接する五階建てマンション周辺の広大な地域になるわけだが、その面影は全くないと言ってよい。ラチエン別荘は、昭和二六年に接収解除となり、婦人の手によって敷地は売却されたと言われる。別荘本館があったとされる周辺敷地は、四〇歳代によく散歩したことがあって、そのときには東洋陶器・現ＴＯＴＯ茅ケ崎工場の五階建て社員寮であったことは憶えている。その寮もオーナーは不明なるも現在では五階建ての高級マンションとして更新されている。

このような経緯を経て、桜道と言われていたこの通りをラチエン夫妻への親しみを込めて、「ラチエン通り」と名付けたものと思われる。現在では、約二キロに亘るラチエン通りには一本の桜もなく、別荘の面影もなくマンションと個別住宅に変貌したが、小さく狭い敷地を恐らくは市が公園として確保し、一本の桜に「ラチエン桜」と命名することによって、ルドルフ・ラチエン夫妻を偲び、歴史を継承しようとしているのであろう。

ラチエン公園は、古希を迎えて以来三年余、朝のルーティンの散歩で殆ど毎日通る公園となったが、「ラチエン桜」の存在を知見してから、特別の思い入れをもって眺めて観察してきた。それは花咲く時期だけではない。兼好法師は、徒然草一三七段の一節に「花の散り、月の傾くを慕ふ習ひはさることなれど、殊にかたくななる人ぞ『この枝かの枝散りにけり。今は見どころなし』などは言ふめる」と記している。この大意は、「本当の美に無関心な人は、『あの枝も、この枝も桜の花は散ってしまった。盛りを過ぎたから、もう花見の価値はない』と決め付けているようだ」と言うことになるだろうが、桜や月は満開や満月だけを見て楽しむことに疑問を呈し、物事の最盛だけを鑑賞することがすべてではない、ことを教えている。つまり、兼好にとっての花鳥風月は盛りだけが最高ではなく、始めと終わりにも美学を求めているのである。

同様な意味合いから例を挙げれば、内村鑑三の詩には、「春の枝に花あり／夏の枝に葉あり／秋の枝に果あり／冬の枝に慰《なぐさめ》あり」とある。そして、冬の終わりには途切れることなく、すでに春の来る予感が感じられる。鑑三の詩は続けて、「葉落ちて後に／果失せて後に／芽は枝に顕はるる」とある。要すれば、花は盛りだけ見ることを求めるのではなく、結果だけに拘るのではなく、繰り返される季節の移ろいを通した、前後の過程をも観賞する心の余裕と美的追求心を持ちたいと言うことであろう。

私にとっての桜木は、花開く春だけのものではない。夏は青葉に、秋は紅葉に、冬は休眠打破の蕾に、四季の移ろいを通して人生の思いを引き起こしてくれる樹木である。花開きパステルカラーの春霞を起こす春の桜木は、昂揚とときめき、そして感動の世界へと誘い、生きる喜びを肌で実感させてくれる。そして、潔く花びらが散り急ぐ風光には、諸行無常の如く人生の儚さを思い起こさせる。

また、炎天下の公園や神社仏閣境内の夏の桜木は、眩し過ぎる黒々とした生命力に溢れる緑豊かな青葉で木陰をつくり、涼風に吹かれたような清々しさを感じさせ、一時の安らぎへと誘ってくれる。

さらに、田畑に豊饒の実りを迎える頃、化粧する秋の桜木は、主役のモミジや楓の紅葉を引き立て、静寂で心に沁みる錦繍の世界を演出し、物思いへと導き心を豊かにしてくれる。

そして、冬ごもりしてひたすら休眠打破の時期を待ちわびる冬の桜木は、寒風に耐え来る春の開花に備えて固い蕾を育んでいる。それは、あたかも厳しい人生への忍耐と明日への希望を与えてくれるようでならない。そして、この思いを満たしてくれる桜木は、年輪を増し苔むした幹と巨腕の枝を有していることが望ましい。

このように、私の桜に対する思いとイメージは、四季の移ろいのなかで実現されるものだが、「ラチエン桜」が私の思いを満たしてくれないのは、どっしりと根付いた風貌がまだ備わってはいないからで、それは唯一「ラチエン桜」が若木であるからである。加えて心配なことは、この記念樹が、この公園で最も背の高い欅の木との間隔が二メートル程しかないこと、さらには桜木がフェンスに近く、南側に隣接する畑に枝が伸び迷惑になるのではないか、と言うことである。すでに六メートル程に生長した「ラチエン桜」は、より背の高い欅の枝と重なり合って窮屈に見える。何年か後には、いずれかの枝を伐採する必要が出てくるだろうことは間違いない。

一般論として桜木の植樹で多い失敗は、苗木が小さいために生長した場合に必要な木々の間隔をとらないことである。乱暴な言い方だが、大木になって枝を伐採しなければならない狭い場所や適切な間隔がとれない場合は、植樹してはならないとさえ思っている。それは、散歩途上で庭に桜木のあるお宅の前を通る際に遭遇することだが、二〇年以上の年輪を感じさせる桜木を、隣家の庭か公道に枝がはみ出す迷惑上か、枝が狭い庭の全面を埋め尽し陽が当たらなくなることなのか、落ち葉の清掃が大変なことなのかなどを理由に、太い枝を大胆に伐採してあるのを見かけることがある。家主はもとより通行人まで感動を与えた桜木が、裸同然となるのは、何とも痛々しく、見るに忍びない、悲しい思いを抱くものである。所謂、桜と梅の枝にとっては「桜切る馬鹿、梅切らぬ馬鹿」の励行が鉄則なのである。

さて、地元での平成最後の桜は、日本付近に寒気が流れ込みにくい状態が続いたために暖冬になり、とくに二月後半から気温がかなり高く、休眠打破が早く花芽の成長も順調であったことから平年より開花が早いと予測されていた。気象庁は、三月に入ると東京の桜の開花（靖国神社の標本木）を前年より一週間早い二一日と予想していた。そして、東京の桜に満開宣言をしたのは二七日で平年より七日早かった。「ラチエン桜」は、膨らんできた蕾が二〇日を過ぎると日毎に花芽の変化が見られ、二四日には開花が確認され新年度の四月一日には私の個人的判断で満開を宣言した。若木なので、枝に隙間なく咲き乱れるとまではいかないが、イメージでは昨年よりは花びらが多くなったような心持ちがした。それはそれで私の心にときめきと感動を与えてくれ、何故か半世紀前の一〇代へとタイムスリップして、校庭を囲む満開の桜に胸を躍らせた少年時代を思い起こしたのである。

桜の花には不思議な力がある。ルドルフ・ラチエンさんを偲ぶ「ラチエン桜」は、これから先々、年輪を増す毎に、さらに豊かな花を見せてくれるに違いない。そして、幼児期・少年期にこの公園で遊び、桜木や季節ごとに咲く花々を眺める子供たちにとっては、忘れがたい思い出になるだろう。

（二〇一九年四月）

追記

四季の移ろいは早く晩秋を迎えた。いま、生命の喜びと美しさを見せてから八カ月を経た「ラチエン桜」は、生長した姿を見せ、葉は青葉から黄色、橙、赤色といった多様な色彩へと変化し、ゆっくりと散り始めている。小さなベンチに腰を下ろして心静かにラチエン桜を眺めていると、ふと徒然草は一五五段に「〜木の葉の落つるも、まづ落ちて芽ぐむにあらず、下より兆しつはるに堪へずして、落つるなり。迎ふる気、下に設けたる故に、待ち取るついで甚だ速し」を思い起こした。思想家・内田樹の訳（日本文学全集七巻・河出書房新社）をそのまま引用すれば、「木の葉がおちるときも、まず葉が落ちて、それから次の芽が出るわけではない。下から次の芽が盛り上がってくるのに耐えきれずに古い葉が落ちるのである。次を待つ気勢がすでに下に兆しているからこそ、ものごとの交替は速い〜」となる。

この一節は、自然界の樹木や季節さえも、そして人間世界の人生さえも、「諸行無常」の無常は迅速に駆け巡ると言うことであろう。これは、人間の力でどうなるものではない、不可抗力の原理であろうから、これに逆らうことなく心身を委ねて生き抜くことこそ、豊かな人生を構築する道筋であろうことを、つくづくと考えさせられるのである。

最後にこの通りの歴史を辿って記しておくと、昭和七年に貿易商・ルドルフ・ラチエンが別荘として住むようになって、この道路の道筋に桜木を植樹したことから、「桜道」と言われた。ラチエン没後七〇年が経過して遺跡が皆無となった今、そのことも忘れ去られようとしているのではないか。

現在の「ラチエン通り」を、茅ケ崎市によって正式に道路通称名にしたのは、桑田佳祐率いるサザンオールスターズが、海岸公園野球場で「里帰り・二〇〇〇年ライブ」を行った翌年の二〇〇一年二月である。さらに、この道が造られた歴史を遡ると、寛文三年（一六六三年）に茅ケ崎村と小和田村の間に漁業水域争いが起き、翌年に菱沼の手白塚から烏帽子岩を見通した線を村境とし、それぞれの漁場の境ともしたことから村の境、つまり郷境とも呼ばれてきたのである。この通りが国道一号線から海岸まで一直線であることの所以《ゆえん》である。

約三六〇年の歴史ある郷境から桜道へ、そしてラチエン通りとしての今日、恐らくは若い時代に散歩したであろう、地元出身で俳優・歌手の加山雄三さんや桑田佳祐さん、そして宇宙飛行士の野口聡一さんや土井隆雄さん、そして当地で晩年を迎え、よくお見掛けした作家の城山三郎さんや開高健さんは、どのような思いでこの道を歩いたであろうか。

（二〇一九年一二月）

山吹の花

吉田兼好の徒然草一九段は、その書き出しに「折節の移り変はるこそ、ものごとにあはれなれ。」とあり、四季の移ろいの有り様は何につけても心に沁みる味わい深いものがあることを表わしている。この段で兼好法師は、四季の移り変わりを賛美しているが、四季の美しさを個別に味わうのではなく、四季の連続した移ろいに心をまかせ、季節と一体感を味わうものとしている。これこそは、日本人のもつ自然観の特異性ではないだろうか。

そして兼好は春の移ろいを、「桜の花が開こうとする、そのような時に意地悪な雨や風の日が続いて、慌ただしく散り過ぎてしまう。こうして青葉の夏になるまで、あれこれと気をもむ日々が続く。」と綴っている。さらに見落とせないものとして、春の代表的な花を取り上げ、「花橘は名にこそ負へれ、なほ梅の匂ひにぞ、いにしへのことも立ち返り、恋しう思ひ出でらるる。山吹の清げに、藤のおぼつかなきさましたる、すべて思ひ捨て難きこと多し。」としているのである。

毎日が日曜日の身分ではあるが、ゴールデンウイークも間近になったこの季節になると、一九段のこの一節から「黄色い花の山吹の端正で清らかな美しさ、藤の彩りや緑取りがおぼろげに霞んだような淡い紫の花房の垂れ下がった風景」が頭に浮かんでくる。そして、この時期になると、山吹や藤の花に巡り合いたいとする強い欲求が生まれてくるのである。

清々しいこの季節は朝の散歩が快適である。何時ものように、自宅から鉄砲道に出て辻堂方面へ直進し、交差するラチエン通りで左折して国道一号線方面へと向かい、交差する桜通りからJR茅ケ崎駅南口に戻ってきた。高砂通りを市立図書館へ、そして自宅へ戻る東海岸通りへ住宅公道を進んで行くと、社寺の境内で見るような年輪を増した巨木な楠数本と欅の木で占める広い庭のお宅がある。その庭の西側の生垣に沿って五メートルほど山吹の株が植え込んであり、丁度花盛りを迎えて清楚なかにも黄金の輝きを見せて咲いていた。その美しさは感動を誘う見事と言うほかはなかった。暫く足を止めて眺め入ってしまった。散歩途上、他人様の庭木花の観賞は立ち止まり覗かないことをマナーとしてきたので、ルール違反であろう。それだけ魅せられたのである。一週間前に通ったときには蕾だったが、「来週には咲くだろう」と予想していたのが的中した幸運で、心までが豊穣になったのである。

植物事典によると、ヤマブキはバラ科の落葉低木である。日本及び中国、朝鮮に分布し、谷川沿いの湿った斜面に生え、観賞用として古くから庭園にも栽培される。枝は、伸長は早いが短命で緑から褐色に変ると三～四年で枯れる。四月から五月にかけて、新しい枝の先端に一個

ずつ径三～四センチの黄色の美花をつける。痩果は地味な暗褐色。八重咲きのヤエヤマブキは結実せず、太田道灌の故事にでてくる。ヤマブキ名は、細くしなやかな枝が風に揺れている様子から山振《やまぶり》と呼ばれ、それが転訛したと言われる。花言葉は、清らかな花そのものを表わし「気品」「崇高」である。この花は別名に「面影草」、「鏡草」、「藻塩草」、「山振」などがあり、古く万葉の時代から好んで歌に詠まれた。今年も山吹の花に巡り合って思い起こしたことは、若い時代の山歩きや旅行中に観た山吹の花の美しさに感動した思い出の場所と万葉の歌や故事のことである。その幾つかを記しておきたい。

五〇代前半は山歩き、所謂ハイキングに出かけた。御殿場線や東海道線（大磯以西）の各駅に案内のあるハイキングコースを家人と歩いた。その中でも山吹の花で印象に残っているのは、御殿場線山北駅からバスに乗り平山で下車し、渓流沿いを歩いて二〇分程に位置する関東屈折の名所「酒水の滝」へ向かう、渓流に沿って緩やかな山道を歩くと、何度かは山吹が見られ、その黄金に輝く花が目に眩しく、青葉茂る木立を伝わってくる青嵐に心身共に爽やかな気分になったものである。

また、大野山に登山する場合は御殿場線谷峨駅で下車するが、私はこの小さな駅が好きである。足柄山の登山口でもあるこの駅は、小さいロータリーを囲む生垣には年輪の増した数本の老桜と山吹が植え込んであって、桜の時期は垂れ下がるパステルカラーの薄いピンクの花びらと黄金の山吹のコントラストが美しく、何時間も粗末なベンチに座っていたいと思うのである。

一方、旅行中に偶然にも山吹の花に巡り合ったことがある。思い起こすと、岩手の一関市にある北上川の支流である砂鉄川の猊鼻渓を訪ねたとき、二キロにわたる渓谷を舟で眺望した際に巡り合った、山藤の薄紫色のやさしさと山吹の黄金の輝きのコントラストの美しさは忘れることができない。

さらに、山吹の花で思い出すのは、三年前の二〇一三年四月桜の季節に、国宝・彦根城を訪ね（『備忘録集Ⅳ』に記録）、城内を散策した際、佐和口御門に近い中濠に面した質素な屋敷を訪ねたときのことである。そこは彦根藩主・井伊家の控屋敷で、井伊直弼が彦根藩主になるまで、不遇な一五年間を部屋住みとして過ごした、自ら「埋木舎」と命名した百坪ほどの屋敷である。

門を入り、玄関脇の通路からごく狭い中庭を通り、建屋に面した裏庭へと通じる見学コースで、全ての部屋が解放されていて、生活様式が分かるようになっていた。幸い、見学者が我々夫婦だけだったので、管理人さんが見学コースに同行され、詳しく直弼の暮らしぶりを語っていただく機会を得た。そのなかで意外であったことは、狭い中庭の垣根には柳の木と山吹が植樹されていて、「直弼は、この中庭が好きで眺めていたが、ことのほか柳が好きだった。」と語ってくれたことである。直弼は、ここでの生活で国学者・長野主膳と師弟関係を結び、国学、茶道（石州流）を学び茶人としても大成、和歌、俳句、鼓、兵学、居合術を学ぶなど聡明な青年であったとされる。そして雅号を「柳全舎」としている。中庭の柳は、すでに芽吹き柔らかい薄緑の葉を垂らし、山吹は正に開花が始まったばかりのようで、弧を描く枝には花が順序正しく黄金の輝きを放ち、その端正で清らかな美しさは感動さえ与えるものであった。

一方、山吹の花に関する故事と言えば、扇谷上杉家の家宰であった頃の太田道灌が有名である。鷹狩りに出かけた折、俄雨に遭った道灌は、みすぼらしい家に駆け込み、「急な雨にあってしまった。蓑を貸しては貰えぬか」と声をかけると、思いもよらず年端もいかぬ少女が出てきて、黙って差し出したのは、蓑ではなく山吹の花一輪だったのである。花の意味が分からなかった道灌は、「花が欲しいのではない」と怒り、雨の中を帰ってきたのである。そしてその夜、道灌がこのことを語ると、近臣の一人が進み出て、「後拾遺和歌集に醍醐天皇の皇子・中務卿兼明親王が詠まれた歌に、「七重八重花は咲けども山吹のみ（実）のひとつだになきぞ悲しき」とあります。その娘は蓑ひとつない貧しさを山吹に例えたのではないでしょうか」と進言した。貧しい娘の教養の高さに驚いた道灌は、この不明を恥じ、この日を境にして歌道に精進するようになったと言う話である。ネットで調べたら、山吹伝説の舞台になったとされる「山吹の里」は、埼玉県の越生町の東部、越辺川に架かる山吹橋を渡ったところにあることが分かった。現在は町の歴史公園として三千本の山吹が植えられているとあるが、未だに足を運んだことはない。

毎年の七月下旬、國學院が開催する集中講座「公開古典講座・萬葉集を読む（四日間）」を何度か受講している。その際に、巻二の一五八番歌で高市皇子が詠んだ「山吹の立ちよそひたる山清水　汲みに行かめど道の知らなく」に巡り合った。通釈すると、「山吹の花が咲いているそばに湧き出る清水を汲みに行きたいと思っても、その道が分からないのです。」となろうが、現代風には「山道を進んで行くと清水が湧いている処があり、そこには山吹の花が咲いていて、ハイカーの休憩場所になっていたりする」と言う心象風景が浮かんでくる。そして、この講座の受講中、閑に任せて万葉集に山吹を詠んだ歌が幾つあるかを調べてみた。見落としがあるかも知れないが、数えた歌は一七首ほどであった。そのなかで大伴中納言家持の歌を七首数えた。さらには大伴池主との相聞往来もあって興味深かった。印象に残る幾つかの作品を記しておきたい。

第一九巻の四一八五番歌は家持の長歌で、「うつせみは、恋を繁みと、春まけて、思ひ繁けば、引きよぢて、折りも折らずも、見るごとに、心なぎむと、茂山の、谷辺に生ふる、山吹を、宿に引き植ゑて朝露に、にほへる花を、見るごとに、思ひはやまず、恋し繁しも」とある。春の到来に恋心の絶えない様を詠んだ歌で、通釈すると、「この世では恋してばかりしている。春が来て我が思いは絶えないので、折っても折らなくても手に取って見れば、心が和むだろうと、茂山の山の谷間に生えている山吹を引き抜いて、家の庭に植えたみたが、朝露に映る山吹の花を見るたびに、我が思いは募るばかりで、恋心は絶えるものではない。」と言うような塩梅である。

天平一九年（七四七年）三月三日に大伴池主が家持に贈ったとされる歌が第一七巻三九六八番歌として入集されている。それは、「鶯がやってきて咲く山吹は、まさかあなた様が手を触れないうちに散ったりはしないでしょう」と言うような意味合いで、「うぐひすの来鳴く山吹うたがたも　君が手触れず花散らめやも」である。これに対して、家持は返歌をしているが、三九七一番歌として入集されていて、「山吹の茂み飛び潜くうぐいすの　声を聞くらむ君は羨しも」とある。家持は、山吹の茂みを飛び潜る鶯の声を聴いている池主を羨ましがっている気持ちを伝えている。さらに、大伴池主は、山吹の花を添えて贈った歌、「山吹は日に日に咲きぬうるはしと　我が思ふ君はしくしく思ほゆ」が三九七四番歌としてある。通釈すると、「山吹の花は日に日に咲き開いていています。ご立派で尊敬しているあなた様のことをしきりに恋しく思っています。」と言う具合である。

しかし、この時期家持は、体調が悪く床に伏せっていて、出かけることもできない状態であったとされ、返歌もご機嫌斜めの歌のように思える。家持の三九七六番歌は、「咲けとも知らずしあらば黙もあらむ　この山吹を見せつつもとな」とあり、「咲いていることを知らなければ何をすることもないものを。山吹の花をお見せになるなんて、あなたは。」と解釈され、迷惑な様子さえ伺える。とは言うものの、流石の家持である、体調が回復した後であろう、第二〇巻四三〇三番歌には、「我が背子が宿の山吹咲きてあらば　やまず通はむいや年の端に」とあり、通釈すると、「あなたの家の山吹の花が咲くころには、毎年お伺いしますよ。」と言うように、大伴池主に対する二重の返歌のようでもある。

いずれにしても、山吹は清らかな美しい春の花として、こよなく愛でる私としては、山深い石清水のそばに咲く山吹の情景をイメージする、高市皇子（天武天皇の第一皇子・持統天皇の即位後は太政大臣）の一五八番歌に魅せられる。そして山吹は、万葉の時代から多くの人々に歌として詠まれていることに、悠久の時を超え古の人々と心が共有できるような思いにさせてくれる花なのである。

（二〇一八年四月）

追記

平成も残り少ない四月二八日、観光ツアーに参加して京都最古の神社と伝わる、嵐山宮町の洛西総代神・醸造祖神「松尾大社」を訪ねお参りした。ツアーバスで移動したが、場所は阪急嵐山線「松尾駅」から五分とかからない処である。この大社の起源は、五世紀の頃、朝鮮から渡来した秦氏がこの地に移住し、山城・丹波の両国を開拓し、松尾山の神霊を祀って生活守護神として文武天皇の大宝元年（七〇一年）に、山麓の現在の地に社殿を造営したことに始まる。都を奈良から長岡京に遷されたのも秦氏の富と力によるものとされ、平安時代には皇室の崇敬は極めて厚く、正一位の神階を受けている由緒ある大社なのである。

今回の参拝の目的は、この大社の境内一円に咲く山吹の花を観賞することである。確かに第一の鳥居を潜ると、参道を囲む境内は橙色一色に染められていて圧倒されたが、これだけ多いと山吹独特の清らかな黄金の輝きが見えなくなる。やや盛りを過ぎたようだったが、参道筋以外で見応えのあったのは、一ノ井沿の水面に垂れるように咲く山吹と、楼門に入って北側を流れる小川に水車があって、山吹に埋め尽くされた処が見事で、インスタ映えのスポットとして多くの女性観光客で賑わいを見せていた。私がこの神社を参拝して関心をもったのは、むしろ昭和の庭園学第一人者・重森三玲氏が心血を注いで造営したと案内のある、松風苑の三つの庭であった。上古の庭、蓬莱の庭、曲水の庭は、明治以降における現代最高の芸術的作品と評価されている。この時期、松尾大社の売りである三千本の山吹の花は圧巻で、観賞する価値がないとは言えないが、山吹の花の美しさは、山里の民家の小さな庭に咲く可憐さに勝るものはないと思っている。

（二〇一九年五月）

射干の花

ゴールデンウイークも終わって平静な日常に戻った。久し振りに寝坊して朝食を済ませ、一〇時過ぎに散歩にでた。何時もの通り、鉄砲道からラチエン通りを国道一三四線に出て南下し、茅ケ崎公園野球場に隣接する、茅ケ崎公園体験学習センター「うみかぜテラス」方面に歩いて行った。この建物は、青少年のコミュニティの場所であった、青少年会館を更新し、場所を移動して新築したものである。運動場も備えていて休日ともなると、大勢の子供たちの歓声が遠くに聞こえ、賑わいを見せている。小学生の孫・杏も友達と待ち合わせて、自転車で遠征して遊ぶ公園である。

今日の散歩は、海岸の国道から高砂通りを茅ケ崎駅方面へ五〇〇メートル程進み、通りの西側に面した「うみかぜテラス」に立ち寄ることにした。玄関の脇道を通り抜けて花壇のある庭に出ると、一〇株程の「射干《しゃが》の花」を見つけた。自生しているものではなく、市によって植え込んだものである。射干は強い光沢のある垂れた葉が魅力である。その葉の間から伸ばした茎の先の花弁には、アヤメによく似た極薄い紫がかった白地に青い斑点と黄色い模様が見られて、その美しさは心を和ませてくれた。

高浜虚子の句に「紫の斑の仏めく著莪の花」とあるように、私も「シャガ」に「釈迦」を連想し、子供の頃から仏花に関係するものと思っていた。ところで散歩途中に、僅かな株の射干に気づいたのは、何年か前に京都旅行に出かけた折、天龍寺塔頭・大亀山宝厳院をお参りし、「獅子の吼の庭」を散策して、目に優しく瑞々しい新緑と庭園の生き生きと光る緑苔のなかに、見事な射干の花群を観賞して感動したことを思い起こしたからである。

そして、射干の花で若い時代を思い起こすことは、会津の生家屋敷境には風除けの杉の木が植えてあって、その下には射干の群生が見られたこと、屋敷内の水周りのそばに生える射干は、田植えが始まる頃には、農家の重労働を慰めるかのように美しい花を見せてくれていたのである。さらに五〇代前半には、東海道線や御殿場線などの各駅に案内のあるハイキングコースを家人と散策したが、射干の群落で忘れられない場所は箱根である。四月下旬から五月中旬の頃、箱根登山鉄道を宮ノ下駅で下車し、明星ケ岳（九二四メートル）に向かってZ状の山道を暫く登って行くと、山道に覆い被るように生い茂る、射干の花が咲き誇る群落に巡り合え、それは感動する光景として今日に至っても忘れることはできない。

ところで、射干を改めて「植物ハンドブック」等で調べてみると、アヤメ科アヤメ属で、本州・四国・九州に分布する。山地の湿った日陰斜面を好む常緑多年草で、海外では「アイリスジャポニカ」としているように、日本原産と思われている。しかし、薬草として古い時代に原産の中国から渡来したと考えられている。花が美しく、日陰でも育つので庭園に植えられ、人里周辺に野生化している。三倍体のため、花は咲いても実はできず、根茎を延ばして増えしばしば大群生を作る。高さ三〇～七〇センチの花茎は、枝を分けて径約五センチの、青色の斑点のある白色～淡紫青色花を次々と咲かせる。この花は一日花で夕方に萎れ、翌日に新しい花が咲く。

射干の花名の由来には諸説あるようである。同じアヤメ属の檜扇《ひおうぎ》の漢名である「射干」を音読みして付けられたとするのが一般的のようだ。射干は「著莪」、「胡蝶花」とも書かれる。そして別名では胡蝶花と呼ばれている。

一方、射干の花言葉に興味があり調べてみたが、感動や驚くほどのことはなく、「反抗」と「友人が多い」としている。「反抗」の由来は、鋭い剣状の葉を持っていること、植物一般とは逆に陽光を避けて日陰の、それも湿っぽい斜面を好んで花を咲かるところが反抗的とみなされたのではないだろうか。一方の「友人が多い」の花言葉は、種子ができず、浅い地下を這う根茎を伸ばして群落を形成することが由来と思われる。

ところで植物事典では、射干が中国から渡来し、かなり古い時代から庭園に植えられていたとしているので、奈良・平安時代に遡り、万葉人たちは、射干の花にどのような思いを馳せていたかには、興味のあるところである。そこで、この散歩道の花シリーズで取り組んでいる、射干の花を詠んだ歌で、万葉集に入集された歌はないかを調べることを思い立ったのである。

ネットを通して分かったことは、「射干」の花名の入った万葉歌は、幾つかのキーワードで検索しても見つからなかったことである。諦めようと思ったとき、ふと思い付いたことは、万葉集の和歌に登場する花々は、植物名とは別に「万葉名」があることである。この観点から検索していたら、「湿った林下に自生する常緑の多年草に、万葉名の『花勝見《はなかつみ》』として、一首のみ登場している」、とした説を発見したのである。そこで、早速電子辞書の広辞苑で「花勝見」を引くと、「水辺の草の名」としてマコモ、花菖蒲、アヤメ、カタバミなどを挙げ、他諸説ありとしながらも、例として万葉集巻四を挙げている。つまり、私見としての射干は、生えている場所は違っていても、それらの花と姿かたちが類似していることから、「花勝見」の一種として捉えているのではないかと思われる。とは言っても、「花勝見＝シャガ」と結論付けできるものではない。

さて、射干の花が万葉名の花勝見として、万葉集に入集されている歌は、第四巻六七五番歌で、伝不詳・中臣女郎（中臣氏出身の令嬢に対する敬称・奈良時代の大伴家持をめぐる女性たちの一人）が、大伴家持（奈良時代の政治家、歌人、万葉集編纂、大伴旅人の子）に贈った相聞歌である。そして、相聞歌は六七九番歌までの五首に及ぶのである。

万葉集第四巻六七五番歌の原歌は、「娘子部四咲澤二生流花勝見　都毛不知戀裳摺可聞」で

ある。読みは、「をみなへし佐紀沢に生ふる花勝見　かつても知らぬ恋もするかも」である。勝手自由に通釈すると、「佐紀沢（現在の奈良市佐紀沢町の沼沢地）に生い茂る花かつみの花が咲く風に、私はこれまで経験したことがないような恋に落ちています。」と言うところである。

そして、中臣女郎のこの歌で不思議に思うことは、恋心の告白に花を喩えるにしても、なぜ具体名ではなく、万葉名としての花勝見としたのかと言うことである。また、家持の返歌が入集されておらず、相聞往来になっていないことを理由に、必ずしも彼女の片思いとは限らない。なぜなら万葉集の編纂は家持であり、邪推すれば世間を憚って返歌を入集しなかったとも考えられる。だとすれば罪なお方である。さらに邪推すれば、彼女は自分が片思いであることを承知の上で、「陽光を避けて日陰で生息する」射干を投影して詠み込んだのではないだろうか。次の四首は「花勝見」を詠んだものではないが、彼女の家持に対する一途な恋心は激しく、せめてもその切なさを思うと六七六〜六七九番歌を記して、解釈しておきたい気持ちになる。

六七六番歌　　海の底奥を深めて我が思へる君には逢はむ年は経ぬとも
六七七番歌　　春日山朝居る雲のおほほしく知らぬ人にも恋ふるものかも
六七八番歌　　直に逢ひて見てばのみこそたまきはる命に向かふ我が恋やまめ
六七九番歌　　否と言はば強ひめや我が背菅の根の思ひ乱れて恋ひつつもあらむ

これらの歌の意味合いを概略すると、六七五番で恋心を告白してから、その思いは益々高まり、「私が心の底から思うあなたには、たとえ年が経とうとも、いつかは必ずお逢いします。」と恋の執念さえ感じさせたかと思うと、六七七番歌では「春日の山に朝かかる雲のようなぼんやりと、よく知らない人にさえ、恋することもあるのです。」と落ち着きを見せる。そして、彼女の恋は、夢想の世界にいるかのように、六七八番では「直接あなたにお逢いして、共寝して抱かれたならば、そのときは、命をかけた私の恋も収まるでしょう。」と家持に迫るものがある。しかし残念ながら、この恋は成就することはなかったのだろう。そのことを察知した彼女は諦めの歌を贈るのである。六七九番歌では、「あなたが嫌とおっしゃるならば、無理にとは言いません。思い乱れて、いつまでも恋して生きていきます。」としている。万葉恋歌の世界とは言え、恋愛表現は実に開放的で驚くほどストレートである。

五月連休明けの散歩途上で心に残った花は「射干の花」であった。そしてその花は、会津の生家の屋敷や庭、若い時代に山歩きした懐かしい場所と人生の有り様を思い起こさせてくれた。そして、今回特筆しておきたいことは、六七五番歌の「花勝見」が射干の花とは断言できないが、可能性のある和歌として万葉集に一首入集されていることが判明したことである。それは、中臣女郎の激しい恋を詠んだ恋歌で、その相手が何と万葉集の編纂にも関わったとされる大伴家持であったことは、私にとっては新しい知見であり、散歩途上の射干の花が齎してくれた最大の収穫である。そして、彼女の相聞恋歌は、一方的に家持から無視されたのか、それとも相聞往来を避けるために、編者である家持が返歌を万葉集に入集しなかったとも考えられないこともない。私にとっては謎として残るが、現実には、家持ほどの歌人であれば返歌の一首も贈っていないとは考えにくく、現実の二人は中臣女郎の片思いではなく、妻ある家持も好意をもって相聞往来があったのではなかったかと、古の恋歌の世界を勝手に想像して楽しんでいる。

（二〇一八年五月）

金雀枝（エニシダ）　―茅ケ崎館―

四月下旬に入り、日中の気温が二〇度前後の爽やかな日が続いている。例年この季節は、身体的にも精神的にも絶好調で、躍動的な活動に満ちている時期である。しかし、今年の春は、正月以来懸念してきた新型コロナウイルス問題が深刻化し、これまでの人生で体験したことのない、物憂い日が続いていて何事も進まないでいる。この状態も、勉強の場を奪われた学生や子供らの不憫さを考えると贅沢な悩みと言うべきである。政府は、四月初旬に主要七都市に、中旬には遅きに失するも、医療崩壊の危機に直面して、全国都市に「緊急事態宣言」を発令した。茅ケ崎に於いても二〇名を超える感染者が発生しており、行政の有線ラジオによる強い自粛要請によって外出も儘ならない。コロナウイルスが猖獗《しょうけつ》を極める環境下で日夜奮闘されている医療関係従事者や物流関係者など、市民の生命を守る仕事に従事されている皆さんには、心からの感謝の念と自らの安全確保を祈るばかりである。

一方で日常生活においては、朝のルーティンとしてきた散歩が、正月以来週一～二回程のペースになった。体調が優れなかったことや精神的な倦怠感によるものである。四月に入ると、爽やかな陽気に誘われて、距離を短くした散歩の回数は回復している。二三日、自宅から鉄砲道に出て、いつもとは反対方向の西浜方面に向けて歩いて行った。その目的は、今年は桜が例年より二週間程早かったこともあり、五月の初めにはツツジと同時に満開になるエニシダの花が、すでに開花しているのではないかと言う予測のもとに、旅館・茅ケ崎館に向かったのである。

鉄砲道を中海岸地区の交差点で左折すると、その通りは駅前南口と国道一三四号線を結ぶ「サザン通り」である。暫く歩くと、バス停「サザン通り中央」に進み、その先を左折した通りに入ると、右手の小道からは小高い丘になっていて、間近に茅ケ崎館が見えてくる。自宅からは一五分足らずの所である。建屋の正面玄関には、松や桜木、老木の太い根元から生え出た七本の幹が伸びる珍しい銀杏などが繁る、小庭の中央から一〇段余の広い石段を上ることになる。小庭から玄関を見上げると、硝子戸に何時もの大きな暖簾が掛けられておらず、人影も見えなかった。そのような中で、玄関の左方には、生長止まりに近い背高く伸びて年輪を感じさせるエニシダ（金雀枝）の大きく広げた枝が茂っており、その枝の緑を黄色に輝く美しい花で埋め尽くすかのような、鮮やかな光景が目に飛び込んできた。

私がエニシダを知見したのは、六〇歳代に入ろうとした五月の連休に散歩途上で立ち寄った旅館・茅ケ崎の庭であった。花の名前は家人に教わったが、その時の印象は、一つひとつの花を観察すると、約二センチの黄色い蝶形花をしていて珍しく、愛らしいと思ったと同時に離れて観ると、黄金色の固まりに輝いていて目に眩しかった。虚子の句に、「えにしだの黄色は雨もさまし得ず」とあるように、それは宛《あたか》もエネルギーが充電されるようで、心に漲る活力を与えられたような気持ちになったことを鮮明に覚えている。それだけこの花は思い入れが深い。

ところで、エニシダ（金雀枝、金雀児）をブリタニカ百科事典他で引くと、マメ科の落葉低木で、ヨーロッパ中南部原産の観賞用植物とある。日本でも古くから庭園などで植えられ、高さは三メートル程で、茎は深緑色、三小葉からなる小さな葉が再生する。五月頃、葉腋に黄金色のチョウのような形の花、所謂蝶形花が咲き、木全体が美しく黄色に見える。茎や葉は、強心作用のある有毒のアルカロイドを含み、解熱剤に用いられるとある。

しかし、この花の花言葉を辞書で引いてみると、「謙遜、卑下、清潔」などと出ていて、凡そ一種華やかなイメージの花と一致しない。明るい色の花なのに、ある意味ネガティブな意味の花言葉になった理由の一つには、フランスの伝説によると言う。簡単にその理由を示せば、「ある王子が兄を暗殺して王位を奪い、その後彼が城を捨て、エニシダの小枝を手にして毎晩祈り続け、懺悔を繰り返したと言う伝説」に由来するそうである。

また、西洋では「黄色＝裏切りの色」とされるため、エニシダに纏わるエピソードには、悪いものが多いとされる。例えば、聖母マリアがヘロデ王の追っ手から逃げている時、エニシダの枝がカサカサと音を立てて見つかりそうになることやユダがキリストを裏切ったときも、エニシダがカサカサと音を立て、キリストの居場所が分かってしまったと言われている。そのため、エニシダの木は、キリスト教では「悪魔の木」と考えられている。一方で、この花の花言葉に「清潔」とあるのは、イギリスではこの木をBroom（ホウキ）と言い、この植物の枝で箒を作ったことに由来すると伝えられている。付言すると、「魔女の空飛ぶ箒」もエニシダの枝でできていると伝えられる。

さて、文化財としての茅ケ崎館を極簡単に記しておきたい。創業は明治三二年（一八九九年）で、約一二〇年の歴史をもつ現役の老舗旅館である。創業者は、愛知県稲沢出身の森信次郎で、三菱汽船（後の日本郵船）所属の御用船（政府の用に供する船舶）の機関長であったとされる。航海中の船から茅ケ崎海浜を見初め、海水浴場（現在のサザンビーチ）の旅館（茅ケ崎館）として開業したものである。建物は木造で、明治時代の浴室棟、大正時代の広間棟と中二階棟、長屋棟が国の登録有形文化財に、茅ケ崎では最初の登録である。一九〇二年には、川上音二郎、川上貞奴夫妻（現在の高砂緑地公園・市立美術館は広大な住居跡である）が、欧州巡業から帰国してオセローの稽古場として使ったとされる。そして、映画監督・小津安二郎が初めて宿泊したのは、松竹の撮影所が蒲田から大船に移転した翌年の昭和一二年としている。すでに転居して茅ケ崎の住人であった脚本家の池田忠雄、柳井隆雄が小津監督を誘い、茅ケ崎館での共同執筆が始まったのである。

小津監督は報道部写真班として南方に従軍し、終戦をシンガポールで迎えた。翌年に帰国して監督に復帰、昭和二二年には戦後の第一作となる『長屋紳士録』を完成させた。以来、脚本家の野田高梧と組み、茅ケ崎館で脚本を執筆した。茅ケ崎館伝によると、小津監督は、秋の構想に始まって、翌年の春のツツジとエニシダ（庭）の咲く頃の脚本脱稿まで、数カ月間逗留されるのが、毎年の決まりだったとしている。そして、仕事場としていた角部屋二番には、七輪、火鉢、茶箪笥、食器が持ち込まれ自炊されていたと言う。

余談ながら、同館のパンフレットによると、角部屋のちゃぶ台には、煙草・洋酒の他に食材や調味料が用意され、陣中見舞いに来られた方々に料理やお酒をもてなすのが好きだったとされている。とくに得意な料理とした、すき焼きにカレー粉を加えた「カレーすき焼き」は、最上級のサービスで田中絹代、池部良、高峰秀子などはその洗礼を受けたとされている。このようにして仕上がった脚本が、『父ありき』、『長屋紳士録』、『風の中の牝鶏』、『晩春』、『宗方姉妹』、『麦秋』、『お茶漬けの味』、『東京物語』、『早春』など多数の名画を生み出しているのである。

私は、小津作品に詳しいわけではないが、NHKのBS放送で放映される作品は、必ず観ることにしている。とくに繰り返して上映されるのが、女優・原節子が「紀子」の役で出演する「紀子三部作」と言われる作品である。年代順には、『晩春』、『麦秋』、『東京物語』は、何度鑑賞しても名作だと思う。これらの作品は、中流家庭を舞台に、日常的な親子の関係や人生の深みを描いており、観る人にとってかけ離れた世界の物語ではないところに共感する。以下に、紀子三部作について調べて得た知見とあらすじを孫たちのために記しておきたい。

一隅閑話―紀子三部作―

この三部作でも、昭和二八年の作『東京物語』は、戦後復興が進展するなかで、田舎のある家庭ではどこにでもありそうなストーリーで、家族の在り方を問う作品として、小津映画の集大成で代表作と評価されるに至った。あらすじを極簡単に記すと、笠智衆と東山千栄子が演じる老夫婦が尾道から東京で暮らす子供たちを二〇年ぶりに訪ねて来るところから始まる。開業医の長男幸一（山村聰）と美容院を営む長女志げ（杉村春子）は歓迎するが、仕事が忙しくてかまってはいられない。見捨てるわけではないが、親の期待を裏切る対応しかできない。会社を休み老夫婦に東京見物させて世話をしたのは、戦死した次男昌二の嫁で、子供のいない未亡人となっても再婚をしない紀子（原節子）だった。所詮、人生とはそう言うものだと教えているような気がする。この映画は観る人の年齢や家族の背景によって印象が異なるだろう。

この作品は、昭和三三年にロンドン国際映画祭で、サザーランド賞を受賞し、海外からも注目を集めた。小津監督没後もジム・ジャームッシュ、アキ・カウリスマキ、ホウ・シャオシェンをはじめ、世界の巨匠と言われる監督たちが「大きな影響を受けた」と言って憚らない。この作品については、この映画の助監督を努めた直木賞作家・高橋治二の講演会「小津安二郎の秘密」を茅ケ崎文化会館で拝聴しており、拙著『備忘録集Ⅱ・忙中自ずから閑あり』に詳しく記している。

三部作の第一作で昭和二四年の作『晩春』のあらすじは、次のようなものである。早くに妻を亡くして以来、娘の紀子（原節子）に身の回りの世話をさせてきた大学教授の會宮周吉（笠智衆）は、娘の婚期が遅れていることを気にしていた。周吉は妹のマサ（杉村春子）が持ってきた、茶道の師匠三輪秋子（三宅邦子）との再婚話を受け入れると偽って、紀子に結婚を決意させようとする。しかし紀子は、男が再婚することに不潔さを感じ、父への嫌悪と別れの予感にショックを受ける。叔母のマサが持ってきた縁談を承諾した紀子は、父と京都旅行に出かけ、再度心が揺れるが、父に説得されて結婚を決意する。紀子が嫁いだ晩、再婚せずひとり家に残ることを決めた周吉は、人知れず孤独の涙を流すのであった。

この作品は「世界に類のない、小津の厳格で独創的なローアングルの技法（カメラの位置を低くして被写体を見上げるように写す）は、この作品で完成の域に達し、以後一作毎にさらに磨きが加えられていくことになる。」と映画評論家・佐藤忠男に言わしめた作品である。以降小津作品は、「一年一作」と呼ばれる寡作監督になったとされる。

三部作の第二作で昭和二六年の作『麦秋』は、個人的には一番好きな作品である。この作品のあらすじを記す。北鎌倉に一家を構える間宮家は、初老の学者周吉と妻志げ、その長男で都内の病院勤務の医師康一（笠智衆）と妻史子、その幼い息子二人、それに長女の紀子（原節子）からなる、七人の大家族である。独身の紀子は東京の会社に勤務するも、上司の佐竹から「売れ残り」とからかわれている。また、紀子の親友のアヤの周りは結婚しているが気にせず、二人で独身貴族を謳歌している。春のある日、大和から周吉の兄茂吉が上京し、いつまでも結婚しない紀子を案ずる一方で、周吉にも引退して大和に帰るように勧めて帰っていく。

同じ頃には、紀子に上司の佐竹が縁談を持ち込んできた。お相手は商社勤務で地位も家柄も申し分なく、紀子もまんざらでもない様子だった。この縁談は、康一の同僚医師である矢部健吉の耳にも入ってきた。間宮家の近所に住む矢部は、戦争で亡くなった間宮家の次男省二とは高校からの友人で、妻が一昨年に幼い子を残して亡くなっていて、母親のたみ（杉村春子）は健吉の再婚相手を探していた。間宮家では、紀子の縁談相手が実は紀子と一四歳も年齢が離れていることが発覚し、間宮家の女性たちは憤慨する。しかし、康一は「紀子の二八歳の年齢では贅沢は言えない」と窘《たしな》める。

やがて、矢部は秋田の病院へ転任することになった。赴任前の夜、矢部家に挨拶に行った紀子は、矢部の母たみから「あなたのような人が息子の嫁にしたかった」と言われる。それを聞いた紀子は、「私でよかったら…」と言い、矢部の妻（後妻）になることを即決承諾するのであった。間宮家では紀子の決断に驚き、縁談の方がいい話ではないかと問い詰めるが、紀子はもう決めたと言って譲らず、最後は皆も了解する。

紀子の結婚を機に、周吉夫婦も茂吉の勧めに従って大和に隠居することになった。そして、間宮家はバラバラになることになった。最終シーンは、初夏を迎えた大和の家で、周吉と志げが豊かに実った麦畑を眺めながら、これまでの人生に想いを巡らすのであった。

この作品は、紀子の意外な人との結婚を機に、一家はバラバラになって暮らすことになるが、小津監督は完成後の談話で、「ストーリーそのものよりは、もっと深い輪廻と言うか、無常と言うか、そう言うものを描きたいと思った」と発言している。また、小津とのコンビで、この作品を書いた脚本家野田高梧は、自身が一番気に入っている脚本で、「『東京物語』は誰にも書けるが、これはちょっと書けないと思う」と吐露している。

閑話休題。茅ケ崎館方面への散歩は、通常は東海岸通りから国道一三四号線に出て、海岸沿いの遊歩道をサザンビーチ方面へと進み、サザン通りを駅方面へ戻る途中で立ち寄るのを常としていたが、今回の散歩はエニシダの花を愛でる目的で鉄砲道を直行した。新型コロナウイルス感染防止による営業自粛休業の案内があって館内に入れず、館内の廊下から眺める湘南海岸の景色と、手入れの行き届いた裏庭に咲く豊かなツツジやエニシダの花に巡り合えなかったのは残念であった。休業に恐縮する管理人さんとは玄関先で辞したが、正面玄関の左方を占めるエニシダの大木に咲き誇る黄金の輝きは、私の意気消沈気味の気持ちを鼓舞するのに余りあるものであった。

（二〇二〇年四月）

2　夏

テイカカズラ

昨年の六月、暇つぶしにネットの「フラワー・ライブラリー」を見ていて、偶然にもテイカカズラ（定家葛）の花を写真で知見し、今年は実際に巡り合うべく、散歩途上で生垣を注視しながら歩いていた。その結果、意外に身近にそれも朝の散歩コースで発見した。つまり、古希を迎えてから始めた朝の散歩で、これまでは気づかずにいたと言うことである。この植物は、手を加えないと蔓から気根を出して、金網などのフェンスによじ登りながら広がるので生垣に使われる。葉をよく観察してみると、楕円系ないし狭長楕円形の革質で、表面は光沢があり、若木では一センチ程で外見は生垣の定番である柾の葉と区別がつかない。さらにこの植物は、筒状の白い花弁の先から五枚に分かれていて、プロペラのように捩じれた香りのよい花を見せる。しかし、発見を見逃していたのは、沈丁花や金木犀のような強く香りを放つほどではないために素通りしたからであろう。

この花の名前の由来は、鎌倉時代の大歌人・藤原定家が恋心を抱き、想像するに歌を通じて恋愛関係にあった後白河天皇の第三皇女・式子内親王のお墓を、定家の塚から生えた蔓が抱きしめたという伝説から名付けられたとされている。そして、室町時代の猿楽師・金春禅竹の代表作である『定家』は、能の世界では最上級作品とされる。そのクライマックスは、蔓に絡みつかれた塚の前に式子内親王本人が亡霊となって現れ、旅人の高僧に「あの方（定家）も私も成仏できないでいます。この蔓を解き放してほしい。」と懇願する。そこで高僧が法華経の薬草喩品の一節、「仏平等説　如一味雨　随衆生性　所受不同」を唱えると、纏《まつ》わりついていた蔓と涙とがほろほろと落ちて解け広がった。苦しみから逃れることができた内親王は、お礼にと宮中で華やかに過ごした有り様を懐かしむように舞い、墓の影へと消えてゆくのだが、内親王の成仏は叶ったのであろうか。見れば、また元の通りに、時雨の露に濡れた内親王の墓には、定家蔓が這い纏ってゆくのである。この物語の詳細については、拙著『備忘録集Ⅳ　春風に凭れて』の一隅閑話に詳しく記してある。

六月に入って間もない朝、いつもの散歩コースである鉄砲道通りを辻堂方面に直進し、一中通りとの交差点を通過した歩道に面する、小印刷店舗「鉄砲通のコピー屋さん」を左折して住宅公道を進んで行くと、手入れの行き届いたお宅の庭に筒状の白い花弁の花を発見した。近寄って観察すると五枚のプロペラのように捩れていた。自身の鼻を花弁に近づけてみると、ジャスミンの香りがして間違いなく、「テイカカズラ」であることを確信した。それは、私にとっては一大発見であり、國學院のオープンカレッジで受講している『新古今和歌集』に式子内親王の歌が出てくるたびに、この植物が気になっていたので、実物の花に巡り合えたことで、溜飲が下がる思いであった。さらに、散歩帰りのコースとなる「豆屋通り」では、八メートル程の生垣が柾とテイカカズラで占められていて、可憐な花を咲かせていた。他にもこの通りでは、二カ所の生垣でテイカカズラを発見し、その日は幸せな気分になれた。そして、改めて定家と式子内親王の忍恋と成就できなかった悲恋を、二人の和歌を通して見つめ直してみたいと思ったのである。

まず二人のプロフィールを記しておくと、藤原定家は、歌人・藤原俊成の子である。人名辞典によると、父に和歌を学び、精進を重ねて鎌倉初期の歌壇を代表する歌人である。有心体《うしんたい》（対象に対する観想の深さが、抒情の深さとなって表現され、あわれの深い体）を提唱して、有心妖艶の秀作を残し、藤原家隆と並び称賛された。晩年は古典研究に没頭し、源氏物語などの古典の書写校合にあたったとされる。建仁元年（一二〇一年）、後鳥羽院の命によって編纂された勅撰和歌集である、『新古今和歌集』（二〇巻・一九一〇首）の撰者として、藤原有家や家隆、雅経らと共に携わった一人である。また、鎌倉時代の御家人で歌人でもあった宇都宮蓮生の依頼により、嵯峨野小倉山別荘の襖の装飾として、百人の歌人の優れた和歌を色紙にしたためた。今日の「小倉百人一首」を指す。

一方の式子内親王は、第七七代後白河天皇（一一五五〜五八年在位）の第三皇女である。平治元年（一一五九年）から一〇年間、賀茂神社の斎院として奉仕したが病のため退下、出家した後は御所に因み萱斎院、大炊御門斎院などと称された。和歌は藤原俊成に師事し、その息子である定家とも親しくなり、養和元年（一一八一年）以後は、たびたび御所に出入りさせていて深い交流があった。そして式子内親王は、意外なことに歌人として歌壇活動の記録が少なく、現存する作品は四百首に満たないと言われている。さらに、その三分の一以上が『千載和歌集』以降の勅撰集に入集されている。その作品は、悲哀、孤独感に満ちた抒情的な歌を詠み、恋歌作品を読むとその儚さを思わずにはいられない。

一方、定家の日記である『明月記』には、内親王に関する記述がしばしば登場すること、とくに内親王が薨去された（建仁二年正月二五日）前日には、その詳細な病状が頻繁な見舞いの記録と共に記載されている、としている。その後一年間は喪に服してだろうか、内親王のことは一切触れていないと言う思わせぶりな書き方がされていると言う。このようなことからして、私の解釈としては、内親王と定家には親しく深い交流があって、お互いの恋歌作品からも、二人は「恋仲であったが成就できなかった悲恋物語」と捉えるのが自然であろうと思う。仮に、二人の恋歌が虚構の世界として詠んだものとすれば、余りにも悲しいことではないか。仮にそうであったとしても、内親王の恋歌には、激しくも思いどおりにならない恋心、その切なさが愛おしく感じてならないのである。新古今和歌集他から式子内親王と藤原定家の恋歌を見てみたい。

　新古今和歌集のなかには、忍恋（三首）として式子内親王の歌が入集されている。一〇三四番歌として、「玉の緒よ絶えなば絶えねながらへば　忍ぶることの弱りもぞする」は余りにも知られており、定家による「小倉百人一首」の八九番歌にも選んでいる。次の一首に、「忘れてはうちなげかるる夕べかな　我のみ知りて過ぐる月日を」がある。簡単に通釈すると、「あの方への思いをふと忘れてしまっては、思わず歎息してしまう夕べであるよ。」と言うような塩梅である。この歌の「うちなげかるる」には、自分の思いを長い年月あの方に知らせていないことをふと忘れて、恋人が来てくれるのではないかという期待が込められている気がしてならない。三首目は一〇三六番歌の、「わが恋は知る人もなしせく床の　涙もらすなつげの枕」である。意味合いは「私の恋心など知る人はいない。堰《せ》き止めている床の涙を洩らさないでおくれ、黄楊の枕よ」と言うような具合である。黄楊の木で作った枕は、霊力が強いとされ、黄楊は「告げ」の掛詞とすれば、この思いをあの方に伝えたいとする心持を強く感じる歌である。

一方、新古今和歌集から定家の恋歌を二首取り上げておきたい。世治二年（一二〇〇年）後鳥羽院が主催した歌会で、お題「風に寄する恋」に対して、定家が女性に転身して女性の心理を詠んだ歌に、一三三六番歌として、「白妙の袖の別れに露落ちて　身にしむ色の秋風ぞ吹く」がある。通釈すると、白妙（梶の木などの皮の繊維で織った白い布）の袖を分かつ暁の別れに露が落ち、涙も落ちて身に沁みる色の秋風が吹くであろう、と言う具合である。この歌の暁の別れには、身に沁みるほど寂しい秋風が露を吹き落とす庭の情景に止まらず、殿方がやがて自分に「飽きる」ことを予感して涙が袖に落ちる光景が伺えるのである。

私が選んだ極め付きの一首を取りあげると、一三九〇番歌に、「掻きやりしその黒髪の筋ごとに　打ち臥すほどは面影ぞ立つ」がある。簡単に解釈すると、掻きのけてやった彼女の黒髪の一筋一筋が、独り寝をしている時は目に浮かんで見えるようだ、と言う意味合いである。それは、夜の想念に現れる黒髪の一筋が官能的で、身震いするほどの美しさを感じる。

このような定家と内親王の恋歌は、お互いへの恋文として捉えると、とくに内親王の恋心は、何と激しく何と切ないものであったかが推量できる。それは、成就できない悲恋に終わることを心の隅では諦観していたのであろう。後代の見聞によると、『源氏大綱』では、相思相愛であった二人の仲を後鳥羽院に裂かれたとする説、定家の父・俊成も二人の仲を知ってはいたが、内親王は後白河法皇の姫であり、息子の定家は摂関家の嫡流からも遠い貴族に過ぎず、二人の身分には超えることのできない差があり、憂慮していたとする説がある。

私が内親王の愛の執念を感じる恋歌は、新後撰和歌集一一一三番歌の「恋ひ恋ひてそなたに靡く煙あらば　いひし契りのはてと眺めよ」である。内親王の思いは、「あなたを恋し恋した挙句、あなたの住まいの方に靡く煙があれば、わたしと交わした『いひし契り＝逢う約束』の果てと眺めてください」と解釈できるもので、契りの約束を破られたら火葬の煙があなたに逢いにゆくと言うのである。

式子内親王は、華やかな詩才に恵まれ栄華を極めた宮廷生活を謳歌するも、身分の差があるが故に結ばれぬ悲恋と晩年の病弱による悲運もあり、五二歳の生涯であった。因みに、藤原定家は、当時としては長命の七九歳の人生を全うし、後世に甚大な功績を残した。

六月に入ってから毎朝の散歩で眺めてきたテイカカズラの花は、一カ月以上も次々と開花させては遠慮しがちにジャスミンの甘い香りを放った。そして、花の終焉が近づくと花は淡黄色に変化して暫くすると細長い莢果《きょうか》をつける。事典によれば、果実は裂開して長い毛をもった種子を飛ばすそうである。

最後に、テイカカズラの花言葉は「栄誉」とあるが、これは大歌人の名を与えられたことに由来する。そして、この植物の性質を由来とする花言葉としての「依存」は、直立できない蔓状の枝が攀じ登れるものを探して地を這い、壁や木などを上へ横へと広がる姿から命名されたのであろう。一方、テイカカズラ花を実際に嗅ぐと香料となるジャスミンと同じ香りがする。「優雅」と「優美な女性」の花言葉は、この花の甘い香りと宮中の歌人である式子内親王のイメージに由来しているのだろう。

（二〇一六年七月）

一隅閑話─世阿弥の名言─

能の世界で上級とされる演題『定家』は、今日の庭の生垣花「テイカカズラ」の由来である歌人・定家と式子内親王との悲恋を題材として描いた作品（金春禅竹の代表作）である。朝の散歩でテイカカズラの花を実見して思い起こしたことは、室町時代初期の大和申楽（猿楽…現在の能または歌舞伎の祖形ともいう）を観世流として、現代の能に継承させた観阿弥・世阿弥親子のことである。とりわけ、世阿弥が著した能の理論書である『風姿花伝』にある名言には、ビジネスマンとしての人生とマネジメントの在り方を学ぶ著書として関心の深い時代があった。改めて、書斎から探し出した『世阿弥の言葉』（土屋恵一郎著・岩波現代文庫）を目にしたので、世阿弥の名言を風姿花伝から引き出し、閑話として記しておきたいと思ったのである。

世阿弥の経歴を概略すると、観阿弥の長男として応安七年（一三七四年）か翌年一二歳のおり、父と共に将軍足利義満に見出されて殊遇を受けたとされる。二二歳で師匠である父の死に

あったが、観阿弥の大成した能をさらに幽玄の能として完成させたと言われている。義満の没後は、義持が田楽の増阿弥を寵愛してから不遇となり、義教が将軍になってからは弾圧を受け、永享六年（一四三四年）に佐渡に流され、その後の消息は不明である。しかし、子孫に多くの著書を残し、その代表的なものが『風姿花伝』である。

世阿弥が著した能の理論書は、広く世に問うものではなく、子孫に伝える教えを残すために書かれたものである。その内容は、能の修行法や演技論、能の美学、さらには能役者の人生を七段階に区分した生き方、能役者としての人気を勝ち取り、継続していくための革新的創造性についてまで記されているのである。つまり、能が約六百年前には、すでにライバルがいて人気を競う芸能市場になっており、世阿弥はそれに勝つための戦略として風姿花伝を書いたのである。私たちの世代であれば、一度は耳にした教えとして「初心忘るべからず」に代表される言葉は、能役者が試練を超えるものとして捉えるが、現代人にも響く人生論である。さらに、不安定不透明な世界で生き残る戦略を説いた経営戦略論として注目された。

風姿花伝には、「花」の言葉が多く出てくるのが特徴であり、世阿弥は生涯を賭けて「花」を通して、魅力ある能の在り方に美学を追及し続けたのであろう。これは、具体的な植物の花を論ずるものではなく、「花のある演目」、「花のある能役者」という表現で、印象深い伝統の継承を踏まえた能の芸術性を高めるためのテキストなのである。著書のなかから印象深い「花」

を用いた名言を取りあげ備忘録とする。

　まず、取りあげる名言に、「秘すれば花なり。秘せずは花なるべからず」がある。この教えは、花は秘密にすることで花になる。秘密にしなければ花にはならないとするものである。すべての芸能芸術は、その秘密を観客に知らせないでおくことが、新鮮な感動を与えることができると言う意味をもつ。謂わば、秘密にすることの効用を説いた教えである。次の教えは「花と面白きと珍しさと、これ三つは同じ心なり」とある。この言葉の狙いは、「珍しい花」、「新しき花」とも言われ、観客の予想しない演技を行うと新鮮な印象を与えることができると言う意味で、秘すれば花と同じ戦略である。

　三つ目の名言は「時に用ゆるを以って花と知るべし」とある。この教えは、その時々の観客によって役に立つものが花であると言う意味である。その時の観客の好みや環境などを考慮して上演することの大切さを教えている。最後に取りあげる名言は、「花とは、咲くによりて面白く、散るによりて珍しきなり」である。これは、人々は美しく咲いた花を愛でるが、その花は散って翌年にまた咲くからこそ注目を集める。どんな魅力的な芸であっても、いつも同じような芸では注目されなくなることを戒めた教えであろう。

　このように、世阿弥が残した能の理論書としての『風姿花伝』の名言からは、今から六百年前にあっても、自らが率いる一座の人気を勝ち取り、継続していくための「演題や能役者の演技力」を高めるために、世阿弥がいかに常に革新的な要素と創造性を追及する姿勢を持っていたかを垣間見ることができる。そしてこの著書が、現代の人生論や経営戦略論として示唆に富むものとして注目されたのは、ビジネス人生の在り方として、また歴史と文化を継承する継続企業・ゴーイングコンサーンの要諦と顧客志向を第一とするマーケティング理論に通じるからであろう。

（二〇一六年八月）

追記

日本が世界に誇れる古典の名作『源氏物語』（五四帖）は、平安中期に紫式部が書いた、「天皇の子・光源氏を主人公として宮廷生活や貴族の恋愛模様を情緒豊かに描写した」大長編恋愛小説である。しかし、紫式部による原本は現存せず、写本によって後世に伝えられてきた。そこには、写し間違いや書き落としも多かったとされる。そして、紫式部が創作してから二百年経過した鎌倉初期には、すでに原文はなく、鎌倉時代の歌人・藤原定家が古い写本を比較検討して編集して嘉禄元年（一二二五年）に完成させたのが、原本に最も近いとされる「定家本」である。

昨日の新聞各紙朝刊は、定家が校訂した写本、「青表紙本」（定家本）のうち、これまで全く知られていなかった新たな一帖が発見されたと報じた。定家の子孫にあたる冷泉家の「冷泉家時雨亭文庫」が鑑定した。専門家の間では、定家本の新出は戦後初めてで極めて貴重だとしている。保存者は三河吉田藩の藩主、大河内家に伝わる子孫宅で、寛保三年（一七四三年）に福岡藩・黒田家から伝わったものとしている。この写本は、光源氏が後に妻となる少女に出会う有名な場面「若紫」の帖で、多くの絵巻に描かれており、専門家は重文級の発見に定家の編集作業研究の進展に期待している。

（二〇一九年一〇月）

紫陽花　――鮮やかな七変化――

梅雨入りが間近とされる六月の初旬、鉄砲道を辻堂方面に向かって進みながら、箱根駅伝の応援に出向いて以来となる、半年振りに茅ケ崎海岸に出てみたいと思った。鉄砲道通りと交差する一中通りを通過して間もないY字路の「佐々木卯之助追悼記念碑*」を右方向に入り、住宅公道を進む。この道の名称は知らないが、鉄砲道を直進しラチエン通りと交差してから右折して海岸に出るには、この公道が三角形の一辺に当たり僅かながら近道である。

ラチエン通りまでの、この住宅公道は、五〇〇メートル程と思われるが、閑静で庭が豊かで広い家が多く、意外にも多くの家で紫陽花を植樹している。この通りで紫陽花を眺めるのは初めてのことだが、何軒かの庭は紫陽花の花がすでに盛りに入っている。そのなかには、咲いたばかりの淡い黄花色もあるが熟した花もあり、薄いクリーム色、薄い青、青色、藍色、紫がかった青、赤っぽい紫の花などがあり、多色の彩りを楽しめた。このように紫陽花は、花の色が変化することから、「七変化」とか「八花仙」と呼ばれる。この花は、梅雨入り時の鬱陶しい気候のなかで考えると、より良くより美しくなるために色が変わっていくのだろう、と思ったりもする。そして私にとって、とくに紫陽花の花の美しさを感じるのは、雨に打たれて濡れた光沢のある葉や花弁が太陽に照らされて輝きを見せるところにある。

ところで、植物学として紫陽花をブリタニカ百科事典等で調べてみると、紫陽花は、ユキノシタ科の落葉低木である。ユキノシタは、葉を摘んで天ぷらとして食することや葉を乾燥させてハーブとして楽しむことは、広く知られているので紫陽花がユキノシタ科に属することは意外で驚きであった。紫陽花は観賞用として広く栽培されていて、高さは一・五メートル程に生長する。葉は有柄で対生し、卵形または広卵形、深緑色で光沢がある。初夏頃、枝先に紫色の多数の花が薬玉のように集まって咲く。萼片は四～五個で花弁状に発達する、とある。初めは白く、次第に青色に変る。また白色や淡紅色もある。本来の花弁は小さく四～五枚、おしべは一〇本内外、めしべは退化し、二～三本の花柱がある。また、花の色が変化するのは、土壌の酸性度によるものとされ、酸性土壌では青、アルカリ性土壌では赤ということは知られている。さらに、土壌中の窒素量やカリ量などでも変わるとしている。

四〇代の頃に丹沢山麓のハイキングに出掛けた時、清流沿いの山道を歩いていると紫陽花に似た植物を見つけ、花の形に丸みがないので不思議に思ったことがある。帰宅してから図鑑で調べて知見したことだが、その植物はタマアジサイ、コアジサイ、ノリウツギ、ツルアジサイとあり、日本の山地に自生していることが分かった。つまり、ガクアジサイを代表する紫陽花は日本が原産なのである。このガクアジサイを観賞用としてヨーロッパに輸出し、それが改良されセイヨウアジサイ（Hydrangea macrophylla）と呼ばれる「手毬咲き」となったものを、大正時代に逆輸入した紫陽花が現在の庭木である。さらに今日では、紫陽花の開花時期である梅雨時ではなく、鉢栽培として初春から温室咲きとして観賞されているのである。

このように紫陽花の最大の特徴は、その花が多色に変化することであろう。古来、詩や俳句、歌に詠まれている。私が好きな堀口大學の詩と子規の俳句を記しておきたい。紫陽花の特徴がよく表現されている作品である。とくに、堀口大學の作品『紫陽花―ある詩人の独白―』は、私にとっては、この言葉の流れにありのままの自分を重ねて、声を出して読むと、自らの「個性に誇りをもつこと」、さらには「人生の在り方」さえ示唆しているようで、自信を取り戻し、自らを鼓舞してくれることもある。若い時代から紫陽花の開花するこの時期になると読み返してきた作品である。

ばらだから褪せもしようさ
紫陽花だ　雨にも色ます

ばらだから香も失せようさ

紫陽花だ　匂いはいらぬ
青ざめた丸顔だって？
その代り　頬は散らない

赤いばかりが色かってんだ
青いのも花の色だよ

雨降れば平気でぬれる
風吹けば平気でゆれる

蝶もこないが毛虫もつかぬ
刺なんか元より不要

丸腰ものんきなものよ
葉のつやで元気が知れる

花期だって比較にならぬ
三倍も五倍も長い！

一方で俳句では多くの俳人によって、紫陽花の花が詠まれていると思われる。そのなかでも私の好きな子規の作品を記しておくと、「紫陽花にかぶせかかるや今年竹」とあり、住まいとする庭の風景だろうか。今年の若竹が伸びて曲がり紫陽花にかぶせかかっている、若竹の意地悪な情景を想像する。さらに「たれすぎて紫陽花泥によこれけり」は、小枝の先の大きな薬玉のような花の重さで枝が地面に届きそうになり、雨の跳ね返りで葉や花が汚れている情景が浮かぶのである。また、紫陽花の花の特徴を表わし、色の変化を楽しむかのような句に「けふや切らんあすや紫陽花何の色」、「念入れて又紫陽花の染め返す」、「紫陽花にきのふ紅さして今日はいかに」がある。

紫陽花の花を眺めて思い起こすことは、家人の実家の木戸を入った最も近い庭木が紫陽花であったことである。岳父が植樹したものだが、家人の女学生頃から記念写真のバックに写っているので、かなりの年季が入っていた。この木も五年前の二世帯住宅を建築する際に、低木類は茅ケ崎市の「みどり課」に寄付を申し出たのだが、職員さんの判断（自分たちで掘り起こし運搬するルールになっている）で除外されたので、家屋解体と同様に廃棄処分の運命を辿ってしまった。家人と義妹たちにとっては思い出深い庭木だったのかもしれない。

この季節になると、テレビのニュース等で紹介されるのが紫陽花の観光地である。私の若い時代、湘南地方で人気のあった観光スポットは「アジサイ寺」こと、北鎌倉の「明月院」であった。北鎌倉駅から、横須賀線に沿って鎌倉方面に歩き、鎌倉街道と鉄道が交差する踏切の先を左に入り一〇分程、明月院の参道や境内を約二五〇〇株の紫陽花が埋め尽くし、開花時期には大変な人出であった。今日に至っては、江ノ電の長谷駅から五分程の長谷寺境内の斜面地を利用した散策道路には、四〇種類以上、二五〇〇株のアジサイが群生、その眺望は新たな観光スポットとして、待ち時間があるほど長蛇の行列で賑わいを見せていると言う。何れもの寺院も若い時代に参観したことはあるが、今日に至っては雑踏のなかで紫陽花観賞を目的として出掛けようとする気力が生まれてこない。

紫陽花で思い起こすことは、五〇代に入って間もない頃の六月だったと思う。飲み仲間で箱根に出掛けた際に眺めた、箱根登山鉄道線路沿いの紫陽花の花の見事だったことである。

登山電車は、箱根湯本駅から強羅駅まで、標高差五〇〇メートルの箱根の山を時速二〇キロ程で、大平台、塔ノ沢、彫刻の森、…終点強羅へと三度のスイッチバックを経て、ゆっくり登って行くのだが、その沿線には、車窓に触れるように七色の紫陽花が咲き乱れ、その美しさは二〇年以上経た今日に至っても、その風景が頭に浮かんでくる。また、その日に参拝した阿弥陀寺境内の約三千株といわれる紫陽花の見事さに圧倒されたことを思い起こしたので、簡単に備忘録としておきたい。

登山鉄道の塔ノ沢駅で下車し、駅から温泉宿の駐車場に出て、傾斜のあるかなり厳しい山道を二〇分程登ると、ひっそりとした山の中に「箱根のアジサイ寺」、「琵琶寺」と言われる古風な佇まいの阿弥陀寺が見えてくる。この古刹は、仏教修験が六百年前から行われていた霊地と伝わっている。木食行者で名高い弾誓上人修行の岩屋があり、第一四代将軍・徳川家茂の御台所(正室)で、仁孝天皇の第八皇女和宮様の香華院であり、その和宮様を偲ぶ琵琶の語りをしている寺として知られている。

この寺は、和宮様が箱根塔ノ沢で病気療養中に薨去(明治一〇年九月)されたとき、最初にお弔いをして以来、その後もおまつりしている寺である。観光スポットでもなく寂しい静寂な寺ながら、参道や本堂を取り囲む境内には紫陽花の花が咲き乱れ、八仙花の如く色合いを見せていて、その満足度は生涯忘れることはできないであろう。そして、阿弥陀寺の特徴でもある、本堂の拝観処には、大きな滑車が吊るされていて、そこに巻きつけられた長い数珠を引き寄せてお参りすると、煩悩が消えて願い事が叶うと言われている。心静かにしてお参りした記憶が蘇ってくる。
さて、ガクアジサイが日本原産であることは、古くから知られていたであろうことから、万葉歌人らにとって、アジサイの花がどのように映り、どのような想いを馳せたかに興味がある。そこで、万葉集に入集されている歌があるかどうかを調べて見たら、二首あることが判明したので記しておきたい。このように、二首に止まったのは、紫陽花が色変わりすることには興味があったようだが、今日の「手毬のような花」ではなく、当時のガクアジサイはユキノシタ科に属する他の花に見られるように、花そのものに華やかさがなく地味な花であったことが要因ではなかったかと思われる。

七七三番歌　『言問はぬ木すら紫陽花諸弟らが練のむらとにあざむかえけり』
「事不問木尚味狭藍諸弟等之練乃村戸二所詐来」
四四四八番歌　『紫陽花の八重咲くごとく弥つ代にをいませ我が背子見つつ偲はむ』
「安治佐為能夜敝佐久其等久夜都与尓乎伊麻世我勢故美都々思努波牟」

万葉集第四巻の七七三番歌は、大伴家持が坂上大嬢（後に家持の妻となる）に贈った歌とされる。歌の中の諸弟《もろえ》は、人名とも考えられるが学者の間でもはっきりしていない。また、練りの村戸についてもはっきりとした解釈が定まっていないと言われているが、専門家の解釈を示せば、「ものを言わない木でさえ、紫陽花のように移りやすいものがある。ましてや（言葉をあやつる）諸弟たちの言葉にすっかり騙されてしまった。」としている。この解釈だけでは、意味が不明で、坂上大嬢との大事な約束を破られてしまったのであろうか、いろいろと推測してみたがその域を脱するものではない。

一方の万葉集第二〇巻の四四四八番歌は、橘諸兄の恋歌であるが贈り相手が分からず、相聞往来にもなっていない。解釈すると、「紫陽花の花が八重に咲くように、いつまでも栄えることを祈りながら、あなた様を見仰ぎつつお慕いしております」と言うような具合である。

最後に紫陽花の花言葉に触れておきたい。紫陽花全体の花言葉には、「移り気」や「浮気」、「高慢」、「冷淡」、「無情」などがある。これは花の色が時期によって変化することが由来になっているのだろう。また、変化する花の色によって花言葉も変わる例として、青い花に「あなたは美しいが冷淡だ」とある一方で「辛抱強い愛情」の花言葉がある。これには、逸話があるので追記しておきたい。

鎖国時代に来日した医師のシーボルトは、滞在中の妻として楠本滝と結婚したが、「お滝」の名を紫陽花につけて、紫陽花のことを「オタクサ」という名前で故郷のドイツに紹介したことは広く知られている。やがて、国外追放となったシーボルトは、紫陽花を祖国に持ち帰り、彼が愛した日本女性の「お滝さん」を想って、その紫陽花に「オタクサ」と命名したと言う逸話から花言葉として「辛抱強い愛情」が生まれたと言われている。

今日の散歩は晴天である。やはり紫陽花は小雨が似合う。雨に打たれながら咲く紫陽花の花を愛でていると、鬱陶しい梅雨時に沈む心が浮き上がってくるような気がしてならない。そして雨上がりには、太陽の日差しが花弁の水玉を虹のようにキラキラと輝かせ、季節の移ろいが本格的な夏を迎えたことを実感させてくれるのである。


（二〇一六年六月）

＊注釈　佐々木卯之助追悼記念碑について

自宅から五分足らずの鉄砲道は毎朝の散歩で通る道である。にも拘らず、Y字路の辻には記念碑らしきものが建っていて、いつも庭花が手向けられているが気にも留めなかった。その日は何故か碑文を読む気になって立ち止まったのである。散歩時に持参しているメモ帳に全文を写してきたので、そのまま記しておきたい。

「茅ケ崎一帯の海浜は享保一三年以来幕府の鉄砲場となっており、区域内への村民の立ち入りや耕作は禁じられていた。

佐々木卯之助が大砲役（鉄砲方役人）になったのは文政七年のことで、そのころ南湖では田畑が少なく農民はこの地の耕作を願っていた。それを察した佐々木氏は、上司に内密で耕作を許可し、農民はこの情けある計らいに心から感謝していた。

しかし、このことが発覚するに至り、天保六年その罪で佐々木氏は八丈島を経て青ヶ島へ遠島となり、その後赦免となったが、かの地で一生を終えた。

時は移り明治三一年、茅ケ崎村々長伊藤星之助が発起人となり、村の恩人佐々木氏を追悼してこの碑を建立した。初め南湖六道の辻に建てられたが、幾たびか場所が変り、末永くこの地に収めることになった。」

この碑文には記されていないが、この事件の背景をネット等で調べて見ると天保年間の大飢饉に見舞われ、民の食糧は困窮し多くの餓死者が発生した。茅ケ崎も例外ではなかった。民の惨状を目にした卯之助は、鉄砲調練場の敷地の一部を開放して耕作することを黙認し茅ケ崎の民を救ったのである。墓標は、鉄砲道辻（東海岸五丁目）の他、市内本村の海前寺、南湖中町の八雲神社にもある。

ニッコウキスゲ　―雄国沼散策―

古希を過ぎた頃から毎年のこと、春から夏への移ろいのなかで、心を動かされることは懐郷の念に駆られることである。そのなかでも、高校時代に所属していた山岳部の活動で登山した、雄国山や雄国沼を散策したいとする思いは強くなっていた。既に半世紀以上も前になるが、一八歳の深秋まで（冬山は禁止）の三年間の山岳部活動は、那須連峰縦走や飯豊連峰、吾妻山や磐梯山のような遠征登山（テント泊二日以上）は別にして、普段の活動は雄国沼周辺で身体の鍛錬や登山技術の習得活動を体験してきたのである。

そして脳裏に思い起こすことは、雄国山の残雪が融け、雪の重みで曲がった木々の枝が元に戻る五月初旬の頃、雄国沼の東に位置する湿地帯では、雪融けを待ち焦がれた水芭蕉の群落が、純白の仏炎苞《ぶつえんほう》に包まれたなかに、黄色の穂を見せて咲いている懐かしい風景である。その他に、五月の高山植物としては、タケヤマリンドウ、ヒメイチゲ、リュウキンカなどが咲き乱れる様が想像できる。さらに六月から七月にかけては、蕾の様子が蓮華に見えることから名付けされた有毒植物のレンゲツツジが、雄国山から沼へ向けた斜面を朱色の花で埋め尽す光景も見事な眺めである。

さらにこの時期の雄国沼周辺には、コバケイショウ、サギスゲ、ヒオウギアヤメなどの高山植物が一斉に開花を競う。しかし、何と云っても圧巻なのはニッコウキスゲである。雄国沼の南に位置する広大な湿原に群生するこの花の、山吹色の絨毯を敷き詰めたように咲き乱れる美しさは、一八歳の初夏から半世紀以上経過した今日に至っても、私の脳裡からは消えることのない、思い入れが深い花である。

六月に入り、月末の株主総会を以ってビジネス人生を完全にリタイヤすることが決まっていたので、ふと卒業旅行のように、五四年ぶりに雄国沼周辺を散策したいとする欲求に駆られ、帰省を決行することにした。取り急ぎ、帰省する際に定宿としている「会津若松ワシントンホテル」を予約した。そして、七月に入り「大人の休日倶楽部」を利用して新幹線等の乗車券を手配し、地元は喜多方在住の級友・玉川明さんに再会したく、その旨のはがきを投函したのである。玉川さんからは、地元級友に連絡してくれ、有難いことに同級会代表幹事である五十嵐将介さんが雄国沼ハイクに同行したいとのこと、その夜は何人かで懇親会を予定している旨の電話連絡があり、青春時代の山岳活動を懐古する、思い出作りの旅は、級友との再会によって、喜びが倍加することになった。

ここで記すニッコウキスゲは、毎朝ルーティンとしている散歩における花との巡り合いではないが、半世紀ぶりに訪問したことなので、この章で編集して取り上げおきたい。そして、雄国沼周辺の山々の記憶も薄れていることから、改めて「山岳ガイドブック」に目を通したので備忘録として記しておきたい。

雄国沼は一九五〇年に指定された、新潟・山形・福島三県に跨る（県境）磐梯朝日国立公園（総面積一八七〇キロメートル）の一角に位置する。この公園は、修験道の霊山で有名な出羽三山、原始林に覆われている朝日山地の飯豊山、火山の磐梯山と湖沼が点在する磐梯高原、火山群の吾妻山、『智恵子抄』で知られている安達太良山、猪苗代湖などの地区に分かれている。

そして雄国沼は、周囲に猫魔ケ岳や雄国山、古城ケ峰、厩嶽山などを外輪山にもつ湖沼である。その形成経過は、古猫魔火山が山体崩壊することで爆裂カルデラを生じ、その内部に後の火山活動で猫魔ケ岳峰の山体が形成され、そこにできた凹地に水が溜まってできた沼で、湖面の標高は一〇九〇メートルである。

雄国沼を囲むこれらの山々には、ブナやシラカンバ、ナナカマドが多く、初夏の花ではレンゲツツジ、六月下旬から七月中旬には沼の南の広大な湿原地帯で、ニッコウキスゲの大群落が咲き誇る。文献によると、かつて沼の面積は現在の半分程度であったとされ、江戸時代初期に大塩平左衛門がおこなった灌漑工事によって面積が拡大した。現在でも水道は現役で、農業用水の一助をなしている。湖沼の面積は不明である。高校の山岳部時代に沼を一周した経験はあるものの、それに要した時間は記憶が曖昧である。それに散策道の整備事情が変わっていると思われるので、湿原を含む沼の面積は推測できない。

一方、雄国沼のニッコウキスゲは、事典によっては植物学の分類がキスゲ亜科やユリ科の多年草としていて、各地で別々に固定されたため、和名・学名ともに混乱が見られると言う。また、ニッコウキスゲをゼンテイカやヘメロカリスとする事典もある。前者のゼンテイカ（禅庭花）の名前は、この花が自生する日光の戦場ヶ原を中禅寺（世界遺産の日光山輪王寺）の庭に見立てたことに因むと言う。後者のヘメロカリスは、ギリシャ語のhemera（一日）、callos（美）を語源として、美しい花が一日で萎むことに由来する。この花の地下茎は短く、枝は赤褐色で強く、ところどころに肥大部がある。葉は叢生し二列に並んでつく。咲く季節になると、葉心から一本の長い花茎を直立し、上部は二分岐して各先端に三〜四個ラッパ状で一〇センチくらいの花を総状につける。花被は濃い橙黄色で朝方に開花し夕方に萎む一日花である。

しかし、ニッコウキスゲの特徴は、群生しているため、次々に別な花が開くので全体としての花期は長く、群落は山吹色の絨毯のようで美しい。果実は楕円形の黒い種子を多数生じる。本州中部以北、北海道、南千島、サハリンまで分布しているが、尾瀬ヶ原や日光霧降《きりふり》、霧ヶ峰連山などの大群落は有名である。因みに、それらの群落のうち霧ヶ峰連山は未踏だが、半世紀ぶりに訪ねる雄国沼の群落も、その規模でそれらに劣るものではないと思う。

七月四日、朝早く自宅を出て東京駅を六時四〇分発東北新幹線やまびこ二〇三号に乗車、郡山で磐越西線に乗り換え、喜多方駅には一〇時二〇分に到着した。級友とは駅前の喫茶店「煉瓦」で合流した。全面を蔦で覆われたこの煉瓦造りの建物は、明治期の喜多方駅開業とほぼ同じくして当地の豪商甲斐本家の米蔵として建立された。改造してカフェを始めたのが昭和五一年と店頭に案内板がある。懐かしさから帰省する度に立ち寄るが、店内はレトロな趣があり、カウンターにはダッチコーヒーメーカーやサイフォンがたくさん並んでいる。コーヒーを飲みながら一日のスケジュールを決める。将介さんが車を出してくれ、雄国沼散策にも付き合ってくれることになって楽しみが倍加した。

早々と将介さんが運転する乗用車で雄国萩平駐車場へと向かう。当初の計画では、JR喜多方駅から山頂に近い登山口までタクシーを利用することを考えていたが、交通規制が敷かれていた。近年では、ニッコウキスゲ群落規模で尾瀬沼を凌駕したことがハイカー族に流布し、その人気からマイカー族が集中し、交通渋滞や排気ガスによる植物への悪影響があって、この時期（六月上旬から七月中旬）は、交通規制が行われている。タクシーを含めた一般車輌は雄国集落に設備された広大な雄国萩平駐車場が終点である。従って雄国山登山口の金沢峠までの林道は、シャトルバス（会津バス）専用道路になる。この林道は道幅が狭く五〇年前と変わってはいないと思われた。変化があるとすれば舗装されたことである。

私たちハイカーが乗車したシャトルバスは、なだらかな尾根をゆっくりと登って行くが、標高が増すにつれて九十九折りの連続である。途中に道幅の広い場所があり、無線の確認によって上下線のシャトルバスが交差する。五〇年前のクラブ活動では、麓の雄国集落を起点とするこの林道を、二〇キロ程のザックを背負い雄国沼北部の山小屋キャンプ場に辿り着くのに徒歩で三時間は要したであろうか、数え切れないほど登山した春・夏・秋の季節の移ろいをとおした彩色の風景が脳裏に蘇ってくる。

お昼前にシャトルバスの終点である金沢峠駐車場に到着した。そこは整備された展望広場になっていて、眼下には会津盆地と片や広大な雄国沼湿原のパノラマを一望することができる。それは絶景のポジションで、宛《さなが》ら鳥瞰図としての眺めである。雄国山の標高は一二七一メートルで、展望広場からは緩やかな稜線の、高い樹木のない登山道を一五分程で登頂できる。取り急ぎ湖沼湿原に直行することにした。雄国山と湖沼の標高差からの推測によるが、展望広場と湿原地点の標高差は、恐らく一二〇メートル前後と思われる。そして、展望広場から湿原に向けては、勾配の穏やかな尾根を切り開いた散策道の階段がほぼ直線に整備されている。五〇年前は未踏の尾根であった。そして、この広場から湿原に繋がるかなり急な階《きだはし》の散策道は、ブナや白樺、ナナカマド、コナラ、モミジなどが繁っているトンネルのような散策道になっていて、陽を閉ざし、真夏でも心地よいと思われたが、所々ひざが笑う程かなりきつい急斜面の下り歩行となって閉口した。

　雄国沼の南側に位置する広大な湿原に辿り着くと、立派な木道の散策道が整備されていた。沼の東側まで、つまり湖沼の半径に近い湿地がニッコウキスゲの大群落になっているのである。改めて、その広大な大群落に驚きと感動を引き起こしたのである。当日は平日と言うこともあって、ハイカーは疎らの状態のなか、木道を道順に従いゆっくりと進んで行った。この花は、朝方に開花し夕方に萎れるので一日花と言われるが、次々と開花するので群落全体が山吹色の絨毯のように美しく、私たちを魅了する世界へと誘ってくれた。私は暫く木道に立ち止まり、遥か遠方に広がって咲き乱れる、余りにも美しい風景を眺めていたら、半世紀前の青春時代が蘇ってきて涙腺を熱くする想いであった。

　湿原の散策道からは、ニッコウキスゲだけではなく、様々な湿原植物を観賞することができたので、印象深い幾つかの花々を記しておきたい。木道を歩いていると、ニッコウキスゲの間に剣状の葉から花茎の先に薄紫色をした何株か纏まったアヤメの花を見ることができた。このアヤメは、平地のそれとは異なって花弁がやや細いのが、何とも可憐で青紫色が美しい。帰宅してから事典の写真で確認すると、この花は亜高山帯の湿地や高層湿原に群生するヒオウギアヤメ（檜扇菖蒲）である。その和名の由来は、葉の出方が古くは宮中などで用いた檜扇（ヒノキの薄皮を重ねて作った扇）に似ていることである、としている。

さらに、湖沼の東側の水芭蕉が群生する湿地で見かけるリュウキンカが黄色い花をつけていた。この花は会津地方では水辺や湿地で多く見かける植物である。実家の屋敷内の池付近に生育していたことを思い起こした。そして、この花を事典で調べてみると、直立した茎は黄で黄金色の花をつけることから立金花と呼称されるが、学名の Caltha はラテン語では「強い臭いのする黄色い花」である。

その他に巡り合った湿地植物では、宇都宮に勤務していた時代の若い頃、戦場ヶ原を散策した際に観て記憶に残っている、楕円形の白い穂をつけ綿花のようなワタスゲの花を見つけた。最後に珍しい花として追記しておくと、初夏の高山植物を代表する花の一つとされるコバイケイソウ（小梅蕙草）は、梅の花に似た穂の先に光沢のある白い花をつける。この植物の肥大した根茎にはアルカロイドの毒性があり、くしゃみを起こさせる薬効があるとされる。それを要因としてかどうかは不明だが、この花は、花を咲かせるには充分な養分が必要とされ、数年に一度しか咲かないと言われていることから、雄国沼で巡り合えたのは幸運であろう。思い起こしたことで余談を記すと、北欧の諺に「くしゃみをしてから言うことは真実である」とある。その理由は分からない。

私たちは、ニッコウキスゲの散策木道をゆっくりと歩き、見上げて美しい雄国山や猫魔ヶ岳を眺め、湿原を埋め尽す黄金の絨毯を存分に堪能し、雄国沼休憩宿舎へと向かった。

一五分程で山小屋に到着したが、その周辺には大勢のハイカーが休憩していた。山小屋は無人であることや売店のないことは五〇年前と同じだが、洗面所や清水を利用した水道設備などが完備した休憩所に変化していた。この山小屋周辺の広場がキャンプ場である。一先ず休憩し、将介さんが用意してくれた奥様の手作り弁当とお新香を美味しく頂いた。この上ない感謝である。

食事後、小一時間を休憩としたのでひとり山小屋付近を歩いた。山小屋の裏手に幅一メートル程の溝があって、水量は僅かだが清水が流れている。五〇年前のキャンプでは、この水を使って飯盒で米を炊きコッヘルで汁物を作り、缶詰類で空腹を満たしたことが懐かしい。近くに自生する背丈の短いフキの葉で柄杓を作って清水を掬い、呑んで味わったがその甘みを感じる冷たさは昔と変わらなかった。この清水の上流に設備して山小屋の水道にしているのだろう。

高校卒業以来五四年、雄国沼を思い出すたびに記憶が蘇るのは最後のキャンプである。冬山の山岳活動は禁止されていたことから、最後のキャンプは、部員全員参加（三パーティ）による一九六三年の晩秋である。キャンプファイヤーで「山岳歌謡」を合唱し、「デカンショウ節（デカンショウ、デカンショウで半年暮らす、後の半年は寝て暮らす、ヨイヨイ）」を声高々に歌ったが、その意味など分かるはずもなく、デカンショウが「デカルト・カント・ショウペンハウエル」を略していることで、「合理主義哲学」や「純粋理性批判」や「厭世観的思想」を確立した、世界を代表する哲学者であることを教えてくれたのは、部活顧問で地理を担当していた関本先生であった。懐かしい思い出である。しかし、五〇年経過した今日に至っても、学問としての哲学は理解できず、一つだけ名言のように覚えていることは、デカルトの「考える主体としての自己（精神）とその存在を定式化した」と言われ、哲学史上で最も有名な命題であるとされる「われ思う。ゆえに我あり。」である。また、「悪は善より、苦は快も支配的である」とする厭世観的思想は現実の社会では残念ながら真実である。

私たちは、山小屋を二時半頃に出発し、下山シャトルバス駐車場の金沢峠へと向かった。峠までの山道は、雄国山沼面の尾根を南西方向に斜線状のなだらかな散策道になっていて、三〇分近くかけて展望見晴台に戻ってきた。そして、恐らくは再び訪れることはないので、暫くの時間を、最も盛りのニッコウキスゲの広大な群落を脳裏に焼き付かせる思いで眼下の湿原を眺め、シャトルバスで萩平駐車場に帰ってきた。暫く休憩して、喜多方駅への帰路に就いたが、途中で「若者に人気のある新しい観光スポット（恋人坂という）」を案内すると言うので、迂回して帰ることにした。

ドライブを目的とした私たちの車は、雄国山の裾野が会津盆地に広がる丘陵の中腹にでた。そこは、直線に伸びる一本の坂道に辿り着いたが、恋人坂の中腹であった。一直線の遥か上方の最終地点には、展望台のような休憩所（カフェ）と思われる建物が見えた。立ち寄って見たいと思ったが、平日には開店していないとのことであった。停車して眼下を見渡すと、右手方向に飯豊連峰が連なり、正面には喜多方や東方に会津若松を擁する会津盆地の田園風景とその中央を走る磐越西線が一望でき、その眺望は壮観である。

余談ながら、日本文学者のドナルド・キーンさんは、エッセイのなかで、新津行きの列車から会津盆地の稲穂が下がる黄金の田園風景を眺め「大和の秋の風景に劣らない。」と、感動した心情を記している。春の四月中旬、喜多方地区の棚田に水が張られると、水に映る月はどのような光景を見せるのだろうか。その時期の恋人坂は若いカップルで一杯になると言う。

今の棚田は、稲が三〇センチを超え、深緑色に染まって風に揺れている。一〇月初旬には、稲穂が垂れて黄金の輝きを見せ、さらには空気の澄んだ満天の星を見せてくれるに違いない。私は、写真共有サイトである「インスタグラム」に興味も関心もないが、この光景をバックにしたツーショットは、インスタ映えすること間違いないであろう。このような絶景の人気から恋人たちが集うようになり（何十台の車が恋人坂を埋め尽すと言う）、本来の農道は、恋人の聖地として「恋人坂」の呼称が生まれたと言う。

四季の移ろいを通して生み出すこの坂からの絶景を眺めながら、今時の恋人たちは何を語らうのであろうか。ドイツのノーベル賞作家トーマス・マンの小説『トニオ・クレーガー』には「恋というものは、彼に多くの苦痛災厄と屈辱とを招く」とある。また、「結婚とは鳥籠のようなものだ。籠の外の鳥は餌箱を啄みたくて中に入りたがり、籠の中の鳥は空を飛びたがり外へ出たがる」と記したのはモンテーニュだが、両者の言い分などはご本人の体験か机上の推測によるものと思われるので、私個人としては共鳴できるものではない。この絶景を共有した、多くの恋人たちが誓った愛と未来への希望が成就することを祈りたい。

余談だが、恋人坂を下る途中で中々シャレタ看板を見つけたので記しておく。そこには「ここは恋人坂です。ゴミを捨てるように恋人を捨てるのですか？」とあった。若いカップルに有名になって、ゴミのポイ捨てが目立つようになって注意を喚起するものか、恋の成就を祈ったものか、喜多方市役所が設置した看板である。

今回の雄国沼散策は、級友将介さんが同行してくれたので心強く、その上に美味しい弁当まで頂き感謝感激である。そして、五〇年余ぶりに思い出深い雄国沼のニッコウキスゲを観賞することができて心から満足した。夕方、玉川さん、そして羽入綾子さんも加わり四人の懇親の場を設けて頂いて話が弾み痛飲した。心が解放され、半世紀前の十代にタイムスリップした気分で愉快な時間を過ごせたことに感謝である。会津若松のホテルにチェックインしたのは一一時を回っていた。そして、会津若松へのタクシーのなかで、今回の旅を通して思い起こしたことは、これからの人生をニッコウキスゲの花言葉である「日々新たに」「心安らぐ人」を心がけて生きていきたいと思ったことである。

（二〇一八年七月）

3　秋・冬

壱師の花　―曼殊沙華―

今年の夏は異常な暑さが続き、九月に入っても真夏日が続いている。秋のお彼岸が待ち遠しかった。気分的には「寒さ暑さも彼岸まで」を求めていたのである。秋分の日の当日、岳父の菩提寺である高田の本在寺に出向いた。ＪＲ茅ケ崎駅北口から文教大学行きのバスに乗り、小出県道を一〇分程のバス停高田で下車し、バス停前を交差する大山街道を東に歩くこと五分程のところである。ご住職にご挨拶して本堂裏手の墓地に行くと、隣接する駐車場の隅に彼岸花が咲いていた。この時期この花を見て不思議に思うことは、異常な天候が続いたとしても、決して彼岸を忘れず、早まることも遅れることもなく、開花すると言う確実な季節感を示してくれることである。

彼岸花は、私にとって幼い頃を思い起こさせてくれる花である。小学生の頃、会津の田舎の畦道で真っ赤な彼岸花を摘んで家に持ち帰ったところ、祖母に酷く叱られた思い出がある。その詳細な理由は思い出せないが、昔からこの花が田圃やお墓にとって大切なものとして扱われ、加えてこの花には毒がある、と言うようなことであったと思う。以来、子供心にこの花には触れてはならない、冒してはならない、神秘なものとして、恐ろしさと一種の畏怖の念をもって眺めてきた。このことは、老人になった現在も変わるものではない。

ところで、彼岸花は別称「曼殊沙華」として広く流布しているが、その由来は仏教における伝説（天界の花、天蓋の花）からで、サンスクリット語の manjusaka を音写したものである。経典に記されていて、天界に咲く花は良いことの前兆であり、めでたいことが起こるときに天から花が降ってくる、その花が曼殊沙華と言うことなのである。曼殊沙華をブリタニカや幾つかの植物図鑑を紐解いて要約すると、ヒガンバナ科の多年草で原産は中国である。万葉集にも歌われていることから、古い時代に渡来し、堤防や墓地、田圃の畦道などに群生するのが観られる。秋の彼岸の頃、高さ三〇から五〇センチの花茎を立てて真紅の有柄の花を輪生上につける。花が萎れて散った晩秋の頃に、厚質で光沢のある線形の葉が鱗茎から叢生し、翌年の春には枯れる。花被片からは種子ができず鱗茎で増える。全体に猛毒のリコリンを含み、誤って口にした中毒の例があると言う。しかし、鱗茎を長時間水に晒すと解毒し、デンプンを摂る救荒食物としたとする記録がある。

また、私にとっての曼殊沙華は、季節の移ろいの有り様を確実に知らせてくれる花であると同時に、美しさのなかにも畏怖の念を、今日に至っても払拭できない要因を記しておきたい。それは、この花の開花時期が、あの世とこの世が通じ合うお彼岸であることから、「死人花」、「幽霊花」、「地獄花」の呼称を持っているからである。さらには、花全体にアルカロイドの一種である猛毒のリコリンがあることから「毒花」、「痺れ花」の呼称もある。

因みに、この花の球根ひとつの毒性リコリンの含有量は一五ミリグラムである。それでもモグラや野ネズミなどの小動物であれば一五〇〇匹の致死量に相当すると言う。参考までに、人間が摂取した場合の致死量は一〇グラムで、球根七百個分と言われる。このように、「毒花」や「痺れ花」と命名したのは、想像するに土葬時代の埋葬者の遺体を荒らし、農作物を食い荒らし、水田の畔に穴を空けるモグラや野ネズミから守り、そして何も知らない子供たちに誤って口にしないよう、近づかせないようにするためであろう。

また、彼岸花の特徴を表している呼称としては、「葉見ず花見ず、捨て子花」がある。この花は、花が咲いている時期には葉がなく、葉をつけている時期に花がない。つまり、茎がまっすぐ伸びて花が咲き、そして花が散ると葉がでてくるから「捨て子花」と呼んだのであろう。いずれにしても、この時期に炎のような真っ赤なこの花を眺めると、残暑から解放され本格的な秋の到来を告げてくれ、心が晴々する一面はあるものの、この花のイメージには畏怖の念を払拭できない、手に触れ手に取る花ではないのである。

ところで、事典による赤い彼岸花の花言葉には、「情熱・独立・再会・あきらめ・悲しい思い出」とある。目の覚めるような真っ赤な彼岸花に「情熱」は頷けるし、「悲しい思い出」は、この花が墓地に植えられていることからであることは想像に易しい。また、白い彼岸花の花言葉は、故人への思いを感じさせる「また会う日を楽しみに・想うはあなた一人」である、ことを追記しておきたい。

墓参りを済ませてお寺からバス停に戻る時、ふと小出川上流の曼殊沙華を眺めたいと思った。四〇代後半に遠出の散歩で、この時期に訪ねたことを思い起こしたのである。バス停の高田から再び文教大学行きに乗り、一五分程のバス停小出中央通りで下車して、広大な県立里山公園を通り抜け、腰掛神社を経て小出川に出た。当日は、地域主催の「小出川彼岸花まつり」の開催中で、地元住民の方が開く多くの模擬店が出ていて、大変な賑わいぶりであった。

小出川は、藤沢市遠藤の笹窪谷戸に源を発し、藤沢、茅ケ崎、寒川町の境界を流れ、その後茅ケ崎に流れを戻して相模湾に出る手前で相模川に合流する、延長一一キロほどの一級河川である。この地区は長閑な田園風景が広がっていて、晴天に恵まれて富士山が遠望できる。そして、小出川沿いには草紅葉のなかに群生している赤い帯が引かれたように、深紅の曼殊沙華が満開の状態であった。多くの散策者で賑わうなかで、快い気分でゆっくりと彼岸花を眺めながら、芹沢会場（式典）から程近い、新藤橋を経て大黒橋下流の遠藤会場へと歩いて行った。約二〇年前にも芹沢地区を流れる小出川沿いを散策したが、群生とまでは言えない数百本の彼岸花でしかなかった。現在では小出川流域の環境美化と地域住民の交流と町起こしを目的として増殖に努め、川沿い三キロメートルには一万本以上の彼岸花が咲き乱れ、茅ケ崎の観光スポットと化していた。そして、今年の彼岸花祭りは一一回を数えると言う。

毎年のことだが、お彼岸の時期には満開の彼岸花の名所がテレビで放映され、新聞に掲載される。皇居内堀に面した土手の群落はよく知られている。さらに群生規模で顕著なのは、埼玉県日高市にある巾着田曼珠沙華公園である。蛇行する高麗川に囲まれた、この公園は恐らく国内最大の曼殊沙華の群生と思われ、約三・四ヘクタールの広さに五百万本が咲き誇り、真っ赤な絨毯のような光景が観光客に喜ばれている、と報じられる。旅行会社から案内は届くが、私の曼殊沙華に対する観賞の有り様からすると、恐らく訪ねることはないだろう。

彼岸花で今でも思い出すことは、ビジネスの現役時代に山鹿市の工場に出張した帰路、熊本空港への道路が渋滞していて動かず、ドライバーの計らいで農道に逃れて通った際に、農道と田圃の畦道に咲く、花の量こそ多くはなかったが、延々と続く彼岸花の美しさに心が打たれたことを鮮明に覚えている。さらに、ビジネスの現役時代、幾度となく利用した神奈川県は愛甲郡の清川村の清川カントリークラブは、周囲を丹沢山系に囲まれ、里山の原風景が残る地区にあるが、煤ケ谷付近の棚田の畦道に咲く、彼岸花の美しさは脳裏に焼き付いている。それは、畦道の草刈り時には曼殊沙華に気遣う農家の方々の、この花に対する思い入れが想像できて一層心して眺めていたのである。それは、この花に対して私が持つ畏怖の念に他ならない。このように、早くも遅れることもなく秋のお彼岸の時期を忘れずに咲くこの花は、群生する規模の問題ではなく、目立たない場所でも数本の曼殊沙華を見つけることができれば、季節や人生が確実に回っていることへの幸せを感じ、自然から生かされていることへの感謝の念を抱く機会を与えてくれるのである。

最後に今年の七月、國學院大學の「万葉集夏季集中講座（四日間）」を受講した際に、会場で販売していた参考書（『心ときめく万葉恋歌』上野誠著・二玄社）を買い求めて読んでいたら、いちしの花（彼岸花とされる）が入る恋歌を発見したので備忘録しておきたい。

作者未詳であるが、巻一一の二四八〇番歌に「道の辺のいちしの花のいちしろく　人皆知りぬ我が恋妻は」とある。この講座で、開講のご挨拶と最初の講師を務められた、万葉研究の第一人者であられる奈良大学教授の上野誠先生は、この歌の「いちし（壱師）の花」には、様々な説があるとしながらも、代表的な説は彼岸花とされる、としている。それは、この歌の全体的な意味合いからも、深紅の花が野焼きの炎のように群生し人の眼をひくのが彼岸花、曼殊沙華だからである。上野先生の注釈を記しておくと、「恋愛事情というものは、今も昔も変わらないものだ。隠しておきたい時には知られてしまう。多くの人に知って欲しいと思う時には振り向いてくれない。」しかし、そこが恋の物語の妙義かもしれない、としている。全体の訳は、「道端にある彼岸花のような、非常に目立つ花　あ、あそこに花があるよと人は指さすように……そのようにみんなに知られてしまった　我が恋妻は」となる。万葉恋歌に詳しいわけではないが、人の目、さらに人の噂を気にする恋歌が多いように思われる。

お彼岸の中日は、墓参りから遠出の散歩になったが、約二〇年ぶりに曼殊沙華の群生と化した小出川上流を歩き、快い気分で帰路に就いた。因みに帰宅して携帯電話の歩数計を見ると、九三六三歩、歩行距離五五一九メートル、栄養燃焼熱量一八七キロカロリー、脂肪燃焼量一三グラムで、散歩で目指す数値を上回る出来で、清爽の気が漲る一日であった。

（二〇一八年九月）

金木犀

今年の夏は異常なほど「猛暑日」が続いた。それでも、お彼岸の中日を経て一〇月に入ると、「夏日」は見られたものの、空は澄み渡り空気も心地よく、秋に開く曼殊沙華を経て秋桜などの草花からも、本格的な秋の到来を肌で感じられるようになった。古来、万葉の時代から秋を代表する花には、七種の草（秋の七草）が挙げられ、萩・尾花・葛・撫子・女郎花・藤袴・桔梗は、和歌や俳句の題材として、また茶席や観月に添え飾るものとして人々に親しまれてきた風情のある花々である。しかし、これらの自生する草花は、野山を散策して簡単に巡り合えるものではなく、一同に観賞するためには、植物園（例えば仙石原の箱根湿生花園）に出向く以外にないだろう。

一方、秋を代表する樹木の花は何かを自問してみると、桂花ことといわゆる金・銀木犀、山茶花、ヤツデ、自宅の庭で春と秋に咲くトキワマンサク程しか頭に浮かばない。今でも辛うじて咲いている木槿や夾竹桃などの樹木は夏が最盛で、今どきは夏を惜しむ名残花である。

一〇月中旬になって、いつものように自宅から鉄砲道を辻堂方面に直進し、団十郎公園の手前で左折した住宅公道・路地を入ると、芳しい強烈な香りが漂ってきた。この季節であれば金木犀、原産国・中国名では桂花の香りである。と言うのは、私の嗅覚は鈍く、春先に咲く沈丁花の香りと金木犀の香りの区別がつかず、季節でしか判別できないのである。その路地を少し進むと、広い庭のあるお宅のフェンス沿いに、橙黄色の花を付けた三メートル程の金木犀が強い香りを放っているのに遭遇したのである。その日から三日間、同じコースを散歩してゆっくりとした、通りすがりの数分足らずを金木犀の香りに秋の深まるのを感じ、寂寞感のなかにも心が落ち着いた豊かな気分になれたのである。

私が金木犀に関心をもつのは、かつて自宅の庭には岳父が塀沿いの片隅に植樹した金木犀があったからである（『備忘録集Ⅱ　忙中自ずから閑あり』に収録）。この樹木は目立つ存在ではなく、増して開花してもそれを眺め愛でると言うものではない。しかし、大木に隠れて見えない場所にあっても、開花時には五ミリ程の密集した花冠から放つ、芳しく甘い香りが庭一杯に広がって、私たち家族を幸せにした。さらに、秋の深まりと「今年もあと二カ月足らず」になったことを教えてくれる樹木であった。

その金木犀は、七年前に二世帯住宅を建築する際に、猿田彦神社の神主に御祓いをしていただき、庭木のなかの低木（スコップで移植できる木）は茅ケ崎市の「みどり課」へ、高木は解体業者に処分をお願いした。その廃棄処分は、季節の移ろいを知らせ、花々を楽しませてくれた樹木たち、そして大半を植樹した岳父に対しても断腸の思い極まるものであった。今では四〇坪程の元庭が、車庫と猫の額ほどに化した小庭を見ると、かつては松や槇、泰山木、銀杏、藤（棚）、木蓮、椿、山茶花、紫陽花、ツツジなど何十種類もの庭木を剪定する植木職人の植木鋏の見事な裁きぶりを、感心しながら眺め観察していたことや自ら草花を世話していたことを懐かしく思い起こすことがある。

ところで、改めて樹木としての「金木犀」を、愛用のマイペディア・ブリタニカなどで調べてみると、金木犀の学名 Osmanthus は、ギリシャ語 osme（香り）と anthos（花）に由来するとしている。日本では、モクセイ科モクセイ属で常緑性小高樹である。中国南部が原産で、江戸時代に伝わってきたが、元来は銀木犀（白い花）の変種とされる。本来は雌雄異種であるが、輸入される際に雄株だけを選んだため、日本の金木犀は実（種）がつかないとされる。一〇月中旬頃には葉腋に芳香の強い花を密に開く。花冠は約五ミリで四裂し、雄蕊が二本ある。中国では、丹桂や桂花の別名で知られ、観賞以外にはお茶やお酒、お菓子、漢方薬など花びらを食用や薬用に扱える植物として親しまれている。

一方、多くの花には「花言葉」が付けられている。私は以前から、花言葉の命名者は、その花の外形や香り、彩り、生態と言ったものを適切な言葉で表現しようとする、優れた観察力を持つ人と考えていた。そのことから植物学者や植物学会若しくは生花業界ではないかと推測していたのである。恥ずかしい話だが、今日に至っても蟠《わだかま》りが残っていて、「花言葉の命名者は一体誰か」を知見したい欲求が生まれたので調べてみたら、発祥の地が判明したので、簡単に備忘録として記しておきたい。

花言葉の発祥地は、一七世紀のオスマン帝国と言うのが定説のようである。当時のトルコでは、相手に意思を伝えるのに文字や言葉ではなく、花それぞれに意味を持たせ、それを相手へのメッセージとして贈ると言う習慣があったとされる。例えとして、「美しい」と「永遠の愛」と言う意味を持つ花を贈れば、「美しい貴女を永遠に愛します」と言うメッセージ、今日的にはラブレターとしての代用と言う訳である。これに対して、お返しに「永遠」と「友」と言う意味の花が贈られてくると、「永遠に友達でいましょう」と言う意味になり、所謂失恋と言う訳である。この花言葉を用いたメッセージの手段は、場所（距離）や内容などで限られた範疇で行われたと思われるが、中々どうして洒落ているではないか。

この様な花言葉がヨーロッパに紹介され、ブームの火付け役になったのは、フランスの女性シャルロット・ド・ラトゥールが、一八一九年に、タイトル『花言葉』（Le Langage des Fleurs）を出版したことである。この著書には、独自の花言葉を二百七十超のリストにまとめていて、命名の手法は観察重視の姿勢（花の特徴）と文化史重視の姿勢（西洋社会で草花に積み重ねてきた文化的伝統…月桂樹は栄冠）が基本になっているようである。

日本に花言葉が欧州から入ってきたのは、一九世紀末の明治初期と言われている。輸入当初はそのまま直訳で使っていたものを、やがては日本人の風習や歴史に合わせて日本独自の花言葉が形成されたようである。因みに、野菜の花の花言葉では、大根が「潔白」、牛蒡は「人格者」、ほうれん草は「健康」と命名されていて、日本らしさを感じる。今日の日本では、花に携わる人たち、花卉業界の団体が中心になって、「四季（自然）に合わせ、花の特徴を捉えたもの」が花言葉として多いようである。いずれにしても「花に気持ちを込めて、花々を生ける、花々を飾る、花々を贈る」と言う原点は変わらない。

最後に桂花こと金木犀の「花言葉」に触れておきたい。植物事典を捲って花言葉の欄をみると、大抵は一つか二つの命名である。それが、金木犀の場合、様々な事典を見ると多いことが分かったので列挙しておきたい。まず一つ目の花言葉は「謙虚」である。これは、この樹木が放つ素晴らしい香りに反して、控えめな小さい花をつけることに由来する、としている。二つ目の花言葉は「気高い人」である。この由来は、雨が降るとその芳香を惜しみなく、潔く散らせることに由来する。因みに、中国では位の高い女性の香料として加工されたことに由来、さらに花を三年間漬け込んだ桂花陳酒は、香り高く甘味も強い混成酒で楊貴妃が好んだお酒と言う伝説がある。三つ目の花言葉は「真実」である。花の香りが強いことから開花時を隠すことや誤魔化すことができず周囲の人が知る。すなわち、嘘のつけない香りが由来である。四つ目の花言葉は「初恋」である。これも、この樹木特有の甘い香りを由来とする。誰もが人生で経験する、忘れられない「初恋」のように、金木犀の香りも一度嗅ぐと忘れられることができない経験が、この花言葉に結びついていると言うのである。

最後の五・六つ目としての花言葉を挙げれば、「陶酔」と「誘惑」である。原産の中国では、花の香りを活かしたお茶やお酒、お香などに利用されていたこともあり、陶酔（気持ちの良い酔ったような気分にさせる）に因んでいる。また、その強い香りがまるで誰かを誘惑しているような印象を与えることに由来する。

このように、金木犀の花言葉は多岐に及ぶが、その由来は樹木の特性にあり、どの事典でも第一に挙げられているのは「謙虚」である。由来からすれば、例えば「謙遜」でも「謙抑」でも、或いは「恭謙」や「謙譲」や「敬譲」でも賛同できるような気がする。しかし、金木犀の花言葉は、数多いなかでも「謙虚」が最もふさわしいと思う。それは、人気があって周囲から賞賛される存在であっても、世間や集団とのお付き合いのなかでは、謙虚な態度で振る舞うことがマナーの基本であり、自分自身の品格形成と豊かな人生を創造する上で大切な心得と考えているからである。余談ながらこのことは常に自戒しなければならない。何故なら時折、人間に潜んでいる不遜の悪魔が目を覚ますとも限らないからである。ロシアの文豪・思想家のトルストイは、「謙虚な人は誰からも好かれる。それなのに、どうして謙虚な人になろうとしないのだろうか。」と記している。

（二〇一八年一一月）

追記

植物学として金木犀を調べると、事典によっては「江戸時代に原産の中国から伝わる」とあり、物理的には万葉歌人が金木犀を詠むことはあり得ないと思っていた。増して私には、それらの知見がなく調べることもしなかった。一方、この項を脱稿するに当たって、このシリーズでは「散歩で巡り合った花と万葉歌」を追究してきたので、念のために「万葉集と金木犀」について調べたら、新しい発見があったので、追記として備忘録に加えておきたい。恐らく、金木犀が江戸時代に伝わるとする説は誤りではないかと思われたが、追究するには至らなかった。

万葉集には、モクセイ科の金木犀を「桂」、それと異種のカツラ科の落葉高木を「若楓の木」と称して詠まれている。とりわけ、金木犀の桂は、高貴な香木として愛されていたようで、異名として「桂花」、「丹桂」、「巌桂」、「銀桂」と称され、その内の丹桂は金木犀で、銀桂は銀木犀を指す説がある。しかし、これには学者を悩ます諸説があるようで、国訓の「桂」が使われるまでの万葉集に詠まれた楓（カツラ）は、本来マンサク科の楓（ふう）を、桂は肉桂（クスノキ科の常緑高木・インドシナ原産で香辛料植物）を指す文字であったとしている。つまり、

「桂」という漢字はあるときはモクセイを指し、またあるときは肉という字と結びついてニッケイ（肉桂）であったりしているのである。そして、「桂」は香りの優れた木一般を表わす語で、初めは主にニッケイを指していたが、モクセイが桂の意味で広く使われるようになると、最終的にはモクセイの意味が定着したと言う経過があるようだ。万葉集で詠まれている「桂」と「楓」を用いた幾つかの歌から、次の二首を取りあげておきたい。

巻一〇　二二二三番歌　天の海に月の舟浮け桂楫　懸けて漕ぐ見ゆ月人壮士

巻四　六三二番歌　目には見て手には取らえぬ月の内の楓のごとき妹をいかにせむ

作者未詳の二二二三番歌は、勝手に解釈すると「天の海に月を浮かべ、芳ばしい金木犀の楫をつけて、意気盛んな若者が月の舟を漕いでいくのが見える」と言ったところである。万葉集公開講座（國學院）の講師でもある助教の鈴木道代先生は、「この歌は、七夕の宴で詠まれた月の舟と思われる。この舟を漕ぐ月人壮士《つきひとおとこ》は、七夕の夜に彦星を乗せて天の川を渡す渡守であろう」と空想の世界を思わせる解説をしている。

天智天皇の孫、志貴皇子の子で有名な歌人・湯原王の六三二番歌は、求愛のために訪ねて行った皇子を家の中に入れずに、追い返した娘子を惜しんで詠んだ歌とされる。自己流に解釈すれば「お姿は目に見えても、手に届かない「月の中の桂」のようなあなたを私はどうしたらよいのでしょうか」と言うような恋歌である。「月の中の桂」の意味であるが、中国には現在に伝わる伝説があり、それは月の中に桂の木があって、その「枝を折る」とは、優れた人材を桂の枝に例えて、官史登用試験（科挙）に、それも進士に合格することである。これだけ持ち上げられた娘子も困り果てたことであろう。

以上の二首の歌には、桂と楓を織り込んで詠まれているが、その歌からは甘い香り高き花でありながら、花の形状が小さいことを由来とした花言葉の「謙虚」や「陶酔」とは、イメージ的な結びつきは直感しない。しかし、現代も支持されているもう一つの花言葉である「気高い人」は、金木犀の「桂」や「楓の木」が高貴な香料として愛され、優れた才能と解されて万葉歌に詠まれていることは、時代こそ離れているが、人々の気持ちには相通ずるものはあるとは思う。

（二〇一八年一二月）

椿の花　―氷室椿庭園―

一月一四日の早朝、枕もとの携帯ラジオを点けると、ＮＨＫラジオの贔屓番組である「夜の深夜便」（四時からの「明日への言葉」）の終了時（毎朝五時前）のアナウンスは、今日の誕生花が「椿」であることを報じていた。私の認識では、椿は弥生の花と思っていたので不思議な気がした。しかし、確かなラジオ情報であることは間違いなく、「誕生花の日＝花の見ごろ」と言う勝手な解釈をして、東海岸南地区にある「氷室椿庭園」を訪ねてみようと思ったのである。

氷室椿庭園は、茅ケ崎駅南口ロータリーから国道一三四号線に通じる東海岸通りを進み、バス停「東海岸南三丁目」を左折して直進して暫くすると、案内看板のあるY字路を右折して進んだ右側にある。駅からは徒歩二〇分、バスを利用するとバス停から五分、自宅からは一〇分もかからない処にある。茅ケ崎市が管理するこの公園は、名称に示されている通り、椿を中心に松やバラなど約一三〇〇本におよぶ庭木類のある庭園である。そして、この公園の特徴は、椿と言った庭木だけではなく、園内の住宅主屋が国の登録有形文化財に指定されている。市の広報誌によると、二〇一八年一一月、旧氷室家の住宅主屋が「昭和期の住宅思潮と都市近郊における別荘開発の様相を伝える建造物」として、国の文化審議会に評価され、国登録有形文化財に登録されたのである。

この建物は、もともとは歌人でも知られていた氷室捷爾《しょうじ》（三井不動産の副社長）・花子さん夫妻の住居である。実業家で花子さんの父・吉田忠哉さんが、昭和一〇年（一九三五年）に別荘として建築し、その後氷室夫妻が継承して一九六〇年に和室や広縁《ひろえん》など平屋を増築、四季折々の庭園を楽しまれた。そして家屋は、一九九一年に夫妻の相続人から庭園と共に市へ寄贈され、現在は氷室椿庭園の一部として公開されている。そして、かつて二月から三月には、東海岸通り商店街が「椿祭り」を実施していたが、期待した程の集客力がなかったのか長続きはしなかった。しかし、私にとっての東海岸南地区は、所帯をもった当時、近くのアパート（日新荘）に住んでいたこともあり、その懐かしさから散歩がてら、思い出したように訪ねては椿の花を楽しんできたのである。

広辞苑によると、「椿」の文字は、この植物の原産地が日本であることから、日本で作られた漢字である国字（中国の椿・チュンは別な高木。）である。ツバキ科の常緑高木数種の総称。ヤブツバキは、暖地に自生し高さ数メートルに達する。葉は光沢があり革質。春に赤色大輪の五弁花を開く。多数の雄蕊が基部で環状に合着している。秋に熟す果実は円形の蒴果《さくか》で、黒色の種子をもつ。園芸品種が極めて多く、花は一重・八重・花色も種々。また、日本海側の豪雪地にはユキツバキが自生。その園芸品種もある。

参考までに、植物図鑑で椿と山茶花の見分け方を調べてみると、花の咲く時期で見た場合は、「椿は晩冬から春にかけて咲き」、「山茶花は晩秋から初冬にかけて咲く」こと。さらに椿の花は完全に平開《へいかい》しないことと丸ごと落ちること、山茶花の花は完全に平開することと花びらが個々に散ることである。このように、ラジオ情報は「誕生花の日と花の見ごろ」の時期が一致しないので、ネットで椿の誕生花の日付を確認してみると一月二日とあり、花の見ごろではない。一方、当日の二〇二〇年一月一四日の誕生花はシクラメンとしているので、恐らく当日朝のラジオ情報は私の聞き違いだったと思われるが、得心がいくものではなく、未だに曖昧模糊としている。

ところで、椿の花言葉は「控えめな素晴らしさ」と「気取らない優美さ」である。さらに、この花には、花の色別に花言葉があって、赤色の椿の花言葉は「控えめな素晴らしさ」と「謙虚な美徳」、ピンク色の椿の花言葉は「控えめな美」と「控えめな愛」である。このように、控え目がつくのは、美しい椿の花に香りがないことに由来すると思われている。しかし、一方で白色の椿の花言葉は、「完全なる美しさ」と「至上の愛らしさ」とあり純白の椿の花に対しては、美と愛に最高水準を与えているので、これも不思議である。

また、日本では古来常緑の植物を神聖化する風習、文化がある。例えば、松は正月の門松として用いて、年神の依代とされ、同じ国字である榊は木の神からなっているように、神事には欠かせない木である。椿も同様に、常緑で冬も青々と茂っていることから、神社や寺に植えられているほか、邪を払う木として家の境に植えられている。

一方で、椿の花は「花丸ごと散るので、首が落ちるように散るから不吉」と言われることがある。これは、江戸時代に入ると町民にも園芸を楽しむ文化が広まり、椿もその一つとされ、これを阻止しようとした武士が、このような噂を流布したとされている。古来神聖化してきた椿を武士が嫌っていたわけではない。黒澤明監督の時代劇作品『椿三十郎』は、三船敏郎扮する浪人が、上役の不正を暴こうと立ち上がった若侍たちを助けるストーリーで、この映画の舞台は武家屋敷で展開される、その庭園こそ椿に覆われていた。

さて今年の冬は、日本付近を通る偏西風が北方向に蛇行し、寒気が南下しにくく、暖かい空気が日本列島を覆う状態で、日本各地では統計史上、歴史的な暖冬と報じた。新潟や東北のスキー場や札幌雪祭り会場では、深刻な雪不足が報じられていた。二月中旬には、三月下旬、四月上旬の気候を記録していて、近所のお宅の庭の雪柳や沈丁花、ハクモクレンの蕾が綻びを見せていた。そして民間の気象会社は、三月中旬には東京の桜が開花するだろう予測していて、椿の花も三月に入れば多くは綻びるだろうと思っていたのである。

このような陽気に誘われ、啓蟄を迎えた五日に散歩がてら氷室椿園に足を運んだ。入場口の近くまで行くと、大型カメラを持った人が道路フェンス沿いから庭園内の花にシャッターを切っている。入り口のフェンスが閉鎖されており、そこには「新型コロナウイルスの感染拡大防止により三月二日から三月末日まで休園」の案内板が掲示してあった。残念ではあったが、庭園（約八五〇坪）の道路沿いフェンス越しに、咲き乱れる見事な椿花を観賞することにしたのである。

庭園フェンス沿いには、赤や白、桃色と様々な色で咲き誇る花弁が見られた。二百種類に及ぶ椿のなかで、今回観賞できたのは精々一〇種類程度で、その名称に確信はもてないが、印象に残った椿をあげると、櫻蘭花という名称の桃色の千重の唐子咲きと言われる極小輪の椿である。花弁は小さくて可憐さを感じるが、沢山の花が咲き乱れているのでピンクの塊が美しい。また、半八重の平開咲きの川島と名札の付いた椿は、中輪で白色である。咲き熟した花弁は淡黄色が混じっていて、間もなく花丸ごと散る時期を迎えると思うと遣る瀬無い気持ちになる。もう一点は、正式名称は不明だが、花弁は八重の抱咲き~平開咲き、中輪で黒紅色で珍しい種類であった。

この庭園で、最も人気のある品種は、氷室夫妻が育成され命名した「氷室雪月花」である。これまで幾度となく観賞しているので、その印象から記すと、花弁は白やピンクの地に紅色の絞りが入っており、所謂血染めの印象を与える、椿の花としては珍しい品種とされ、形容しがたい美しさである。この氷室雪月花は、庭の奥に植樹されており、今回は休園で入場できず残念ながら観賞することができなかった。そのため、五〇メートル近い庭園道路沿いフェンスをゆっくりと往復して、庭園内を眺め椿花の観賞を終えた。

　帰宅途中で思い出したことは、植物図鑑では、椿は日本が原産で古くから改良された園芸品種として、広く栽植されているとしていたことである。そのことからの思い付きで、万葉歌人に椿が詠まれた歌はないかを調べてみようと思った。それは、万葉歌人が樹木としての椿や椿の花を、どのように捉えていたかに興味があったからである。調べてみると、意外なことに長時間を要することはなかった。なぜなら、万葉集巻一から調べ始めたら五四、五六番歌として入集されていたからである。

　五四番歌には、原文「巨勢山乃列〃椿都良〃〃尓　見乍思奈許湍乃春野乎」とあり、読みとしては「巨勢山のつらつら椿つらつらに　見つつ偲はな巨勢の春野を」である。この歌は、大宝元年（七〇一年）九月、すでに先帝の持統天皇が皇位を孫の文武天皇に譲り、紀伊国の牟婁の湯（現在の白浜温泉）に行幸した際に、これに従った坂門人足《さかとのひとたり》が詠んだ一首である。そして、この歌には元歌があると言うのである。その歌は五六番歌で、春日蔵首老《かすがのくらのおびとおゆ》が詠んだ「河の辺のつらつら椿つらつらに　見れども飽かず巨勢の春野は」である。解釈すると、「川（巨勢の地を流れる蘇我川）のほとりのつらつら椿をつらつらと幾ら眺めても飽きないものだ。巨勢の春の野は」と言う具合で、内容は五四番歌とほぼ同じである。しかし、五六番歌が先に詠まれたものなので、坂門人足がこの歌を元にしたとされている。

この歌の特徴は、「つらつら椿　つらつらに」と繰り返して呼びかけていることである。それは、椿の持つ霊力を盛んにし、発揚した霊力が人間に感染すると信じられていたからである。坂門人足は、椿の霊力に何を祈ったか。それは、持統太上天皇の健康と長寿を念じて、巨勢山の椿に呼びかけたのであろう。（持統上皇は、紀伊行幸の翌年一二月藤原京で五八年の生涯を閉じた。）

また、五四番歌は九月に詠んだもので、単純には秋に訪ねた巨勢山で「春に咲く椿を見たいものだ」と詠んだようにも解釈されている。五六番の元歌も、土地と巨勢山を賛美することで、その土地の精霊のご加護を得て、上皇の旅路の無事や長寿を祈る歌なのである。万葉学者の猪股静彌先生は、「この時代の旅の和歌の多くは、単なる文学作品としてではなく、その土地の地霊や道の神々のご加護を得て旅の無事を願う祈りの歌である。」としている。

ところで、調べたメモを見て追記しておきたいと思ったことがある。万葉集には、椿を織り込んだ歌がこの他に七首入集されていて、そのなかに私が可憐《いじら》しい夫婦愛を感じ記憶に残っている歌のことである。それは作者不詳だが、第七巻一二六二番歌の「あしひきの山椿咲く八峯《やつを》越え　鹿《しし》待つ君が斎《いは》ひ妻かも」である。歌として平凡かもしれないが、「狩りに出かけた夫を案ずる妻」をイメージしながら解釈すると「山椿が咲く季節に多くの峰々を越えて鹿を待つあなた、私は無事に鹿を捕らえて帰って来るのを待っています」と言う具合である。とくに「斎《いは》ひ」に、妻の汚れない神聖な気持ちで夫の安全を祈る優しい姿を感じるのである。

最後に、椿の葉を用いた和菓子を閑話として記しておきたい。近年の和菓子屋では、一年中取り扱っている桜木の葉をあしらった桜餅がある。柏餅も厳密には季節限定ではないと思われる。これは机上で知見したことだが、同様なあつらえで、糝粉《しんこ》や道明寺粉製の種で餡を包み、上下に椿の葉をあしらった餅菓子に、非常に長い歴史をもつ京和菓子・「椿餅《つばいもちい》」がある。

椿の葉は、年中青々として若さを保っており、その葉であしらった椿餅は、縁起物として貴族から人気があったとされる。私は食したことはないばかりか、お目にかかったことがない。光沢ある深緑の葉に包まれた生菓子は、見た目でも美しく想像でき、葉は食せないにしても食思に駆られる。この椿餅は、平安中期ごろから上流社会では、今流のお八つのようにして食べられていたことは、源氏物語が証明している。

源氏物語は、「若菜上」において、光君が兵部卿と世間話をする席で、同席した殿上の様子を描写している。それには、「～簀の子に円形の敷物を敷かせて座り、『椿餅』や梨、みかんといった食べ物が箱の蓋にいろいろと無造作に置かれているのを、若い人々は、はしゃぎながら食べている。適当な干物を肴にして酒の席となる。～」（直木賞作家・角田光代訳『源氏物語・

中』日本文学全集・河出書房新社）とある。恐らくは、歴史ある京都や大津あたりの和菓子屋では、椿餅が継承されていると思われる。しかし、幾度となく京都に足を運んではいるものの、椿餅のことは忘れてしまい、旅行のお土産には、帰路の京都駅のデパートで長蛇の列に並んで求める「阿闍梨餅」で満足しているのである。

（二〇二〇年三月）

Ⅱ　風に吹かれて二人旅

大原美術館

―至福な名画との出会い―

倉敷市は、人口こそ岡山市に次いで二番目だが、岡山県庁の所在地である。倉敷の主な地域を挙げると、行政の中心と観光の倉敷、工業地帯の水島、いまや学生服やジーンズで有名な児島、貿易港と新幹線駅を有する玉島といった、歴史の異なる多様な顔を見せる中核都市である。観光案内の地図で見ると、倉敷川沿いを中心とする美しい白壁の蔵屋敷は、国の伝統的建造物保存地区に指定されており、その町並みは美観地区である。旅愁をそそる倉敷町の、とりわけこの地区に所在する大原美術館は、美術館巡りを始めた六〇歳頃からこれまで、足を運んでみたいと思ってはいたが都合がつかなかった。それが古希を二年経た今年の春になって、いつも利用している旅行社から案内のあった、「姫路城・大原美術館・大塚国際美術館鑑賞ツアー」に参加することで実現した。

ツアー二日目の四月一二日、快晴のなかJR岡山駅に隣接するホテル・グランヴィアを九時に出発し、一路倉敷町へ向けたバスは「大原美術館」に到着した。美術館の鑑賞は二時間の自由行動とした。その前に、団体行動として大原家の別邸を特別に見学させていただくことになった。この屋敷は、美術館前の倉敷川に架かる中橋を渡った右側にあり、大原美術館の創設者・大原孫三郎が、身体の弱かった奥さんのための住まいとして建てたものである。今は主のいない、二階建て旅館のような贅を尽くした庭と屋敷内（厨房と賄い人の住まいは別棟）の、応接間（和・洋室）や大広間、客室など各部屋を案内していただいた。管理案内人によると、洋室の額と和室床の間の掛け軸の作品は、大原家に逗留していた版画家・棟方志功の本物とのことで、一行は驚嘆と感動のうちに見学を終えた。

私にとって今回の旅行の主目的は大原美術館にあった。その創設者である大原孫三郎と自分がパトロンとして援助していた画家・児島虎次郎については、二人の関係や大原の生い立ちと実業家像に大いに興味があり、旅行前に多くの資料を読み漁り、美術全集で大原のコレクション作品に目を通して準備を整えての参加である。その一端を記しておきたい。

孫三郎は、倉敷市で倉敷紡績（クラボウ）を営む大原孝四郎の三男として生まれた。大原家は、文久年間より庄屋をつとめ、明治の中頃には所有田畑が約八百町歩に及ぶ大地主となった豪農であった。二人の兄はいたが身体が弱かったのだろうか、相次いで夭折したため孫三郎が大原家の嗣子となる。明治三〇年（一八九七年）に現在の早稲田大学に入学するも、殆ど講義には出席せず放蕩生活を送り続けた挙句、一万五〇〇〇円の借金を抱えるに及んだ。現在の貨幣価値で一億円である。四年後の明治三四年に、父親より東京専門学校を中退させられたうえ倉敷に連れ戻され、いまで言うところの謹慎処分を受けるのである。

謹慎中の孫三郎は、「児童福祉の父」と呼ばれる、明治初期の慈善事業家でキリスト教信仰に根ざした「岡山孤児院」を創設した石井十次を知り、その活動に感銘を受けると同時に人間形成に大きな影響（自らもプロテスタントの改宗）を受けた。そして、その年に石井十次の紹介で石井寿恵子と結婚、倉敷紡績（クラボウ）に入社する。孫三郎にとって事業家としての転機となったのは、明治三九年、社員寮内で感染病を出して社員数名が死亡したため、その責任をとる形で父が辞任したことにより、倉敷紡績の社長に就いたことである。孫三郎二六歳の若さであった。

その後、実業家としての大原孫三郎は、倉敷紡績の他、倉敷絹織（クラレ）、倉敷毛織、中国合同銀行（中国銀行の前身）、中国水力電気会社（中国電力の前身）などの社長を務め、大原財閥を築き上げるのである。そして、特筆しておきたいことは、孫三郎は事業で得た富を全て企業として蓄積するのではなく、社会に還元することの重要性に目覚めていたことである。孫三郎が援助した施設には、倉敷中央病院、法政大学や岡山大学の社会問題研究所や資源生物科学研究所、倉敷商業高校など枚挙に遑《いとま》が無く、現在に至っている。こうした企業の社会への貢献は、今日で言うところのＣＳＲ（Corporate Social Responsibility）企業の社会的責任、所謂企業が倫理的な観点から事業活動を通して自主的に社会に貢献する責任のことで、明治時代にこの理念を実践した、若き大原孫三郎は実業家として大人物である。孫三郎にとっては、後の大原美術館の創設も社会貢献の一環という認識であろう。そして、大原美術館が今日あるのは、孫三郎が生涯親交をもち経済的な援助を与えた洋画家・児島虎次郎の存在があったからである。

児島虎次郎は、岡山県は現在の高梁市成羽町生まれで、洋画家を目指して大原家の奨学生になり、明治三五年（一九〇二年）に現・東京芸術大学に入学、優秀につき二年間の異例の早さで卒業する。大原家の当主となっていた孫三郎は、一歳年下の虎次郎をことのほか目をかけ生涯に亘って援助した。虎次郎は明治四一年から足掛け五年間、孫三郎の援助でヨーロッパに留学し、その後も大正八年から一一年にかけて二回に亘って渡欧している。その目的は画業の研鑽であった。一方で虎次郎は、ヨーロッパへ行く機会がない多くの日本の画家のために、西洋名画の実物を日本に齎す必要性を孫三郎に説いていたと言う。孫三郎は虎次郎の考えに賛同し、何を購入するかは虎次郎に一任する。このような経緯のもと、虎次郎はヨーロッパで多くの西洋絵画を購入し、大原コレクションの礎を創ったのである。

二時間余の自由行動である。若葉の蔦が繁る、城の石垣を思わせる大きな石の門を潜り玄関へと入って行った。美術館のエントランスは、ギリシャ神殿風のペディメントに、二本の巨大なイオニア式柱頭と呼ばれる柱で左右対称の渦巻き状の飾りがあり、一見大理石に見える。二時間足らずの時間ではあったが、鑑賞した作品で、最も印象深い名画を備忘録とする。

まず、大原美術館の代名詞になっているエル・グレコの『受胎告知』である。私は恵まれたことに、スペインを代表するプラド美術館には三度訪れたことがあり、ベラスケス、ゴヤと並んでスペインを代表する画家である、グレコの作品を鑑賞できるのは約七年ぶりである。新約聖書に書かれているエピソードのひとつである『受胎告知』は、レオナルド・ダ・ヴィンチなど多くの画家が描いている。グレコが描いた図像は、向かって左側に聖母マリア、右側に天使ガブリエルが描かれている。そして、マリアは左手で読みかけの聖書であろうか、ページを押さえながら天使を見つめているが、その感情は落ち着いて穏やかに映り、天のお告げを恭順な姿勢で受け止めているように見える。聖母マリアの頭上に描かれている星の冠は、『聖ヨハネの黙示録』第一二章の冒頭「それから、壮大なしるしが天に現われた。太陽につつまれた婦人があり、その足の下に月を踏み、その頭に一二の星の冠をかぶっていた。」が元になっており、他の画家によるマリア像でも多く見られるものである。私の記憶では、天使のガブリエルは跪《ひざまず》いた姿勢で描かれているが、グレコのこの作品では雲の上に乗っており、天界から降臨した御使いである暗示が想像できる。

あまりにも有名なこの作品は、児島虎次郎が三回目（一九二二年）の渡欧中にパリの画廊で売りに出ているものを偶然に見つけたものである。児島は、この様な機会は二度とないと思ったが、非常に高価な上に手持ちのお金では足りなく、一任されている児島にしてこの時ばかりは、孫三郎に写真を送り、購入を相談したと言う逸話が残されている。私が思うには、グレコ作品がバックボーンのひとつになっている「プラド美術館」が欲しい逸品と思われるが、現在ではこの名画が日本にあること自体が奇蹟だと言われている。この作品を倉敷で鑑賞できることを可能にした大原と児島は、今日の西洋美術を愛する日本人にとって、この上ない幸せを齎してくれたことであろう。

次に印象に残った作品はフランソワ・アマン＝ジャンの『髪』である。無論、私にとっては初めての対面である。楕円形のカンバスに上半身の着衣を脱いで胸囲を出した夫人の髪をもう一人の婦人が梳かしている図像である。この作品は、大原コレクションの最初になったとされ、一九一二年（明治四五年）に一度目の渡欧中に、児島と同世代のジャン本人から購入したものである。翌年の大正二年に上野で開催された光風会展覧会に出品され、これまでに日本国内で西洋絵画の実物に触れることが殆どなかったことから、大反響を呼んだと記されている。

さらに同美術館所蔵の中核をなすと言われる作品の多くは、大正九年から三年間をかけて虎次郎によって主にパリで収集されたとされる。鑑賞できた作品の中で、クロード・モネの『睡蓮』は、日本でも多くの美術館で所蔵しているので鑑賞する機会に恵まれている。上野の国立西洋美術館、熱海のMOA美術館、箱根のポーラ美術館、とくに数多く所蔵するブリヂストン美術館（現アーティゾン美術館）などである。香川県は瀬戸内の直島にある安藤忠雄設計の「地中美術館」には、装飾壁画と呼ばれる大型の（二〇〇×六〇〇センチ）絵画があると聞くが、残念ながら鑑賞する機会を得られていない。大原美術館の作品は、モネの自宅に設けた池を題材にしたもので、睡蓮の清楚な黄色や白の花が何とも表現できない美しさに心が奪われ、暫くは作品の前に立ち尽くし、言葉もなく至福の時を過ごした。この作品は、モネが気に入って一五年間アトリエに置いたもので、虎次郎の熱心な交渉が実を結び、直接モネ本人から譲り受けしたものである。

回廊を進み興奮を覚えたのは、虎次郎が収集した作品で私の好きな、ポール・ゴーギャンの『かぐわしき大地』に対面したときである。ゴーギャンの作品は、箱根のポーラ美術館の他多くの美術館や美術全集では何度も見ているが、実物に直面すると胸が熱くなるのを覚える。タヒチに渡った翌年に描かれた作品について、本人は「幻想的な果樹園の誘惑的な植物群がエデンの園のイヴの欲情をそそる。彼女の腕が恐る恐る伸びて悪の花を摘もうとし、一方怪鳥キマイラの赤い翼がはためいて、彼女のこめかみをかすめ打つ」と記している作品である。

その他の作品で、画家本人から購入した作品にマティスの『画家の娘―マティス嬢の肖像』は、本人の娘の肖像であり、気に入って長らく手元に置いたとされるが、何度も足を運び無理に譲って貰った作品と言われている。また、ロートレックの代表的な作品と言われる『マルトX婦人ーボルドー』は、読書する婦人を描いたものだが、何となく退廃的で眼差しを空ろに漂わせ爛熟した女性像で好きな作品である。さらに特筆すべきことは、画集で広く知られている著名な画家とその代表的な作品である、ルノワールの『泉による女』やピカソの『鳥籠』、ドガの『赤い衣裳をつけた三人の踊り子』、セザンヌの『水浴』や『風景』などの名画の数々を自分のペースでゆっくりと鑑賞できて、心が豊かになったような、これがきっと至福と言うのだろう。

一九二九年に四八歳の若さで児島虎次郎が他界し、これを大いに悲しんだ大原孫三郎は、児島の功績を記念する意味をもって、翌年に大原美術館を開館した。日本に美術館という物自体が数える程しか存在しなかった昭和初期、それも地方都市に過ぎなかった倉敷に、西洋美術、エジプト・中近東美術、中国美術といった広範な作品を展示する私立の美術館が開館したことは画期的なことであった。ニューヨークの近代美術館の開館が一年前であることを考えれば、創設者の大原孫三郎の先見性は特筆すべきものである。

余談になるが、大倉財閥の実業家・大倉喜八郎は、大原美術館よりも早い大正六年に、私立美術館、現在の「大倉集古館」を開設している。その収集の代表的なものは、「普賢菩薩騎象像」など国宝三件と横山大観の代表作と言われる『夜桜』などで、西洋絵画を中心とした大原美術館とは収集分野が異なることを記しておく。

大原美術館の幸運なことは、戦火を逃れたことである。先の大戦の末期には、軍事産業のある水島地区は何度も爆撃された。隣県の広島には原爆が投下されたが、倉敷市中心部は全く爆撃されなかった。これは、鎌倉や京都、奈良の寺院と同じように、米軍関係者に日本文化を知る良識者がいて、文化財保護に配慮して爆撃しなかったとする説も存在するが、そのこと自体疑問視されている。しかし、いずれにしても戦争の被害に遭わなかったことは、不幸中の幸いと言うべきなのだろうか。

美術館を出て、中橋を渡り同美術館が運営する、江戸時代の米倉を改装した館の工芸館と東洋館で、陶芸作品と木版画、型染の作品の数々、そして虎次郎が収集した中国古美術には目を見張るものがあって驚嘆した。集合時間まで四〇分程あったので、ガイドさんから紹介のあった美術館に隣接する「倉敷国際ホテル（東京からの要人を迎えるために大原が創設したホテル）」に、棟方志功の作品を鑑賞するために立ち寄った。ボーイさんに案内していただき、木版画としては世界最大の大作の数々を鑑賞して、捉え切れないスケール感に圧倒されて驚愕したが、訪ねたことを幸運に思った。そして、ツアーバス駐車場に戻る途中で備前焼の陶器屋に立ち寄った。時間が無くなり慌てた買い物ではあったが、私は徳利とお猪口のセット、家人は花瓶を買い求めた。帰宅して木箱を開けたら、接客していただいた畝尾典秀さんの作品であった。高価なものではないが、倉敷の思い出として大事に使っている。

（二〇一七年四月）

高野山奥の院

春の終焉を迎えようとする五月の下旬、青葉の繁りが瑞々しく明媚な峡谷に位置する、和歌山は田辺市龍神村の龍神温泉を訪ねた。この温泉の歴史を遡ると、飛鳥時代の呪術者で役小角と言う人物が発見した後、難陀竜王のお告げによって弘法大師空海が約一三〇〇年前に開湯したものと伝わっている。江戸時代には、紀州藩との関わりが深く、藩主が湯治を行うために、初代藩主の徳川頼宣が「上御殿」（国の登録有形文化財）と「下御殿」を作らせ、創業は明暦三年（一六五七年・将軍は四代家綱時代）である。初代藩主の湯治は実現しなかったとされる。冒頭から余談になるが、この年の一月、江戸では「明暦の大火（振袖火事）」があり、焼死者一〇万人、焼失町数五百～八百町、武家屋敷、神社仏閣、橋梁はもとより、江戸城天守も焼失しており、御三家としては湯治どころではなかったと思われる。しかし、その後々には藩主の別荘地として栄えたと言う歴史ある名湯である。それにしても、紀州の城下からこの深山幽谷の地を訪ねるのは大変ご苦労なことであったろうと思う。後に建物は村民に与えられたとされ、現在も「上御殿」は、旅館として使われている。

私ら夫婦は、高野山と熊野大社のお参りツアーに参加したものだが、五月二五日の初日、龍神温泉の「下御殿（ビル）」にお世話になった。この温泉は、高野龍神国定公園で、日高川沿いに位置する、初夏を思わせる気候のなかで、木々の香りと谷川のせせらぎが響く、自然豊かな温泉郷である。話は逸れるが、俳人山頭火は高千穂の山を歩いている時、「分け入っても分け入っても青い山」の句を残している。この句からは、青い山に夏の季感と想像以上に山深いイメージをもつが、この時期の龍神村を囲む重なる深山と深緑の風景は同様に感じる眺めであることを記しておく。ところで、日高川で思い出したので余談として記すが、この川は和歌山では熊野川、紀の川に次ぐ三番目の河川である。そして、有名な「安珍清姫の伝説」で清姫の最期となった川でもある。清姫は、安珍を道成寺の鐘のなかで焼き殺して滅した後、蛇の姿のまま日高川に入水して果てるのである。

さて、話を温泉に戻すと、私は知見していなかったが、龍神温泉はバスガイドによると群馬の川中温泉、島根の湯の川温泉とならぶ「日本三美人の湯」で有名なそうである。家人は「これまで体験した温泉では最高」と評価したが、家人の入浴後の顔や手などの肌に変った様子はなかった。それでも鈍感な私でも確かに、泉質のナトリウム炭酸水素塩泉（重曹泉）で、入浴後は肌がツルツルとして、しっとりした感はあった。旅館の案内には、冷え性、神経痛、筋肉痛、関節痛、慢性消化器病、糖尿病、痛風などに効能があるとしている。翌日の朝も食事の前に朝風呂を楽しみ大満足した。そして九時ごろ、今回の旅行の目的の一つである高野山に向けて出発した。

高野山の歴史を簡単に記しておくと、最初に弘法大師空海に触れておかなければならない。後の弘法大師こと空海は、二〇歳で出家し一一年後の延暦二三年（八〇四年）に、私費の遣唐使として認可を貰い、中国は長安に渡った。比叡山天台宗の開祖となった最澄や日本三筆の尊称を得る橘逸勢も同じ遣唐使の一行であった。長安は青龍寺の高僧・恵果阿闍梨について真言の教えを受けた空海は、二年余りで真言密教の奥義を極め、「阿闍梨遍照金剛」の称号を得て、大同元年（八〇六年）に帰国し、真言密教を各地に広めた。当時の嵯峨天皇より高野山を賜り、弘仁七年（八一六年）に諸弟子や工人等多数を伴って登山して開創に着手された。これが、高野山金剛峯寺のはじめと言われている。そして二〇年後、弘法大師六二歳の承和二年（八三五年）三月二一日に御入定し、即身成仏を遂げられた。その後、高弟真然大徳が中心になって、仏教修禅の大道場として栄えたのである。総本山金剛峯寺をはじめ奥の院など一一七カ寺があり、神秘的な霊場を形成している。

ツアーバスは龍神温泉の旅館・下御殿から日高川沿いの国道三七一号線を下り、そして高野山へと登り着いた。高野山は、和歌山県北部の伊都郡高野町に位置する、今来峰、宝珠峰、鉢伏山、弁天岳、転軸山など一〇〇〇メートル級の山々の「八葉の峰」と呼ばれる峰々に囲まれた、約八六〇メートルの盆地状の平地を指す。その地形は、蓮の花が開いたような地と形容され、仏教の聖地である。ガイドによれば、八つの峰のうち、転軸山、楊柳山、摩尼山の三山を高野三山といい、単独名称としての高野山の峰はないと聞かされた。

今回の旅行で残念なことは、スケジュールの関係だろうが、高野山の伽藍をお参りできなかったことである。我々一行は高野町に入り、奥の院の駐車場に至るまでの車中から、目を見張る立派な建造物であった金剛峰寺大門、檀上伽藍、金堂、中門、根本大塔、総本山金剛峯寺、苅萱堂などが確認できただけである。後から分かったことだが、旅行会社が目玉とする「奥の院」までは二キロあり、徒歩による見学をしながら進むので、辿り着くまでに多くの時間が必要だったことから伽藍のお参りは、旅程に入っていなかったのである。高野町大駐車場に到着した我々一行は、現地ガイドによる案内人（奥の院お参り後に案内されたツアーバス駐車場に隣接する土産屋のご主人らであった）に引率されて奥の院に向かった。

奥の院に通じる参道の入り口には、清流・玉川に架かる「一の橋」がある。正式名称は「大渡橋あるいは大橋」である。奥の院に通じる一つ目の橋にあたることから「一の橋」と言われるようになったと言う。奥の院は、一の橋から弘法大師の御廟までの約二キロメートルの浄域で、ガイドから「ここで僧侶は必ず身心を整えて会釈をする。」と案内があり、二班に分かれた我々一行は礼をして参道を進んで行った。一の橋から参道の両側には、何百年も年輪を重ねた老杉（高野槙）が聳え、森厳さを湛えていて静謐な世界を漂わせている。そして、老杉と緑苔が濡れて光るもとには、二〇万基を超える戦国武将をはじめ今日に至る偉人の墓碑や供養塔が建立されていて、案内人からそれにまつわる逸話と解説を聞きながら奥へと進んで行った。

一の橋から中の橋に至るまで記憶に残る供養塔を記しておくと、曾我兄弟の供養塔、法明上人の供養塔、薩摩島津家の霊屋、関東大震災犠牲者の供養塔と続く。そして江戸時代に建立されたとされる、上杉謙信・景勝の霊廟は重要文化財に指定されていて、謙信の名は高野山を訪れたときに与えられた法名と言われている。さらには、武田信玄・勝頼の墓碑、伊達政宗の立派な供養塔も見える。苔むした岩が高く積み上げられた五輪塔と呼ばれる石田三成の墓碑、明智光秀の供養塔などが確認できた。

一の橋から御廟橋の中間点に位置するという「中の橋」まで進んで行った。正式には「手水橋」と言われ、平安時代はこの川で身を清めていた、と伝わっている。そして、橋の下を流れる川は金の川といい、金は死の隠語とされ三途の川を表わしている、とガイドの案内があった。一行は再び一礼して中の橋を渡った。ここから御廟の橋に至るまでには、千姫の供養塔、芭蕉句碑、大規模な豊臣家の墓所、戦国の覇者としては意外に小規模であった織田信長の墓碑には、そばに寄り添うように武将・筒井順慶の墓所もあった。さらには、毛利家の供養塔や加賀前田家の供養塔、とくに印象的だったのは崇源院供養塔である。これは徳川二代将軍秀忠の正室・お江の供養塔で、高さ六メートルの堂々としたもので、三男の駿府城主徳川忠長が建立したとされる。

老杉の参道が明るく開けてきて「御廟の橋」が近づいてきた。約二キロに及ぶ参道沿いには、法然や親鸞の墓、敵味方として戦った戦国時代の武将の墓、江戸時代の過半数に及ぶとされる藩主の墓石や供養塔、近年では関東大震災や先の大戦の戦没者の供養塔、大手ゼネコン各社が建立した殉職者の慰霊塔などを一時間近くかけて見学してきた。贅を尽くした供養塔の壮観な眺めは、歴史的な人物とその生涯を思い起こす上で感興をそがれるものであった。そして、ガイドは「これらの墓石や供養塔は、弘法大師とともに未来の救世主と言われる弥勒菩薩の降臨を待っているのですよ。」と語った。弥勒菩薩は、釈迦の入滅後五六億七〇〇〇万年後に仏になって、この世に現われ衆生を救うと言う菩薩のことである。仏教思想の壮大さと底深さを感じないわけにはいかなかった。

愈々、高野山奥の院参道の最後の橋である「御廟の橋」に到着した。ガイドによれば、この橋の裏には、梵字が書かれていて、三六枚の板橋に、橋全体を一枚と数え、金剛界三七尊を模している、としている。そして、この橋は説経節に出てくる苅萱上人と石童丸の舞台にもなっている。この橋を渡った先は、弘法大師空海の霊域であることから、写真撮影は厳禁であることなどの注意事項があり、それに従った我々一行は、橋を渡る前に脱帽の上、一礼してから参道の左端を御廟へと進んで行った。

厳かな雰囲気のなか参道を進むと、燈籠堂がある。これは、御廟前の拝堂として建立されたものだが、江戸時代になってからは、参拝者が献じる燈籠が多くなり、今では万燈を超え献燈籠として灯されている。また、長和五年（一〇一六年）孝女お照が自らの髪を売り、両親の菩提のために献じた「貧女の一燈」と寛治二年（一〇八八年）に白河法皇が献燈した「白河燈」は、千年以上灯し続けているとともに、昭和二三年（一九四八年）、昭和天皇から献上された「昭和燈」と合わせ、この三燈は常明燈と呼ばれている。薄暗い堂内に進むと、多くの人が祈りを込めた燈籠が照らし、私たちの心を清らかにし、最終聖地へと導いた。

燈籠を経て御廟へと進んで行った。御廟は弘法大師信仰の中心聖地である。転軸、楊柳、摩尼の三山に囲まれた台地にあり、その山裾を清流玉川が流れている。言い伝えによれば、大師は御入定前、この地を入定留身の地として自ら定められ、御入定後、弟子たちはこの地の定窟に、生身と全く変わらない定身を納め、その上に三間四面の廟宇（御霊屋）を建て、日々のお給仕を絶やさず今日に至っているのである。

そして、静謐で澄んだ空気が流れるなか、聳える老杉の間から至心に祈る我々に、大師様が今にも何かを語りかけているような気がしたのである。我々一行が御廟に向かって手を合わせている時だった。隣に並んでいた家人はもとより、我々グループの数人が「あっ」と驚愕の声を発した。御廟の空間に、二羽の色鮮やかな小鳥が囀りながら舞って、すぐにどこかへ消えてしまった、一瞬の光景を目にしたのである。それは余りにも衝撃的で霊妙な感応的光景でさえあった。私にとっては初めて見る小鳥で、極楽鳥（風鳥）かと思ったのである。空言のような話だが、これは事実である。

しかし、帰宅して極楽鳥を野鳥図鑑で調べてみたら、「雄は栗色、緑色、黄色など種々の飾り羽をもつ美麗な鳥」と出ていて、色彩こそは似ていたような気がするものの、「ニューギニアとその付近に生息。」としているので、風鳥ではなかったが、不思議な体験である。

予想外の出来事に興奮冷めないまま御廟のお参りを済ませ、御廟の橋に戻り、参道を駐車場へと戻ってきたが、豊臣家の墓所や燈籠堂を見学したことから頭に浮かび、思い起こしたことは、上田秋成の『雨月物語』に収められている短編作品「仏法僧」のことである。

この雨月物語の「仏法僧」は、奥の院の燈籠堂を舞台にしている。作者自身の序文の後半に「明和戊子晩春。雨霽月朦朧之夜。窓下編成、以畀梓氏。題曰雨月物語、云。剪枝畸人書。」とあり、意味合いは「明和五年（一七六八年）三月の春の終わり頃、雨が上がり、月が朧げに照らす夜に脱稿し、明日にも原稿を出版元に渡そう。題は雨月物語にする。署名の号」になっている。今から約二五〇年前に成立した作品である。そして、序文の前半には、作者自身がこの物語の成り立ちを記しており、大変興味深いので、円城塔さんの翻訳を我流の文章にして記しておきたい。

雨月物語の序文には、「水滸伝の作者（施耐庵）の家には、三代に亘って口の利けない児が生まれた。源氏物語を書いたことで紫式部は地獄に落ちたとも言われている。それは作り話で人を迷わせたからである。しかし、その文章を調べて（読んで）みると、色々なもので盛り沢山で、勢いも工夫してあり、抑揚があり滑らかで読者の心と響き合うように作られていて、千年後にも事実を伝えるような迫力がある。一方、私にもちょっとした無駄話の持ち合わせがあり、出任せに記してみたが、変なものばかりである。自分でも不味いものだと思う。まさか、本当だと思う人はいないだろう。だからまあ、法螺話だから罰が当たることもないと思う」としているのである。私が、雨月物語の「仏法僧」を再読したのは、二年前に発刊された日本文学全集一一巻（河出書房新社）であるが、芥川賞作家・円城塔さんの訳を参考に、長くなるがそのあらすじを記しておきたい。

伊勢国の隠居老人・夢然は、堅物の末子の作之治と旅に出ることにした。京都・奈良吉野の花見を経て、初夏の高野山に出かけるが、思いのほか時間がかかり到着が遅れて、早くも日が暮れようとしている。主だった伽藍から奥の院の霊廟まで残らず巡って宿を求めるが、この地の掟で、寺は旅人に宿を貸さないことになっていると言う。困り果てた夢然親子は、暗くて山を下りるわけにもいかず、霊廟前の拝殿の燈籠堂で念仏を唱えながら、夜を明かすことを決める。寝付けないなか、「仏法、仏法」と仏法僧と言う鳥の鳴き声を耳にする。

この鳥は、清浄の地にしか棲まないと聞いていた。上野の国の迦葉山、下野の国の二荒山、京であれば醍醐の峰、河内の杵長山、なかでもこの高野山に棲んでいることは弘法大師の詩にもある。夢然は、松尾山最福寺にもこの鳥が棲んでいたことを思い出した。そして、興を催した夢然は、「鳥の音も秘密の山の茂みかな」と一句詠む。そこに、お供を連れた貴人が現れる。その一団は夜を徹して楽しそうに宴会を始める。そこには、連歌師の里村紹巴の姿もあった。そうするうちに、燈籠堂の後ろから仏法僧の鳴き声が聞こえると、貴人は「あの鳥の鳴き声も久し振りだ。今宵の酒宴は益々めでたい」とした。仏法僧の鳴き声を聴けるのは、現世の罪が消え、来世に善を積むことになる先駆けだろうと信じられていたのである。

貴人は気をよくして紹巴の句を望んだが、紹巴はそれを辞退し、夢然に先ほど詠んだ句を披露するように言う。夢然が紹巴に彼らの正体を尋ねると、貴人は残虐横暴を理由に、高野山に蟄居され切腹となった摂政豊臣秀次とその家臣ら（の霊）であることが判明した。夢然の句が代読されると、秀次はお気に召したようである。そして、誰か脇句をつけるよう命じたところ、小姓の山田三十郎が「芥子たち明すみじか夜の牀」と書き足すと、紹巴や秀次は満足して褒めて盃を上げ、座は一段と盛り上がった。

そのとき、家臣の淡路守が顔色を変え、「修羅の時が近づいている」ことを知らせると、一座の者は忽ち殺気だった。秀次は夢然らも修羅の世界に連れて参れと命令するが、老臣たちに「まだ天命の尽きぬ者たちです。これ以上、罪なき者の命を奪ってはなりません」と諌められて止めるのであった。やがて彼らの姿形は空へ溶け込むようにして消えてしまった。夢然らは恐ろしさのあまり、気を失って暫くは死んだようになっていた。

夢然親子は、翌朝慌てて下山し、都に帰って薬を整え、針を打って養生に努めた。落ち着きを取り戻した夢然親子が京の三条の橋を通りかかると、すぐそばの瑞泉寺へと自然に目が引きつけられた。その寺には、悪逆塚とも畜生塚とも呼ばれている、秀次の首が晒され、女子供に至るまで一族郎党の遺体が埋められた塚があることを思い出し、「白昼とはいえ、心底肝が冷えた」と京の人に高野山の体験を語ったと言う。実話であるとしている。

なお、「仏法僧」とは、仏と仏の教えである法と、仏法を奉ずる僧のことである。三宝。一方、鳥類の仏法僧は、夏鳥として渡来し、冬南方に帰るブッポウソウ科の鳥。体は青緑色でくちばしと脚が赤い。名前の由来は「ブッポウソウ、ブッポウソウ」と鳴くからと思っていたが、事典によると「ギャッ、ギャッ」「ゲッ、ゲッ」などと鳴くとある。実際に「ブッポウソウ」と聞こえる鳴き声は、フクロウ科のコノハグスと言う鳥で、この鳥を「声のブッポウソウ」と呼ぶそうである。この物語を読むたびに思うことは、秀吉と淀殿に次男秀頼が誕生しなかったら、秀次の人生はもとより、日本の歴史そのものが大きく変わっていたと言うことである。

奥の院のお参りを済まして、もう一つ思い起こしたことは「大般涅槃経」のことである。これは、大乗仏教の思想を述べた、北涼の曇無讖の訳した四〇巻本と宋の慧厳らの加筆した三六巻本からなる膨大な経典である。この経典は、釈尊の入滅を機縁として、法身の常住と一切衆生の成仏を説いたとされるものである。

そのなかでも広く知られている一六文字からなる四つの文節、「諸行無常　是生滅法　生滅滅已　寂滅為楽」がある。恐れ多いことだが、一節ずつ通釈すると、「この世の一切の現象は永久に存在することはない。常に変化して、少しの間も止まらないこと。」、「あらゆるものは、変転して尽きないもので、生滅するのが真理である。」、「煩悩の炎を滅じ、生死を超越した境地に至ること。悟りを得ること。」、「悟りの境地に至って、初めて真の安楽、安らかな境地がある。」と言う教えである。

そして、この教えを広く深く布教するために、弘法大師空海は、この経典の教えを歌にしたと言う伝説がある。それは「いろは歌」で、日本人が言葉を発する四七の音・文字からなるもので、漢字で示せば「以呂波仁保部止　知利奴留遠　和加与太礼曽　津祢奈良武　宇為乃於久也末　計不己衣天　安左幾由女美之　恵比毛世寸」である。また、仮名文字では「いろはにほ

へと　ちりぬるを　わかよたれそ　つねならむ　うゐのおくやま　けふこえて　あさきゆめみし　ゑひもせす」である。そして、現代風に表現すれば「色は匂へど　散りぬるを　我が世誰ぞ　常ならむ　有為の奥山　今日越えて　浅き夢みじ　酔ひもせず」となる。この歌の作者・空海伝説は、歴史的根拠のあるものではない。しかし、いろは歌が大般涅槃経の「諸行無常…」を表わしていることの根拠は、国語学者・小松英雄先生の小論「いろはうた」（日本文学全集第三〇巻・河出書房新社）で明らかにされているので記しておく。

この説の出典は、平安時代末期の真言宗の高僧・覚鑁（一一四三年没）が著した『密教諸秘釈』第八巻の「以呂波釈」と題する一節に求めている。

その説とは、

色匂散トハ諸行無常ナリ
我世誰ソ常ナラントハ　是生滅法四相遷変不在、自性名ク之ヲ無常ト
故ニ有為ノ奥山今日超トハ　生滅々已生滅者、有為之物相故。
浅夢不酔トハ　寂滅為楽夢ト者、盲見也。理障也。酔ト者、癡暗也。智障也。

とあり、要するに、以呂波と言うのは「諸行無常　是生滅法　生滅滅已　寂滅為楽」と言う「大

般涅槃経」のなかにある偈《げ》の意味をとって、日本語で「いろはにほへと～色は匂へど～」と表現したものだ、としているのである。小松先生は、この一説による説明はかなりこじつけがましいが積極的にそれを否定する根拠があるわけではないとしている。私にとっての「いろは歌」は、自分の人生を振り返るとき、これからの人生を考える時のお手本にしているし、格調高いこの歌を時には声を出して読むが、神韻縹緲《しんいんひょうびょう》といった趣がある。

（二〇一七年五月）

醍醐の花見

新年早々に届いた、ツアー会社の参加募集案内に「桜舞う四つの世界遺産はんなり春の京都紀行三日間」の企画があった。今年の桜前線や開花予想も定かでない時期ではあったが、迷うことなく申し込みの電話を入れた。と言うのも、ツアー二日目は、貸し切りタクシーによる選択自由の三つのコースがあり、その一つに醍醐寺が入っていたからである。これまで、醍醐寺は二度拝観してはいるが、何れも紅葉狩りの時期で、太閤秀吉が催した歴史に残る「醍醐の花見」を、臨場感をもって想像するには、以前から桜の時期に足を運んでみたいと考えていたからである。仮に、旅程の四月二日が気候変動によって、開花時期が早まるか遅くなるかで、五分咲きの状態か、満開か、葉桜の状態になっていたとしても、私の桜遊山はそのことを問題にしない。

兼好は徒然草の一三七段で、「花は盛りに、月は隈なきをのみ見るものかは。」としている。つまり、「桜の花は満開だけを、月は満月だけを見て楽しむべきだろうか。」と疑問を呈し、物事は最盛だけを観賞することがすべてではない、としている。例えとして、今にも花開きそうな蕾の梢や桜の花びらが落ちて散り敷いて雪が降ったように見える庭などは、とりわけ観賞する価値がある、としているのである。さらに付け加えて兼好は、桜が散るのや、月が西に沈むのを名残惜しむ、美意識の伝統はよく分かるとしながらも、「あの枝も、この枝も散ってしまった。盛りを過ぎたから、もう見る価値はない」と決めつけるのは短絡的で、まるで美というものに無関心な人間である、としている。少なくとも私の桜に対する思い入れは、「満開を以て花見とする」ものではない。私にとって桜木の観察は、「花に三春の約あり」の時期のみならず、四季の移ろいにさえ思い入れがあるのである。

ところで、真言宗醍醐派總本山醍醐寺で興味を抱くことは「醍醐」の意味である。私は、「醍醐」単体で使うことはなく、通常の用語としては、「醍醐味＝深い味わい。本当のおもしろさ。」の意味で用いている。広辞苑で「醍醐」を引くと、「五味の第五。乳を精製して得られる最も美味なるもの。黄金色をしたオイルの様のものともいう。」とでている。また、仏教用語としては、「醍醐のような最上の教え。天台宗で五時教の第五、法華涅槃時をいう」としている。つまり、仏の教えが衆生の能力に応じて順次深くなっていくことの喩として、牛乳を精製する過程における五段階の味を示しているのである。

仏教の大乗経典「大般涅槃経」のなかには、「譬如従牛出乳　従乳出酪　従酪出生蘇　従生蘇出熟蘇　従熟蘇出醍醐　醍醐最上～」とある。仏教事典の訳によると、「牛より乳を出し、乳より酪を出し、酪より生酥を出し、生酥より熟酥を出し、熟酥より醍醐を出す、さらに訳を続けると、仏の教えもまた同じで、仏より十二部経を出し、十二部経より修多羅を出し、修多羅より方等経を出し、方等経より般若波羅蜜を出し、般若波羅蜜より大般涅槃経を出す」とある。弘法大師空海が約一二〇〇年前に遣唐使として、長安は青龍寺から持ち帰った「大般涅槃経」のなかで、最上の教え（醍醐）の例え（五味相生の例え）として、乳製品の精製過程をあげていることに驚愕を覚える。

醍醐寺紀行を記す前に長い余談になってしまったが、今回の京都ツアーは、満開の桜に巡り合えた。京都府立植物園内の桜、銀閣寺と哲学の道遊歩道の桜、東寺の不二桜の名がある枝垂れ桜、天龍寺の枝垂れ桜など、それこそ観桜の醍醐味を味わうことができた。そして、旅程二日目の自由行動は、ドライバーが予定していたコースを絞り込み、醍醐寺と近くの山科疏水の桜に絞り込んで案内をお願いした。八坂タクシーのドライバーは、公認資格をもち、寺院内部まで随行する観光ガイドのプロでもあり、お参りと観光を豊かにしてくれた。

まず、簡単に醍醐寺の開創について記しておきたい。平安後期の「醍醐寺縁起」によると、弘法大師空海の実弟である理源大師聖宝は、貞観一六年（八七四年）、修行していた深草の貞観寺から、笠取山（醍醐山…四五〇メートル）の峰に五色の雲が棚引いているのを見たという。自分の仏道修行と仏法を広める地を探していた聖宝は、あの峰こそ霊地と感得し山に登った。

すると、清水が湧く谷合で出会った老翁は、その清水を手で掬って飲み「醍醐味なるかな」と褒めた。そして、老翁は「自分はこの山の地主の神、横尾明神である。この地をあなたに献じるから、仏法を広め衆生を救え。自分は永く守護しよう」と言って姿を消した。この霊水こそが醍醐水である。聖宝はここに草庵を結び、自ら准胝観音、如意輪観音の二像を刻み、堂宇を建てて貞観一八年に供養を行った。これが醍醐寺の開創である。そして、醍醐山の麓から山頂にかけて伽藍が並び、山手を上醍醐、麓を下醍醐といい、総称して深雪山醍醐寺と呼んでいるのである。

四月二日。春風駘蕩、桜遊山には申し分のない天候である。一〇時前に旧奈良街道から黒門を通って境内にある駐車場に到着した。総門に向かって石畳を歩き、総門から仁王門に通じる参道・桜馬場（土道）の枝垂れ桜は満開で大変な人出である。先ずは総門から間近な三宝院に立ち寄ることにした。拝観受付所から大玄関に向かう庭の一角には、推定樹齢一五〇年とされ、画家奥村土牛が描いた「枝垂れ桜」が咲いている。その美しさに誘われて奥に進むと、塔頭・修証院、寺務所に通ずる。修証院に面する庭は、回遊式庭園で「憲深林苑」と称されていて、数十本及ぶ古木で風格さえ備える枝垂れ桜が、垂れ下がる枝に咲き誇っていた。その乱れ咲く幻想的な眺めは、視野狭窄な日常から離れた世界に誘ってくれるものであった。暫くの間、夢心地の世界に浸りながらゆっくりと眺め三宝院に移動した。

醍醐寺三宝院は、永久三年（一一一五年）に一四世座主・勝覚僧正によって創建された。以来、座主の居住する本坊としての中核を担ってきたとされる。ガイドによると、現在の三宝院は、創建後約四八〇年の時を経て、太閤秀吉が催した「醍醐の花見」を契機として整備されたと言われている。その広大な庭園は、秀吉自身が基本設計したものとされ、国の特別史跡・特別名勝に指定されている。大玄関を上がり、廊下を奥へと進みながら、葵の間、秋草の間、勅使の間、表書院、純浄観、宸殿と続く優雅な襖絵を鑑賞しながら奥へと進んで行った。庭園に面した廊下で結ぶ一番奥の護摩堂が三宝院の本堂になっていて、鎌倉時代の仏師・快慶の最高の傑作とされる作品「弥勒菩薩坐像（重文）」が祀られていると聞く。しかし、通常は非公開で三度目の拝観になるも、未だにお参りはできていない。

指定建造物の見学を終え、護摩堂から戻る途中で、庭園全体を見渡せる表書院（国宝）の廊下に陣取って座り込み、暫くは庭園を眺めた。ここからの眺めは「国宝中の国宝」と言われる。その所以は、国宝の表書院から国宝の庭園を眺めることからである。庭園の内部には桜木はなく、大小の松の木やモミジなどで、この季節の印象は薄い。むしろ印象深いのは、大池泉と数々の石組み、白砂の砂紋と苔、池の中の島と趣向を凝らした橋など、豪放さのなかに繊細な美しさが見られることである。とくに、庭の中央に位置する松の植え込みの所に見える長方形の巨大石は、秀吉が聚楽第から運ばせた見事な名石「藤戸石」とされる。秀吉の庭園整備への情熱と強大な権力を感じながら、三宝院内の見学を終えた。そして、満開に咲き乱れる枝垂れ桜の回廊となる桜馬場（参道・士道）を、ゆっくりと桜の香りを楽しみながら仁王門に向かった。

慶長一〇年（一六〇五年）、豊臣秀頼が再建したとされる朱塗りの仁王門は、歴史と風格を感じさせる荘厳さがある。一礼して仁王門から芽吹き始めたモミジの回廊の士道（参道）を進んで暫くすると、木立が開けた広場の伽藍エリアにでる。そこには下醍醐の主役とも言える金堂、五重塔、鐘楼があり、さらに士道を進むと万千代川と交差し、境内の一部を通過する地点に位置する弁天堂や女人堂に辿り着く。そこは上醍醐への山道入り口になっている。

まず金堂であるが、醍醐天皇（八八五〜九三〇年）は、皇太子が相次いで夭折したことから、皇統が長く続くことを願って、延長四年（九二六年）、下醍醐に釈迦堂を建立した。これが現在の金堂（国宝）の前身とされている。しかし、永仁三年（一二九五年）と文明二年（一四七〇年）に火災で焼失し、醍醐天皇御願の本尊は失われてしまったとされる。それから百年以上経った慶長三年（一五九八年）の二月に秀吉が花見の準備で訪れて再興を命じ、紀州湯浅の満願寺の本堂を移築したものが今日の金堂で国宝である。

一方の五重塔は、承平元年（九三一年）に父・醍醐天皇の冥福を祈って朱雀天皇が発願したが工事は中断し、二〇年を経た天暦五年に完成したとされる国宝である。塔内の各壁面には、金剛界、胎蔵界の両界曼荼羅の諸尊と真言八祖像などが描かれているとするが、御開帳には巡り合えるものではなく、ガイドブックの写真による知見である。

このエリアでの枝垂れ桜やソメイヨシノは、金堂と鐘楼の前庭の周りを囲むようにして咲き乱れていて、多くの参拝者がカメラとスマホのシャッターを切っていた。このエリアから、上醍醐への山歩き入り口となる女人堂へ進んで行った。この士道には、桜木よりはモミジが多く紅葉の名所である。前回一二月初めに参拝した際、モミジに囲まれた池「林泉」の水面に、朱色の弁天堂と紅葉したモミジが映る景色は形容しがたい美しさであったことを思い起こした。この女人堂から上醍醐への山道が開かれていて、太閤秀吉の「醍醐の花見」は、この山道沿いで行われたと伝わっている。本来の桜遊山記録からは外れるが、「醍醐伝」や小説などを参照して、その様子などを記しておきたい。

太閤秀吉が、すでに出家していた正室の北政所に、「醍醐の春にあひ候へ」と花見に誘う文を送ったのは、恐らく慶長三年（一五九八年）の正月か前年の師走頃であろう。同年の三月一五日に行われた醍醐の花見は、息子秀頼、北政所、淀殿ほか側室、側近の武将（何故か前田利家一人…秀頼の後見人は徳川ではなく、前田家であることを知らしめたとする説がある）、女房衆を千人以上引き連れての豪華絢爛な日本史上壮大なものであった。秀吉は、以前から醍醐寺境内の景観に魅せられていたと言われ、前年から花見を思い立ち、自らが企画し陣頭指揮したその意気込みは、大変なものだった。会場全体のデザイン、その年の正月から塔堂や庭園の修理、改築、参道の整備を行い、さらに圧巻なのは畿内各地から七百本の桜を取り寄せて新たに植え込んだ。その桜木は約一か月後の花見に花の咲くものが選ばれたとされる。

花見の当日、華やかな衣装に着替えた一行は、桜に埋め尽くされた女人堂から上醍醐への道を登って行った。醍醐伝によると、沿道には趣向を凝らした茶屋が並び、銘酒や菓子などが用意され、一行は花を愛でながら酒を嗜み大いに楽しんだとされる。その様子は、桃山時代に描かれた「醍醐花見図屏風」に描写されている。当時の道や茶屋がどこにあったかは分からないが、女人堂から暫く登った比較的平坦な槍山（小説では檜山）という場所があり、ここが歌会の催された場所と伝わっている。この花見の情景を作家井上靖の作品『淀どの日記』（KADOKAWA）で描写しているので概要を記しておきたい。

小説『淀どの日記』によると、「一行が山中で一番眺望のいい檜山の台地へ辿り着いた時は、一時曇っていた陽が再び地面にのどかな春の陽光を降らしていた。ここは数十名の侍女、女房や近臣たちが秀吉一行の到着を待っていた。何百本かの桜樹は、ここも満開であった。山麓の桜馬場（下醍醐の総門から仁王門への参道）の桜花よりも、花の色は白っぽく、それがまるで造花のようにさゆるぎもしないで、台地の上に差し交わした枝々に着いていた。ここにも酒宴の席があちらこちらに設けられてあった。桜花の間から亭や数寄屋が見られた。酒宴は幾度も席を替えて開かれた。加賀の菊酒、麻地酒、奈良の僧坊酒、博多の煉酒、江川酒など、国中の名酒は次々に宴席に運ばれてきた。何番目かの茶屋で一行の眼を楽しませた十数人の傀儡子（歌に合わせて舞わせる人形をあやつる芸人）も、台地へ再び姿を見せた。」としている。

また、槍山の茶屋は歌会が催された場所と伝わっており、秀吉は三首の和歌を詠じた。その時の歌は、「醍醐花見短冊」に揮毫されて醍醐寺に寄進された。その短冊は、後述する霊宝館に桃山時代の重要文化財として保存展示されていて見学できたが、桜の花びら模様をあしらった金箔張りの豪華なものであった。秀吉の歌には、「改めて名をかへてみん深雪山　埋もる花も露はれにけり」、「深雪山かへるさをしきけふの暮　花の面影いつか忘れん」、「恋々て今日こそみゆき花ざかり　眺めにあかじ幾歳の春」があった。茶々もまた秀吉に対する思いを歌にして三首詠んでいて、「花もまた君のためにと咲きいでて　世にならひなき春にあふらし」、「あひおひの松も桜も八千代へ　君がみゆきのけふをはじめに」、「とてもないて眺めにあかし深雪山　帰るさ惜しき花の面影」とある。

小説『淀どの日記』で作者は、「茶々はこの日の参会者に依って作られた百三十一枚の短冊が次々に読み上げられるのを聞いたが、自分の作をも含めて、どれも空虚に淋しく感じられた。殊に秀吉の三首はそれが甚だしいと思った。観桜の楽しさというものは、それを口に出した時忽ちにして砕け散るものであった。」としているのである。作品では、茶々を通して秀吉自身のそう遠くない死を暗示予感させるような表現である。

一方、この花見の宴席では、秀吉から盃をとらす際の、よく知られている「盃の争い」の記録が残っていて興味深いので記しておく。この日の輿（潜在している力がおのずと活動し始める意）の順は、一番目から正室の北政所、二番目からは側室の西の丸殿（淀殿）、松の丸殿、三の丸殿、加賀殿と続き、その後には側室でない前田利家の正室まつが続いた。宴会の席では、北政所の次に、秀吉の子秀頼の生母としての淀殿が優先権を主張し杯を受けようとしたのに対し、松の丸殿自身が淀殿の父である浅井氏の旧主だった京極の出身であること、淀殿よりも早く側室になったことを根拠として、優先権を譲らない争いになった。これを見ていた、北政所とは家族的な付き合いのあるまつは、「齢の順からはこの私、家臣筋とはいえど、この席では客人である。客人を放っておいて身内で順争いをするものではない」と言って盃を取り上げ飲み干し、その場を取り収めたという話である。

ところで、淀殿こと茶々で思い起こすことは、その生い立ちと過酷な生涯である。一隅閑話として簡単に綴っておきたい。彼女は、近江を領有する浅井長政と信長の妹で美しい母・お市の方の長女として生を受け、七歳を迎えるまでは幸せに過ごしていた。しかし、信長の野望に発した朝倉氏攻めによって、幼い茶々にとっては余りにも過酷な人生へと変貌するのであった。

最初の悲劇は、信長の朝倉氏攻めに対して、長政は義理の兄である信長に加勢することなく、同盟関係にあった朝倉に味方し織田軍と戦う。これに怒った信長は、長政の小谷城を秀吉に攻めさせ落城させた。長政は、自刃して果てるが、妻と娘を信長の元に返し、二人の息子は逃がすものの、一人は秀吉によって捕えられて殺され、もう一人は不明である。つまり、茶々にとっては七歳にして父・長政と兄・万福丸（一〇歳）、弟・幾丸（生後三カ月）を失うのである。

次の悲劇は、茶々一六歳の時、信長が明智光秀の謀叛によって本能寺で殺されると、母・お市の方は織田家の実力者である柴田勝家に嫁がされ、母娘四人は越前北ノ庄で暮らすことになるが、彼女たちにとって安住の地ではなかった。一年足らずで、北ノ庄は羽柴秀吉による攻撃によって落城し、母は夫と運命を共にして自刃する。残された茶々たち三人姉妹は、近江の三法師の許に身を寄せることになる。母に似た美女に成長した茶々らは、父・母と兄、そして義理の父をも殺した仇敵秀吉に呼び寄せられた。お市の方に思慕を抱いていた秀吉は、次女のはつを京極高次へ、三女の小督（後の二代将軍・秀忠の正室・お江）は佐治与九郎に嫁がせ、母似の美女に成長した茶々を聚楽第に召し出させ強引に我がものにする。こうして、茶々は憎み切れない仇敵の側室として生きなければならないことになる。

その後茶々は、正室・北政所や他の側室との確執、自分を抱く老権力者への憎しみのなかで孤独に耐え抜き、鶴松（三歳で夭逝）、お拾い（豊臣秀頼）と二人の子をもうける。側室以外にも数え切れない女性がいる中で、跡継ぎを産んだ唯一の女性である茶々は、秀吉から寵愛を一身に受け大阪に淀城を与えられ、ついに権力を手中にしたのである。

しかし、淀殿にとってやっと訪れた安息の日々は長く続くものではなかった。慶長三年（一五九八年）に秀吉が亡くなると、徳川家康が天下を狙って動き出す。淀殿が期待する石田三成が関ヶ原で敗れると、豊臣氏は一気に勢威を失う。そして遂に、どう見ても徳川方の言いがかりと思われる方広寺の鐘銘事件を契機として大阪の陣が勃発し、家康の講和を装った罠にはまり、大阪城は堀を埋められ裸城になる。恐らく、天守閣からその様子を眺めた淀殿は、豊臣家滅亡を予感したに違いない。明けて慶長二〇年（一六一五年）、大阪夏の陣において再び家康に攻められ落城したのである。彼女は秀頼と共に自害して果て、ここに豊臣氏は滅亡し、二五〇年にわたる徳川の天下が始まったのである。淀殿四九歳であった。

淀殿こと茶々が登場するドラマや映画は、主役か脇役かは別にして、数多く描かれてきた。そして、その何れの作品でも茶々の性格として共通している点は、とくに秀吉の側室になってからは傲慢で思慮が浅く、感情的な女性のイメージがまとわりつくのは私の主観だろうか。秀吉の唯一の子・秀頼を産んでからは、溺愛する余り政策決定に口を出すなど秀吉滅亡の遠因説を生んだのであろう。そして、北政所の「良妻」に対して、茶々は悪女のイメージであり、「悪妻」としての構図が出来上がったような気がする。しかし、井上作品の「淀どの日記」では、過酷な運命に翻弄された数奇な幸薄い女性の生涯を、子を思う母親として、また必死に豊臣家を守ろうとする茶々の思いを淡々と優しい筆致で描いている。

閑話休題。広大な境内の枝垂れ桜と伽藍をゆったりと時間をかけて見学した。そして、仁王門から桜馬場を戻り、国宝や重要文化財指定の仏像、絵画、工芸などの保存と公開を兼ねた、境内にある霊宝館に向かった。この近代的な建物の庭園も桜の名所である。数多く植樹されている枝垂れ桜のなかでも、中庭の巨木は圧巻で樹齢一八〇年以上と推されており、幹回りの太さに歴史を感じさせる。その枝垂れ桜の、高い天井から垂れ下がるような枝と花弁の濃厚さに感動せずにはいられなかった。時間をかけて館内を見学したが、強く印象に残った寺宝の何点かを備忘録として記しておきたい。

霊宝館に入り、最初に足を運んだのは、国宝「薬師如来坐像」が安置されている展示処を探して直行した。この像は、醍醐天皇御願の仏像で、上醍醐に存する伽藍では、延喜一三年（九一三年）の創建で、火災で焼失後平安後期に再建された最も歴史的にも古い国宝・薬師堂の御本尊である。平成一二年に防災のため、山上（上醍醐）の薬師堂から下されて霊宝館に安置されている。従って、ご本尊は上醍醐に登らなくても霊宝館でお参りが可能である。本尊である薬師如来坐像は、榧材の一木造りで、たっぷりとした量感のある重厚な像で、右手は第一指と第三指を捻じており、この形は珍しいとされ、光背には六体の小さな薬師仏が施されていて、黄金の輝きを見せていた。そして本尊を中心に脇侍には、日光・月光菩薩像が安置されている。荘厳な雰囲気のなか、家人と共に仏様に手を合わせ、「生かされていることの喜びと感謝」、「世の中と家族の平安」を祈願して心が穏やかになれた。

霊宝館には、平安・鎌倉期の仏像や仏画、さらにはそれらの規範となる密教図像類が数多く保存されており、逓次に展示している。そのなかで、最も古いとされる聖観音立像と如意輪観音坐像が印象深い。何れも五〇センチ程の小像だが、木彫りでありながら柔らかいふっくらとした頬、衣紋は鋭く、そして天衣は柔軟に彫り分けている。この二体の観音像は、小像ながら実に量感が豊かで堂々たる存在感があった。「衆生に楽を与えること（与楽）を慈、苦を除くこと（抜苦）を非」と言われる広大な慈悲で、私たち見学者を迎えているように見えてならない。思わず合掌してお参りした。

最後に強い印象をもった宝物は、「狸毛筆奉献表」と言われる平安時代の「伝空海筆・紙本・墨書（国宝）」である。平安時代初期の書家代表として、空海、嵯峨天皇、橘逸勢があげられ、三筆と呼ばれることは中学時代からの知見である。しかし、それは賢者の三者の書体が優れているのか、文章が優れていることからなのか、未知である。この書は、空海が弘仁三年（八一二年）に中国（長安・現在の西安）で学んできた方法で、狸の毛を用いた四本の筆を作らせ、嵯峨天皇に献上した際の上表文である。四本の筆とは、真・行・草書・写書用に合わせて作らせたことは分かる。しかし、残念ながら全文の全ての意味を解釈することはできなかったが、本文の最後には「弘仁三年六月七日沙門　進」とあり、空海自身の筆であろうことは間違いないようだ。一方では、明らかに原文とは異なる書体で「弘法大師直筆」と醍醐寺第八〇代座主の義演による奥書が書かれてあり、平安初期の写しとみる説があると言われている。

ところで、醍醐寺の第七四代座主・満済は、室町幕府の重鎮であった。第六代将軍足利義教誕生に運命的な関わりを持つことになる。書物から知見したことだが、興味深いので備忘録とする。四代将軍義持の子五代将軍義量は早世していたため、継嗣問題を危惧した重臣たちは、信頼の厚かった醍醐寺座主の満済を通して次の将軍を指名するよう義持に奏上した。しかし、義持は諸将の支持がなければ意味がないと拒否した。困り果てた満済たちが提案したことは、将軍候補として何れも僧籍に入っていた青蓮院義円、大覚寺義昭、相国寺永隆、梶井義承の四人を挙げ、籤引きで決めることにしたのである。これを了承した義持は、籤は自分の死後に引くようにと遺言したが、その猶予がないと見た満済たちは、密かに準備に取り掛かった。

その計画とは、籤に四人の名前を書くのは醍醐寺座主満済、不正がないことを示すため山名時熙が確認して封印、管領の畠山満家がその籤を持ち、現在の京都は八幡市にある石清水八幡宮で籤を引くというものである。満家が籤を引いて帰ったのが、応永三五年（一四二八年）正月一七日、翌日の朝に義持は逝去するのである。そして、籤を開くと「青蓮院殿」の文字があり、義円が第六代将軍に選出された。後に名を改めた義教である。このような信じがたい特異な方法には、強力な指導力のある将軍を求める満済らの作為説や仏神の信仰が強かった中世においては、神前での籤は公正とする説などの諸説があり、今日では決め手となる歴史的論証はない、とされている。

話は変わるが、私は六代目将軍義教を決めるのに籤を引いたとされる、石清水八幡宮をお参りしたことはない。この有名な寺院で思い起こすことは、兼好の徒然草五二段の逸話である。仁和寺のある僧は、老年になるまで伊勢、出雲に並ぶ有名な石清水八幡宮を参拝したことがなく、一大決心をしてひとりで参拝にでかけた。ところが、この僧は男山の麓にある極楽寺、高良神社をお参りして、八幡宮はこれで全部と思い込んで、目的である山上にある八幡宮をお参りしないで帰ってしまったのである。そして、「長年心がけていた参拝を果たし、八幡宮は噂に聞いた以上に荘厳な境内でした。それにしても、他の参拝者がみんな山に登って行ったのは、何があったのでしょうか。知りたかったのですが、八幡宮の参拝が目的だったので、山には登りませんでした。」と、生真面目な顔で同僚に語った、と言う話である。兼好は、この僧にとっては案内者のいた方が良く、往来の人に聞けば失敗は避けられたとして、これを「独善の悲哀」として戒めている。

今回の醍醐の花見は、春風駘蕩のなかで満開に咲き誇る枝垂れ桜や目に優しい若葉の芽吹きに満足はしたものの、お参りしたのは下醍醐の伽藍である。約一一五〇年前、理源大師聖宝が開創された、現在の開山堂、准胝堂、薬師堂、五大堂、如意輪堂などが並ぶ伽藍、そして秀吉が醍醐の花見を催した上醍醐には足を運ぶことなく、開創から五〇年後に開かれた下醍醐の伽藍を参拝するに終わった。これは、兼好法師の「独善の悲哀」の意味合いとは異なるものの、下醍醐の参拝だけでは醍醐寺をお参りしたことにはならないのではないか。上醍醐の伽藍がツアーに組み込まれないのは、お参りするのに、下醍醐の女人堂から坂道の参道を登ること約一時間と案内があり、時間的な余裕と体力が必要であるからだろう。

天候に恵まれた今回のツアー参加（二日目の自由行動）による家人との醍醐の花見は、満開の桜の時期に巡り合ったこともあり、満足の極みであった。そして、約四二〇年前に天下人の秀吉が一二〇〇人の女人を招待して行われた、豪華絢爛な「醍醐の花見」を想像するに相応しい風情であった。栄華を欲しいままにした秀吉ではあったが、醍醐の花見を終えた五カ月後、六二年間の生涯を閉じたのである。秀吉の辞世の句は、「大阪城で暮らした日々は、朝露のような夢を見ているようなことだった」ことを思わせるような、「露と落ち露と消えにし我が身かな　浪速のことは夢のまた夢」とある。末期の秀吉は寂しさが滲み出ているようである。

（二〇一八年四月）

深秋の湖東三山を行く

滋賀紅葉巡り三日間のツアーに参加した。初日の一一月二八日は、東海道新幹線米原駅からツアーバスで紅葉の名所、一四〇〇年の歴史をもち聖徳太子の創建と伝えられる教林坊を訪ねた。秋の深まりを見せる境内三百本の紅葉の美しさは、侘びしい隠れ里の風情を満足させてくれ、気持ちが穏やかになった。その後は比叡山に移動して延暦寺・東塔エリア（世界文化遺産・天台宗の総本山／国宝・根本中堂）などを参拝して、その日は比叡山のホテルに宿泊した。今回のツアーでは、初めて訪ねる琵琶湖周辺の湖東・湖南三山を二日間かけて巡る旅である。京都市中の有名で観光客が犇《ひし》めく古刹とは雰囲気の異なる、静寂で鄙びた山里の古刹巡りを楽しみにしていたのである。

この地滋賀県大津市は、今から約一三五〇年前は近江朝廷のあった処である。昭和四九年（一九七四年）の発掘調査で、「大津宮の一部遺構」が確認され、「近江大津宮錦織遺跡」として国の史跡に指定されている。私は天皇継承の歴史のなかで、この時期（壬申の乱前後）に最も興味をもっている。今回の寺院巡りでは、この時代の足跡を感じることができれば幸運である。

歴史を振り返ると大化元年（六四五年）、第三四代舒明天皇の皇子・中大兄皇子は、中臣鎌足らと計って、蘇我蝦夷、入鹿父子を滅ぼして新政権を樹立し、翌年の一月に「大化の改新」の詔を発布、以後孝徳天皇の皇太子として内政改革を遂行した。そして、母后斉明女帝の重祚後も皇太子として政権を掌握、百済の要請に応じて救援軍を派遣したが、天智二年（六六三年）の白村江の戦いで、唐・新羅軍に敗れ朝鮮から手を引くこととなる。天智六年（六六七年）には、都を近江大津（近江大津宮）に移し、翌年第三八代天智天皇として即位、近江令の制定、庚午《こうご》年籍《ねんじゃく》の作成、太政大臣、御史大夫など新管制の設置などにより、中央集権化を促進、律令制成立の基礎を築いたと言われている。即位から三年余の在位であった。湖東三山には、この時期の政権と関わりのある百済寺もあり、その僅かな足跡でも感じとれることを期待していたのである。

観光エリアの湖東三山は、滋賀県湖東地方に点在する名刹、西明寺、金剛輪寺、百済寺の総称のことで、いずれも天台宗寺院である。琵琶湖の東側、鈴鹿山脈の西山腹に位置し、百済寺の南東に位置する永源寺（南北朝時代の康安元年に創建）と共に紅葉の名所として、近年では観光客が増えているそうである。室町時代には、応仁の乱や織田信長の焼き討ちによって衰退したが、江戸時代以降に再興し、広い寺域を保ち紅葉の名所として、歴史的にも著名なこの三つの古刹を湖東三山と称するようになった。謂わば、観光開発振興による新名所である。

龍應山西明寺

比叡山のホテルを出発したツアーバスは、配布されたマップによると、JR琵琶湖線川瀬駅から近い西明寺の惣門そばの駐車場に到着した。惣門を潜り暫く進むと名神高速道路が参道の橋の下を通っている。本堂に向かって参道は真っ直ぐに伸びる階段を上ることになるが、参道沿いの赤・黄色の紅葉が盛りを迎え、散り始めたモミジの葉は参道を敷き尽している。配布されたパンフレットの略縁起によると、龍應山西明寺は、平安時代の承和元年（八三四年）に三集上人が第五四代仁明天皇の勅願によって開創されたとある。平安、鎌倉、室町時代を通じては、祈願道場、修行道場として栄え、山内には一七の塔頭と三百の僧坊があったとされる。また、源頼朝が来寺して戦勝祈願をされたと伝わっている。戦国時代に信長は比叡山を焼き討ちしたが、その直後に西明寺も焼き討ちしたとされ、幸いにも国宝第一号に指定されている本堂、同じく国宝指定の三重塔と二天文（重文）が火難を免れ現存していることは貴重なことである。

参道を暫く進み、中門から見学コースに従って、名勝庭園と言われる「蓬萊庭園」を見学する。この庭は、江戸時代中期に、望月友閑が小堀遠州（江戸時代初期の大名で三大茶人の一人、建築、庭園、陶芸の巨匠）の庭を手本に作庭した池泉回遊式庭園である。山の斜面を旨く利用し枯滝を中心に刈り込みや心字池を配し、池の中には折り鶴の形をした鶴島と亀の形をした亀島があり、見事な調和を見せている。そして、斜面に配された石組みは、薬師如来を表わす、立石、日光、月光の三尊仏、一二神将などの仏を表現していると言う。また、園内には石屋弥陀六の作と伝わる燈籠がある。紅葉の時期とも相まって見事な庭は、国指定の名勝とされるだけのことはあって、庭の眺望は心を豊かな気持ちにしてくれる。

庭園から本堂に向けて散策コースを登って暫くすると、観林坊、本堂とその右方に聳える三重塔の境内にでる。ガイドによれば、本堂は鎌倉時代初期、飛騨の匠が建立した純和様建築で釘を一本も使用していないと説明がある。屋根は檜皮葺きであり総檜の建物である。鎌倉の様式がよく保存されていることから、国宝第一号に指定されたと言う。本尊は薬師如来像立像であるが、釈迦如来像立像、不動明王などが見られ、何れも平安時代の作で重文指定である。また、本堂の右方の三重塔は、これも総檜の優美な姿としての評価が高く、本堂と同様に釘一本も使わない純和様建築で国宝に指定されている。初層内部には、極彩色で金剛界の三十二菩薩など、鎌倉時代の極楽浄土が描かれていると案内はあったが、公開されておらず誠に残念であった。

お参りを済ませ、室町時代初期に建立された、柿葺きの八脚門である二天門から参道の階段を下り惣門へと向かった。途中、野外斜面に祀られる三千小観音や十一面観音立像にお参りしながら、黄色や真っ赤な紅葉を楽しんだ。そして、再度惣門近くの中門から庭に入り、「西明寺不断桜」を観賞した。不断桜は春と秋に咲く桜である。そしてガイドは、この不断桜と比較されるのに、三重県は鈴鹿市の高野山真言宗の名刹・白子山観音寺境内の「白子不断桜」があるとした。大正一二年に国の天然記念物に指定されていて、よく知られているが私は観たことがなかった。この不断桜を植物図鑑で引くと、サトザクラの園芸品種で、花は五弁で白く一重で径三センチほど、春秋冬に長い柄のある花を開き、冬も成葉が残って花が咲くとしている。天然記念物「西明寺不断桜」は、樹齢約二五〇年のものも含めて四本あった。この不断桜は看板によると、春秋冬に開花、高山性の桜である彼岸桜の系統の冬桜に属すると説明文があった。外見の樹木としては疑いのない桜木であるが、初めて見た紅葉のなかでの白い桜は、咲き乱れるという感はなく、珍しさだけが印象に残っただけであった。

松峯山金剛輪寺

ツアーバスはマップによると、JR琵琶湖線稲枝駅から近い湖東三山の一つである金剛輪寺に到着した。三山の二つ目になる天台宗松峯山金剛輪寺は、配布されたパンフレットによると、奈良時代に聖武天皇の勅願寺として、行基菩薩が天平一三年（七四一年）に開山された歴史ある寺院である。本尊は聖観世音菩薩で、行基自身の作と伝えられている。天下泰平の祈禱寺として栄え、学問僧が多く集まり、嘉祥年間（八五〇年）に延暦寺の慈覚大師が来山して天台の大寺になった。後の寿永二年（一一八三年）には、源義経が義仲追討の武運を祈願し太刀を寄進したと伝わる。また、歴史に残る文永弘安の役には、鎌倉の北条時宗が佐々木頼綱に命じて、元軍降伏の祈願をしたとも言われている。ガイドの説明で印象的なことは、本尊である秘仏本尊聖観世音菩薩は、開祖である行基がその制作にあたって、一刀三礼、拝みながら彫刀を進めると、やがて木肌から一筋の血が流れ落ちたので、この時点で観音さまに魂が宿ったとして、行基は直ちにその彫刀を折り、粗彫りのまま本尊として安置されているとのことであった。後の世に「生身の観音さま」と信心される所以である。未完成の仏像にも見えたが、有難く合掌してお参りした。

黒門と呼ばれる惣門から本堂までの参道は、春には見事な花を咲かすサツキに囲まれた石段が続いており、山岳の城郭であった趣を今なお残しているようである。黒門、赤門、白門を経て中腹まで進んで行くと、参道沿いの両側には数え切れない御地蔵様が鎮座されている。恐らく信者が寄進した地蔵であろう。そこには、地蔵堂と千躰地蔵がありお参りしながら本堂に進んで行った。驚くほど立派な二天門を経て石段の参道を登り詰めると、国宝の本堂に辿り着く。そして、本堂の左方の山腹には待龍塔と言われる三重塔を眺望することができる。この本堂大悲閣は、僧の機縁によって三重塔や二天門とともに信長の焼き討ちによる焼失の難を免れたとする。本堂は、鎌倉時代の和様建築の代表とされ、国宝に指定されている。そして、その本堂を取り囲む境内は、多くのモミジの木で覆い尽くされていて、その紅葉は驚くほど赤く燃えるような景色を作っていて驚愕した。余りにも異常に赤い葉なのでガイドに問うと、「地元では血染めのモミジと言われています。」とのことであった。

参道を下り赤門から明寿院を見学した。この塔頭は江戸時代の創建といわれ、寺宝を保存し、かつては学問所であったと言う。この本坊の南・東・北の三方を囲むように庭園がある。心の字池が三つの庭を結んでいる。三つの庭は、作庭された年代が異なるそうだが、桃山時代に作られた庭は「石楠花の池」と呼ばれ、庭の中央に架けられた優雅な石橋、そして苔むした多くの石の配置が何とも言えず、名勝に指定される品格ある雰囲気を感じる庭園であった。一行は、境内にある食堂華楽堂で昼食をとり、金剛輪寺の参拝を終えた。ガイドの案内に近江の昔話として、この寺院に伝わる七つの話で、聞いた記憶のある話「豆の木太鼓」のあらすじを孫たちへの土産話として備忘録にしておきたい。

一隅閑話。和尚さんが出かけた留守中に、小僧たちは庫裡の床下から大粒のそら豆の箱を見つけました。うまそうなそら豆です。小僧たちは相談し合った結果、食べてしまおうと言うことになりました。やがて秋が来て、豆を蒔こうと思った和尚さんが床の箱を見ると一粒もありません。「正直に白状すれば許してやります。」最初は黙っていた小僧たちでしたが、最後には白状しました。和尚さんは「一粒の豆を食ってしまうと一粒でおわる。だが、大地に蒔けば何十粒、何百粒にも増える。そら豆にも命がある。お前たちはその命を取ってしまったのじゃ。」と諭しました。許してはもらった小僧たちは、このままでは和尚さんに申し訳ないと思い、暗い床下に入り、一粒でも落ちていないか探しました。そして、床下の隅からたった一粒のそら豆を見つけました。小僧たちは、その一粒に祈りを込めて畑に蒔き、観音さまに「一斗ほど捕れる大きな豆の木にそだちますように」と一心に祈願しました。やがて、芽を出した豆は日毎に大きくなり、一抱えもある大木となって一斗以上もの豆が穫《と》れました。和尚さんは「お前たちが己を空にして育てたのが観音さまのお心に通じ、ご利益となって現れたのじゃ。仏の教えにいう自利利他というものじゃ。」と教えました。そして、この豆の木で太鼓の胴を作り後世に遺しました。(終)

　和尚さんが小僧らに諭した「自利利他」の教えは、大乗菩薩道の精神で、自ら仏道を成じて悟りを得るとともに、他に仏法の利益を得させることである。

釈迦山百済寺

　ＪＲ琵琶湖線の能登川を最寄りの駅とする、湖東三山の一つである百済寺を訪ねた。境内は重厚な石垣に覆われた、「山城」を思わせるような天台宗の寺院である。湖東三山はもとより、近江では最古級の寺院で、今から大凡一四〇〇年の昔、推古一四年（六〇六年）に聖徳太子が渡来している百済人のために、押立山（七七一メートル）の中腹に百済国の「龍雲寺」を模して創建された寺院で、以後も渡来僧の居住が多かったとされている。百済の龍雲寺と百済寺の御本尊は、同一の巨木から彫られた「同木二体」の十一面観世音菩薩と伝わっている。そして、開闢《かいびゃく》法要には、高麗僧恵慈をはじめ百済僧道欽が仕え、暦を伝えた観勒も永く住したと言われている。この要塞のような寺院は、モミジの紅葉も綺麗ではあるが、むしろこの寺に隠された歴史的背景に興味がある。

ところで余談になるが、百済寺の実質的な創建者である聖徳太子は、対外政策としては親百済派で、親新羅派の姿勢をとる蘇我馬子とは対照的に、反新羅派一辺倒であったとする説がある。その証拠に、歴史上の記録では、三回朝鮮出兵（新羅征伐）を試みている。このような聖徳太子の外交方針（親百済政策による百済人の渡来）は、後々に百済出身説のある藤原鎌足や彼が百済から呼び寄せた扶余豊璋の悪政を産むことになる。鎌足は家臣の鬼室福信を勝手に謀反の罪で殺し、豊璋に至っては蘇我倉山田石川麻呂を無罪の罪で自殺させ、その娘の遠智姫を発狂の末の死に追い込んだ。この遠智姫こそ、中大兄皇子（第三八代天智天皇）の妻であり、彼自身もその事実を知っていたとされ、何とも無慈悲に思えてならない。しかし、日本書紀に鎌足や豊璋の実像が残されなかったのは、日本書紀は鎌足の末裔である藤原不比等が編集に関わったので、このような一族の犯罪を隠蔽したのではないかという説もある。藤原鎌足の実像は、『豊璋　藤原鎌足の正体』（関裕二著・河出書房新社）に詳しい。

百済寺に話を戻すと、鎌倉時代には「天台別院」とされ、一三〇〇人の僧が居住する巨大寺院となって、湖東の小叡山と呼ばれ、宣教師ルイス・フロイスは「地上の天国：Facusangi 一千坊」と呼んだほど隆盛を極めていたと言われる。しかし、要塞寺院だったことから、織田信長に抗した佐々木義治、森備前守などが鯰江城に籠った際に、当山の宗徒が食料を送り、妻子を寺内に匿うなど援助したため、信長の手によってすべて焼き尽くされ、戦火を逃れたのは、本尊の十一面観音像など僅かである。江戸時代になってから、光秀の後身とも言われる天海僧正の高弟が入山し、井伊家、春日局、甲良豊後守らの寄進によって、現在の本堂、仁王門、山門等が再建されたと伝わる。この寺院の古仏像や建築物に国宝はないが、往時の姿は「美しく積みあげられた石垣参道」、棚田のような「一千坊跡群」、本堂前に聳え立つ見事な「千年菩提樹」などから偲ぶことができる。

この寺院の紅葉は、石垣に囲まれた参道を覆い尽くし、見事な美しさを見せていて、静謐な世界を醸し出していた。そして、急坂の参道から見上げる仁王門も古刹に相応しいものであった。最も印象的だったのは、山門である赤門から石垣参道に沿って四〇〇メートルほど登ったところにある、塔頭本坊喜見院の表門内側書院に面した庭園である。それは壮大な池泉回遊鑑賞式庭園である。この庭の見所は、庭園頂部の遠望台前面に比叡山や湖西の山々を、背面には鈴鹿山脈を借景に取り組んであることである。そして、この百済寺は、北緯三五度線上にあり、西に向かって太郎坊・比叡山・次郎坊・鞍馬山を経て、八八〇キロの彼方に「百済国」に通じると言うことである。百済から渡来した多くの僧は、この池から望郷、遠望の想いで母国を偲んでいたのだろう。

最後に閑話として、宗派に拘らない聖徳太子が建立した四六寺院の一つとされる、難波の百済寺に纏わる話として「日本霊異記…平安時代の初期に奈良薬師寺の僧景戒による全三巻（『日本文学全集』八巻に編入・河出書房新社）」から「般若心経の不思議の縁」を詩人・作家の伊藤比呂美訳を参照して、その概要を記しておきたい。

百済からやってきた僧の義覚は、難波の百済寺に住んでいた。仏の教えについてよく勉強して何でも知っていて、般若心経を心に覚え、声に出して唱えた。一方、同じ寺に慧義という僧がいた。夜半に外を歩いていたとき、ふと義覚の部屋を見ると、中で光が照り輝いていた。慧義は怪しんで、こっそり部屋を覗いてみると、部屋では義覚が正座して般若心経を唱えている。光はその口から出ていたのである。慧義はぞっとした。

翌日、慧義は仏前で罪を懺悔すると、昨夜見たことを寺の僧たちに話した。すると義覚が僧たちにこんなことを語った。「昨夜、私は般若心経を一晩で百遍ほど唱えた。それから目を開けて室内を見ると四方の壁が透き通り、庭の様子がはっきりと見えた。こんな稀有なことがあるかと思って、私は外に出て寺の内を歩いて回った。そして、部屋に戻ると透き通った壁も戸もみんな閉じていた。そこでまた外に出て、般若心経を唱えた。すると、やっぱり前のように壁が透き通るのだ」と。般若心経の不思議である。慧義は誉め称えて詩にしてみた。「尊いぞ、この僧は。よく学び、よく教え、身は室内で経を唱える。心は自在に行き来する。姿は静かに、微動もせず、壁を透して光り輝く。」とある。今日においても、般若心経は宗派に関係なく有難い経典で写経のお手本になっている。

（二〇一七年一二月）

追記

湖南三山巡りから帰宅して改めて考えてみると、これらの寺院で共通していることは、信長の「焼き討ち」に遭遇していることである。本章は信長の歴史が目的ではないが、『信長公記』を読み直したので、比叡山の焼き討ちを簡単に記しておきたい。

そもそも、信長と比叡山が対立した要因となったのは、信長が比叡山領を横領した事実が指摘され、比叡山側が朝廷に働きかけた結果、寺領回復を求める論旨を下しているが、信長はこれに従わなかった。加えて、元亀元年（一五七〇年七月）、姉川の戦いで信長は勝利したものの、翌月の野田城・福島城の戦いでは、浅井・朝倉連合軍に背後を突かれ、不利な状況になった上に、敵軍は比叡山に立て籠った。それを比叡山は援助した。この比叡山の攻防戦に対して、正親町天皇の朝廷で一時的には和睦したとされる。恐らくしこりが残ったのであろう。少なくとも信長にとっては妥協できるものではなかった。翌元亀二年九月、信長は全軍に総攻撃を命じ、自らが坂本・堅田周辺に火を放ったのを合図に比叡山への攻撃が始まったとされる。

『信長公記』（ちくま学芸文庫・太田牛一著・中川太古訳）には、この凄惨な様子を「九月一二日、比叡山を取詰め、根本中堂、山王二一社を初め奉り、霊仏、霊社、経巻一宇も残さず、一時に雲霞のごとく焼き払い、灰燼の地と為社哀れなれ、山下の男女老若、右往、左往に廃忘を致し、取物も取敢へず、悉くかちはだしにして、八王子山に逃げ上がり、社内は逃籠、諸卒四方より、鬨声を上げて攻め上げる。僧俗、児童、智者、上人一々に首をきり、信長公の御目に懸け、是は山頭において、其隠れなき高僧、貴僧、有智の僧と申し、其の他美女、小童其員を知れず召し捕り」と記されている。犠牲者は、ルイス・フロイスの書簡では一五〇〇人、信長公記では数千人、「言継卿記」には三～四千人と記されている。この比叡山焼き討ちを初めとして、近隣である近江の湖南三山も比叡山天台宗であることから、「反信長の行動」が発覚し、焼き討ちの対象となったのである。

これらを通して、私が信長に嗜虐的な性向を感じるのは、石山本願寺や比叡山の焼き討ちに止まらず、伊勢長島の一向一揆などは、投降してきた男女二万人を長島城に押し込めて焼き殺したことや有岡城の人質だった荒木一族約五百人を焼き殺した虐殺など、軍団同士の戦闘ではないのに皆殺しにしている。そのやり方は、信長の性格の根本に殺戮に対する好みがあったためではないだろうか。いずれにしてもその答えは推測の域を超えるものではない。

さらに付言すると、信長の寺院弾圧は、信長と宣教師との利害が一致した事件と捉える説がある。信長の天下統一には、軍事力として大量の鉄砲を調達する必要があった。その仲介役として重要な役割を果たしていたのが宣教師である。一方、宣教師本来の使命は日本をキリスト教国にする（征服）ことであった。その最大の敵は仏教寺院であり、その弱体化と自由な布教活動が保障されることが必要であった。

つまり、信長と宣教師の両者には、ある時期（信長にとっては必要な鉄砲を調達する）までは、「宣教師の仲介による鉄砲調達とその見返りとして、布教活動の容認と寺院の弾圧」というギブ・アンド・テイクの関係が成立していたとする考え方である。このような関係図式による両者の利害一致論は、説得力はあるものの、信長の寺院弾圧と抵抗者に対する殺戮の手段は、余りにも活殺自在で左建外易《さけんがいえき》の歴史ではないだろうか。

（二〇一八年一月）

湖南に佇む古刹を訪ねて

昨日は湖東三山を巡り、紅葉が齎す秋の自然美と日本の伝統的な造形美としての古刹が融合する景色のなかを歩き、多くの知見を得られて満足した。一方、湖南市に位置する湖南三山も、その歴史的な価値において劣る古刹ではなく、静寂な紅葉盛りの境内を散策して心を癒され一日を満たしてくれたので、備忘録として残しておきたい。

ガイドの案内によると、湖南市は、滋賀県の南東部に位置し、琵琶湖に注ぐ最大の河川である野州川が流れる、石部町と甲西町が二〇〇四年一〇月に合併して誕生した町である。そして、この小都市には、奈良時代に建立された天台宗寺院で、国宝に指定された建築物のある常楽寺、長寿寺、善水寺があることから、恐らくは観光事業振興（町おこし）もあって、翌年から、この三カ寺を「湖南三山」と称することになった、とのことである。その意味では、観光地としての歴史はそれほど古くはなく、駐車場や洗面所等は充実したものではないことをツアー会社も認めているところではある。しかし、三寺院とも歴史ある名刹で、参拝者を感動させずにはおかなかったので、その概要を以下に記す。

阿星山常楽寺

阿星山の北麓に位置する山里に建つ常楽寺は、和銅年間に第四三代元明天皇の勅命によって、良弁が開基した阿星寺五千坊の中心寺院として、また、紫香楽宮の鬼門鎮護として栄えたと伝わっている。平安から鎌倉時代には、皇室の帰依を受けて寺運は隆盛を極め、延暦年間に天台宗に改められたと言う。延文五年（一三六〇年）に火災で全焼したが、観慶らによって再興された。桁七間、梁間六間、向拝三間、檜皮葺の本堂は、明治三一年国宝に指定された（新法では昭和二八年に国宝に再指定）名刹である。個人的には、本堂の立派さもさることながら、常楽寺の三重塔は京都で拝観する名刹の塔と比較しても劣らない立派な建築で、「これは凄い」と詠嘆した。それは、私一人の感想ではなく家人も同感であった。

サラリーマンの経験があると言う僧侶らしくない普段着姿の、人懐っこいご住職に本堂を案内していただいた。国宝指定の本堂ではあるが、長い間修復がなされていないためか装飾が剝離して、それが一層古めかしく名刹の風格を感じさせる。延文の火災で諸堂は全焼し、本尊・千手観音も焼失したが、風神、雷神、二八部衆は多くの僧侶によって持ち出され、難を逃れたと言う。しかし、昭和五〇年代の一時期、国宝指定でありながら、無住職時代があって風神、阿修羅王、摩睺羅伽の三体が盗難に遭ったと言う。その後、昭和六〇年に阿修羅王だけは見つかって戻ったとのことである。盗難以降は一般公開していなかったが、湖南三山を立ち上げてから内陣、下陣を公開するようになった。内陣には、盗難に遭った風神と摩睺羅伽王は見られないものの、荒々しく力強い彫りの雷神はじめ、那羅延堅固王、乾闥婆王、緊那羅王、金色孔雀王、梵天、毘沙門天、帝釈天などの二十八部衆は、いずれも重文に指定されていて、我々参拝者の心を圧迫する強靱さを感じさせるものであった。

本堂の左手の階段を上ると、国宝・三重塔がある。再建以来約六百年を経た三重塔は、微動だにしない重みで聳え立っていて、威風堂堂とした威厳が漂う優美さを誇っている。塔の周辺の紅葉は、控え目だが、赤や黄色の彩りが木造の三重塔と上手に調和して、趣の深い景色を造り出していた。

この三重塔は、応永七年（一四〇〇年）室町時代に再建されたもので、三間四方五メートル、瓦葺、高さ約二三メートルの建造物である。釈迦如来坐像を安置している。それは、施無畏印・与願印を結び、結跏趺坐をしていて黄金に輝いていた。塔は本来、仏舎利を安置する建物とされるが、天台宗では釈迦の根本教具の法華経を仏舎利の代わりとする法舎利を安置している。それは、法華経の功徳による国家安穏、五穀豊穣を願っているのである。

最後に印象的だったのは、ご住職が自負されたことが、常楽寺の歴史的な価値と言うよりは、就任してから一〇年以上かけて境内の環境美を追求して植樹に力を入れてきたということである。境内のモミジは四百本に及ぶが、その半分以上は古木で貫禄があり、その美しさは本堂と調和して古刹の名に相応しいものにしている一方で、多くの若木は二〇年もすれば見事な青葉と紅葉を見せてくれるだろう。さらに、ドウダンツツジ千株と平戸ツツジ千株や紫陽花は、五月から六月にかけての常楽寺を花の寺として、参拝者の心を癒してくれるだろう。サラリーマン経験のあるご住職は、寺の歴史や文化伝統を継承しながらも、現代的な感覚で、多くの「参拝者満足」に応えるマネジメントを志向しているように思われた。

阿星山長寿寺

長寿寺は、阿星山の北東麓にあり、常楽寺と開基は同じ良弁である。湖南三山のなかでも一二〇〇年以上の歴史をもつ最も古い寺院で、常楽寺の西寺に対して、東寺と呼ばれる天台宗の古刹である。奈良時代の後期、聖武天皇（在位七二四〜七四九年）の勅願によって良弁僧正が創建した勅願寺である。苔むした茅葺き屋根の山門を入る。あたかも創建以来悠久として時が止まったかのような寂然とした静けさのなか、紅葉の葉で美しく敷きしめられた参道を進むと、右手には聖武天皇の菩提を弔う為に鎌倉時代に建立した石造りの多宝塔がある。さらに参道を進むと前方には低くて形姿の優れた国宝の本堂が見えてくる。本堂の最大の特徴は、「むくり」と言われる屋根の曲線で、一旦膨らんだようになって、その後反ると言う反転曲線である。この建築様式の光景は、何とも適切な形容の語彙が見つからないほど、感動する美しさであった。付言すれば、この本堂は規模こそ小さいが、参拝者をして壮麗な寺院の姿として、永く脳裏に刻まれるだろう。

ところで、ご住職による長寿寺の命名の由来は、大凡次のようなものであった。第四五代聖武天皇は大仏造営のため、一時期は紫香楽宮に遷都されたが、世継ぎがなかったので、良弁僧正に祈請せしめた。良弁は阿星山中の瀑布に籠って祈ったところ、間もなく降誕を見るに至ったと言う。そこで天皇は、紫香楽宮より鬼門にあたる東寺に七堂伽藍、二四坊の寺を建立し、子安地蔵尊を行基菩薩に刻ませて本尊として、皇女の長寿を願い長寿寺の称号を贈ったことによる、と言うことである。

国宝の本堂は、貞観年間に焼失し、同貞観年中に復元して現在に至っているが、その構造を記しておく。建物は桁行五間、梁間五間、屋根一重寄棟造、向拝三間、檜皮葺、四面回廊であり、天台伽藍には珍しい建築とされる。内部は、正堂と礼堂に分かれ、奥行きの深い堂を構成している。そして、化粧屋根裏や雄大な紅梁など藤原時代の雰囲気を残し、建立年代が相当古いことを物語っている。本堂内の厨子は、本尊子安地蔵尊で脇士は聖観音と毘沙門天を安置し、厨子は国宝に指定されている。これらは秘仏のため、御開帳は五〇年に一度だけとの説明だったが、次回いつ公開されるかは聞き洩らした。

もう一つ不思議に思ったことは、三重塔がなかったことである。近江の主要な天台宗のお寺には、三重塔を配するのが堂塔配置の常である。ご住職によると、長寿寺の三重塔は本堂に向かって左後方に存在したと言う。しかし、天正三年頃に織田信長の手によって、自分の居城である安土城山中の、信長の菩提寺である摠見寺に移築させた、と言うことである。戦国時代の信長の横暴な振る舞いを見せつけられたような気がした。また、鎌倉時代初期には、源頼朝が、室町時代には足利将軍家が祈願所として諸堂を造改修したと言われている。現在でも、足利尊氏の「制札…乱入狼藉（寺内への軍勢の乱入を禁止した札＝元弘三年五月二五日）」が保管されている。

岩根山善水寺

深秋の湖南三山、最後の寺院の、湖南市岩根に位置する岩根山善水寺を訪ねた。奈良時代の和銅年間（七〇八〜七一五年）に、第四三代元明天皇（奈良朝第一代女帝で、天智天皇の第四皇女）の勅命によって、鎮護国家の道場として草創され、規模こそ大きくはないが和銅寺と号した約一三〇〇年の歴史をもつ名刹である。

この和銅寺が善水寺へと変遷を経るのは、延暦四年（七八五年）に遡る。傳道大師最澄上人は、比叡山を開創し、堂舎建立の用材を甲賀の地に求めていた。現在の野州川の支流である杣川上流域の地区から材木を切り出し、横田川（野州川）河岸に筏を組んで流し下す段になったが、日照り続きのため水量が少なく、思うように木材を流すことができなかった。寺伝の「百伝の池の伝説」によると、そこで最澄は、請雨祈禱のため浄地を探したところ、岩根山中腹から一筋の光が目に射し込み、その光に誘われるまま当地に登った。そして山中に堂、その東に百伝池があり、その水面に浮かんでいる梶の葉の一葉に、「是好良薬　今留在此」と法華経如来寿量品の一節が記されているのを見つけた。不思議に思い百伝の池水を探ると池中より一寸八分、閻浮檀金《えんぶだごん》の薬師仏を勧請され、その薬師仏を本尊として請雨の祈禱を修すること七日間、満願の日に当たって大雨一昼夜降り続き、流れの勢いのまま、材木は川を下り琵琶湖の対岸比叡の麓に着岸したと伝えられている。

その後、奈良後期から平安初期に在位した第五〇代桓武天皇（七八一～八〇六年）が京都で御病の際、霊仏出現の池水を以て、薬師仏の宝前にて病気平癒の祈禱を修すること七日間、満行になって、この霊水を天皇に献上したところ、御病は忽ち平癒された。この縁を依って「善水寺」の寺号を賜ったと伝えられている。

仁王門蹟はあるものの、長い参道を進むことなく、参道中腹の駐車場から直接本堂に通じる境内を歩き、国宝・本堂を拝観した。この善水寺の本堂は、寄棟造の上に切妻造を載せた形で、切妻造の四方に庇がついてできた、入母屋造りで奈良の法隆寺の金堂に見られる造りである。

現在の本堂は、南北朝時代の貞治五年（一三六六年）に再建された、天台密教仏殿である。本堂正面には、「善水寺」の扁額が懸けられていて、中央の一間だけが桟唐戸で、左右の各三間は内開き蔀戸《しとみど》が嵌められている。屋根は檜皮葺で建物は前二間通りが礼堂、中二間通りが正堂内陣、後一間が後戸で、五間巾の張り出しが付いている。礼堂の周囲は、内開きの蔀戸で正面に向拝をもたないため、美しい屋根の曲線が覗える。また、通常の梁の位置には華麗な彫刻が施された拳鼻が設けられている。本堂を前にして境内に立つと、モミジ紅葉が本堂を覆い尽くすように広がっていて、古い木造と紅葉の色合わせは何とも美しく、まるで千年の時空を超えた旅をしているような感覚さえする。

最後に本堂の裏手東側にある「百伝の池（ももつてのいけと訓ずる）」は、善水の元水となったと伝わっていて、別名を加賀池または岩根の池とも言われる。そして、古より多くの歌人が訪れて詠み込んだなかから、俊成（家集）と俊頼（夫木和歌集）の二首を記しておきたい。

行末を思うも久しき君が代は　岩根の山の峯の若松　（藤原俊成）
あしたづのきぬる岩根の池なれば　波も八千代の数にたづねん　（源俊頼）

紅葉狩りを兼ねた湖東・湖南三山の古刹巡りは、観光ツアーとしては開発途上のようで、京都の紅葉巡り（例東福寺など）と比較すると、その決定的な違いは、殆どの古刹が静寂で雑踏のなかを散策することがなかったこと、参拝の待ち時間が皆無だったことである。少なくとも、この二日間は外国人観光客を見かけなかったような気がする。そして、琵琶湖周辺の湖東・湖南の逝く秋は、モミジの葉が半ば散って参道を赤く染めていて、それは古刹境内の静寂さを演出しているかのように、心に沁みる散策の味わいを感じさせてくれたのである。さらにいつの日か、二十四節気の清明から穀雨にかけた、目に優しく沁みる若葉から青葉へと移ろう樹木の美しい季節に、再び訪ねてみたいと思った。

（二〇一七年一二月）

長命寺の桜

四月二〇日。会津若松で測量会社を営む実弟から法事の通知があり、家人同伴で出かけた。義妹・文枝さんの一周忌法要である。命日は一月だが、今年の会津地方は近年になく深雪と寒さが厳しく、参列者に難儀な思いをさせることになるので、命日には家族だけで内々に済ませ、暖かくなる四月に延ばしたいとする旨は、実弟からの電話連絡があって承知していた。ここで綴る記録は、会津若松市の「長命寺」で執り行われた法事に参列した際に、思い巡らした心情を記すものである。従って、本章のタイトルである、家人との行楽旅行を目的とした「二人旅」の記録とは異なるものである。

ところで、冠婚葬祭などで帰省する際には、会津若松市内のホテルか郊外の東山温泉に前泊するのを常としているが、前日は私も家人も外すことができない用事が入っていて、当日日帰りにした。早朝四時に起床して、五時前の東海道線茅ケ崎駅と東北新幹線東京駅も始発電車である。郡山で磐越西線に乗り換えて会津若松に向かう。四両編成の電車は、磐梯熱海を通過すると、会津盆地が開ける猪苗代辺りまでは、山深い谷に沿って蛇行した鉄路を走行する。

穀雨を迎えたこの季節、残雪が融けて車窓から眺める風景は、山桜やコブシの花が終わりを告げ、雑木林は芽吹き始めた淡い若葉が目に優しく、心まで癒された。そして、会津若松に向かって鉄路の標高を下げ始める磐梯町辺りから風景が一変する。停車する駅舎には、満開に近い桜のパステルカラーと菜の花が黄金の輝きを見せ、そのコントラストは春爛漫の様相を呈している。

会津若松駅には九時半前に到着した。着替えの時間を要するので、急いでタクシーで大関家の菩提寺である長命寺に直行した。長命寺は、JR只見線の七日町駅から程近く、会津鶴ヶ城から一〇分程の日新町（藩校日新館・現在は河東町に完全復元）にあり、幕末の歴史が色濃く残っている地区である。長命寺は、大規模な寺院ではないが、慶長一〇年（一六〇五年）に教如が築いた本願寺掛所が始まりとされ、真宗大谷派京都本願寺の直轄寺院である。本堂を囲む土塀は、最高寺格を表わす五本の白線が施された「五条の築地塀」で、戊辰戦争の銃痕が残っている。平成四年の修復前には砲弾による大きな銃痕が見られたと案内板に説明がある。現在は、歴史を伝える程の痕跡しか残されていない。この際、長命寺に関わる戊辰戦争の伝承を記しておきたい。

長命寺は、戊辰戦争時には新政府軍（大垣藩）の陣地であったが、城外戦の激戦地であったとされる。慶応四年（一八六八年）八月二九日、長命寺付近で大激戦となり、会津藩側に多くの戦死者を出した。会津藩主・松平容保は、勝算のない理不尽な戦に籠城戦を選択したが、補給路確保のため、血路を開いて城外に出撃することを決意する。総指揮官は家老の佐川官兵衛である。容保は出陣、官兵衛に酒肴を振る舞い、名刀正宗を与えたとされる。しかし翌朝、精鋭千名を率いて出陣するはずの指揮官が、あろうことに深酒に酔い早暁の出陣時刻に遅れてしまうと言う大失態を引き起こした。それが起因したかどうかは不明だが、西大手門を出て、新政府軍が拠点とする長命寺へと進軍して寺を包囲するように急襲し、一時は陣地を占拠するものの、戦力で勝る大垣藩の反撃は凄まじく、援軍も送り込まれて奪還されてしまうのである。容保は、官兵衛が捨て身に出ることを予感して撤退命令を出したが、会津藩の戦死者は一一〇名という大打撃を受けた。ちなみに、官兵衛の父・直道は、この戦いで戦死している。そして、この戦いから約一カ月後の九月二二日、会津藩は降状開城したのであった。

本堂での法要は、方丈様の読経と長い説教が続き、予定時刻を超過して終了した。参列者一同は、本堂の左方横手にある大関家のお墓に集まって各々がお焼香し、会津の風習である「饅頭」が振る舞われ、文枝さんを偲んだ。私は退却して境内に戻り、本堂より東方に見える、満開に綻びる桜木の方へと歩いて行った。そこには、苔むした老木の見事な桜があった。何と豊かな花を付けた、形容しがたい美しい平成最後の桜として、私は生涯忘れることはないだろう。そしてその桜木の元には、多くの檀家の石塔が並んでいたが、そのなかに一際《ひときわ》大きな石碑があり、碑面には「戦死墓」とだけ刻まれていた。

前述したように、慶応四年八月九日、戊辰戦争の城外戦で最後の戦いとも言える、敵ある長命寺攻略は大激戦となり、会津藩に多くの戦死者がでた。しかし、この戦いから約一ケ月後の会津藩降城に至っても、会津藩士の遺骸は新政府から埋葬が許可されず、放置されたままであった。これを見かねた住職・幸證師は、独力で付近の遺骸を集めて寺内に埋葬し、翌年に三つの塚を築き、「戦死之墓」の墓標を建てたとされる。そして、現在の石碑は、明治一一年（一八七八年）旧会津藩士七五名によって建立されたもので、降城から一〇年を経ても、碑面には「戦死墓」の三文字以外に表示することは許可されなかった。

このように新政府は、会津藩戦死者を三カ月以上に亘って野晒しにして埋葬を許可しなかったこと、加えて「戊辰悲話伝」によると降状・開城後にあっても、新政府軍（官軍）兵士による商家の強奪や暴行、さらには会津藩三千名余が不毛の地である下北半島に強制移住させられたことを考えると、この戦争が人間として決して許されぬ、下品極まりない如何に理不尽で凄惨な暴挙であったかということを会津人は今日に至っても忘れることはない。

平成八年に逝去された作家・歴史家の司馬遼太郎さんは、戊辰後百余年を経て会津若松市と萩市の商工会議所を介して両市の「姉妹都市締結」の実現に向けて尽力されたが、いまだその遺志が継げずに実現をみないのは、会津人の戊辰戦争の蟠りからだと思えてならない。時を経た今日の歴史家は、この戦争は歴史的に見た場合、日本に近代国家を創出した一連の過程と捉えているが、会津人の気質がそれを許さないのは、この「戦死墓」が如実に物語っていると思う。この季節、この「戦死墓」のいわば守護神のように、風雪に耐えてきた老木と化した桜木は、理不尽な戦いに散った会津藩士の精霊を慰めるかのように、逝く春を惜しみながら静かに散り始めようとしていた。

私は精進落としの会場に移動する前の暫くの間、老木の桜の下で義妹・文枝さんを偲んでいた。実弟の家族とは、他の兄弟と同様に冠婚葬祭時に集まる付き合いを主としてきた。お互い多忙を理由に多くの往来ができなかった。「二人で一度湘南を訪ねてみたい」とする念願は、これから実現できるはずであったが叶わなかった。思い起こすと、文枝さんの印象は実におおらかな性格で他人を思い遣る心をもった人であった。娘婿として親から引き継いで事業を継承する夫を支え、主婦として家庭を守り、二人の子供を育て上げ、孫もできて、充実した人生を楽しむことができる環境を創造してきた。しかし、半年前に発覚したと聞くが、家族ともども病魔と闘いながらも、余りにも若過ぎる死に、実弟や家族はもとより我々兄弟や親戚にとっても痛恨の極みであった。

一年余ぶりに、独立し離れて生計を営んでいる二人の姪とその家族に会った。彼女らは、将来を見据えた人生を歩んでいる。遺族にとっては、ありし日の文枝さんを偲び思い出す時、溢れる悲しみや寂しさを「力」に変えて、これからの人生を力強く歩んでほしいと願う。それは、文枝さんが最も望んでいることでもあると思う。

生前の文枝さんは、会津の豊かな自然の移ろいのなかで、自宅庭の花壇には草花や庭木の花を夫婦で育て愛でていた。今回は弟宅には立ち寄れなかったが、春が来て庭木や草花は咲き誇っているに違いない。三カ月遅れた一周忌法要とはなったが、春爛漫のこの季節に子や孫たち、親戚らと会えたことを喜んでいるのではないかと思う。最後に記しておくと、わが家の仏間の柱には、手先が器用で手芸を趣味としていた文枝さんの作品で、帰省した際に貰った「吊るし雛」が一年を通して吊るしてある。

（二〇一九年五月）

新元号と平成最後の日

明け方の四時頃に目が覚めると雨の気配である。二重のカーテンを僅かに開け、外を覗き込むとかなり強い雨が窓に打ち付けている。出発時までは止んで欲しいと願いながら再びベッドに潜り込んだ。今日は二〇一九年四月三〇日、旅行会社が企画する「花の寺社巡り」に参加して、京都は左京区の宝ヶ池に隣接するホテルに二泊していて、旅行の最終日であり平成最後の日でもある。新元号の決定以来、この一カ月は「平成最後の〇×」と言った各種のイベントが目白押しで騒々しかった。

四月一日に、政府は平成に代わる新元号を万葉集巻五の序文をその出典とする「令和」と決定し、菅官房長官が記者会見で公表していた。また、安倍総理も談話を発表して、「人々が美しく心を寄せ合うなかで、文化が生まれ育つ意味が込められている」と語っている。六四五年の「大化」以降、二四八番目の元号になるそうである。

また、新元号の決定に当たっては、古典学者先生方に委嘱した六つの原案があり、有識者会議の意見を聴いた上で政府決定となった。その原案は、大半が中国古典を出典とした「久化・万和・万保」と、日本の古典からは日本書紀と中国詩経からの「広至」、古事記からの「英弘」と万葉集からの「令和」である。そして、「令和」の発案者は、国際日本文化研究センターの名誉教授で、古典学者の中西進先生であったことが新聞に掲載されていた。新元号「令和」の出典が万葉集であったことは、それが「日本最古の歌集であるだけではなく、日本文学研究者の意見では、日本最高の歌集である」と讃えられていて、しかも万葉集に収められた歌四五〇〇余首の作者が、天皇から貴族、そして平民までのあらゆる社会階層に及んでいて、貴族の歌を集めた後世の歌集とは異なる、いわば今日で言うところの「歌会始」参加作品に通じるものがある。

これまでの元号は、中国古典からの引用が多かったとされる。今次の元号は、日本の古典からの引用することで、経済も社会も文化も混迷する今日から新しい時代への願いを示す元号、「悠久の歴史と四季折々の自然の風景」が反映されていて、日本の文化と日本人としての誇りさえ感じるものがある。新元号は、五月一日から施行されるが、公表されて以来批判的な評価はなく、大多数の国民から支持されたことは喜ばしい。私たちは、新聞や雑誌、ＴＶなどで、季節の移ろいに相応しい万葉歌を目にすることはあるが、各巻の序文や長歌に触れることは殆どなく、令和の出典となった巻五の「序文」も例外ではなかった。発表後改めて、新聞や専門書で調べたので、備忘録としておきたい。

新元号「令和」の出典は万葉集巻五である。巻五は、七九二～九〇六番歌から成っているが、そのなかで梅花の歌として三二首（八一五～八五二番歌までの三七首のなかに三二首が収められている）を収め、その序文から引用したものである。その序文の書き出しには、「天平二年正月十三日、萃于帥老之宅、申宴會也」とあり、解釈すると、天平二年の正月一三日に、当時の大宰府長官であった大伴旅人の邸宅に文化人三十余名を招いて観梅の宴を開く、と言ったところである。天平二年は七三〇年、聖武天皇の時の年号で奈良時代の最盛期にあたる。

そして、元号に引用した序文は、「初春令月、気淑風和、梅披鏡前之粉、蘭薫珮後之香。加以、～」で、この旬中の「令月」と「風和」が組み合わされて「令和」が生まれた。令月は陰暦の二月であり、五月一日に即位された徳仁今上天皇のお誕生日が二月（二三日）であることも、考慮されたのだろうか。ついでながら序文を通読すると、「初春の令月にして、気淑《よ》く風和（柔らかい）ぎ、梅は鏡前の粉を披き、蘭は佩後の香を薫らす」となり、先の中西進先生による解釈は、「時あたかも新春の好き月、空気は美しく風はやわらかに、梅は美女の鏡の前に装う白粉のごとく白く咲き、蘭は身を飾った香の如き香りを漂わせている。」としている。序文はさらに続き、その日の大伴邸の風景や招待客の気楽に振る舞い、愉快になって満ち足りた様子など、庭の梅をお題とした歌会の様子が記されている。

最後に、巻五に目を通したので、そのなかから梅の盛りを愛でるのは一人ではなく、見てくれる人がほしい、恋人に見せたい気持ちがでている歌を三首記しておきたい。

八四五番歌　鶯の待ちかてにせし梅が花　散らずありこそ思ふ子がため
八五〇番歌　雪の色を奪ひて咲ける梅の花　今盛りなり見む人もがも
八五一番歌　吾が屋戸に盛りに咲ける梅の花　散るべくなりぬ見む人もがも

さて、四月三〇日今回ツアーの最終日。朝食を済ませてからの私の役割には、スーツケースなどの手荷物以外を宅配便で自宅に送る手続きを済ませること、夕食事時の飲み物代を清算することがあり、混み合うフロントでの慌ただしいひと仕事になる。待たされながら用事を済まして出発時間を待つ間、ロビーのソファーから中庭を眺めていたら、降り続いていた雨が止んで青空が見えてきた。今回の旅行では、持参した折りたたみ傘も、バスが携帯する傘も不要になる晴天の幸運に恵まれた。一昨日は、松尾大社境内を埋め尽す、やや盛りを過ぎた山吹の花、長岡天満宮の狭い参道を回廊のように深紅に染めるキリシマツツジの艶やかさに感嘆した。また、伝教大師・最澄が「最澄、去月二十七日、頭陀の次をもって乙訓寺に宿し、空海阿闍梨に頂謁す。教誡慇懃たり。具にその二部の尊像を示し、また曼荼羅を見せしむ。」と弟子の泰範に宛てた書状に示す、長岡京市今里に佇む乙訓寺の牡丹の花を愛でて心が穏やかになった。

そして昨日は、静寂に包まれた隠れ寺のような蓮華寺の青モミジ、実相院門跡の新緑が目に染みる床もみじ、国宝・阿弥陀三尊像をお参りした後に散策した三千院境内の薄紅色のシャクナゲの花に、春爛漫の花々と青葉の季節を満喫し心が癒された。今回の旅行最終日は、特別公開の秘蔵を拝観できること、何よりも平成最後の日としても節目となる特別な日であり、その日録を備忘録として記しておきたい。

ゆったりとした出発時間の一〇時。宝ヶ池のホテルからツアーバスは、臨済宗南禅寺の塔頭のひとつで、近年では観光スポットとして注目されている金地院を訪ねた。この塔頭は、応永年間（一四〇〇年代）に大業和尚が足利義持の帰依を得て北山に開創した禅寺を、慶長の初めに（一六〇〇年代）、崇伝長老が伏見桃山城の一部を三代将軍・家光より賜り、南禅寺塔頭（大方丈）として移建し、現在に至っている。

ご住職の案内で重要文化財に指定されている「大方丈」に上がり、拝観コースの廊下に出ると、目の前は広大な庭園が広がっている。江戸時代初期の寛永七年小堀遠州作と言われる、桃山時代の風格を備えた枯山水が、観る者を感動させずにはおかない鶴亀の庭園である。その広さと豪壮な意匠に於いて、いつの時代にも人々の心に迫る、名声高き庭園と評価されている。

ご住職の説明で判明したことだが、廊下から観る庭園前面の白砂は、宝船を象徴すると同時に海洋を表している。そして、長方形の大きな平面石は、東照宮（崇伝長老が家康の委嘱により、家康の頭髪と念持仏とを奉戴して庭園に造営したもの）の遥拝石で、その右が鶴島、左が亀島である。私たちは、暫く廊下に座り込み寂寥たる庭園を眺めていると、庭の背景の鬱蒼とした大樹木の刈込は幾重にも折り重なる山々に見えてきて、深山幽谷の世界に入り込んだような、心が落ち着いた充足感を抱くに至った。

次にご住職は茶室に案内された。寛永四年、小堀遠州作で重要文化財に指定されていて、京都三名席（大徳寺の忘筌席《ぼうせんせき》・曼殊院の八窓軒）の一つとされる崇伝長老遺愛の茶室「八窓席」の見学は、約四百年前の茶会の世界を彷彿させる、侘び寂びの世界へと誘ってくれるようであった。

さらにコースを進むと、今回のツアーで心に残る収穫となった、桃山時代の代表的な画匠である長谷川等伯筆の「猿猴の襖絵」の実物を鑑賞することができた。これまでは画集による知見だっただけに、幸運を極めるものであった。小書院に移ると、画集で見た襖絵「猿猴捉月図」と「老松」があった。その構図は、手長猿が老松の垂れた小枝に左手で摑まってぶら下がり、水（池）に映った満月を右手で捕ろうとしている図である。暢達壮快な筆致のなかに柔らかさがあって、潤いのある墨調と相まって猿の欲の強い性格が滲み出ている味深いものがある。ガイド役のご住職は、「猿は溺れて死にました。無いもの強請《ねだ》りはいけません。」と言って、我々一行の憫笑を誘った。これは笑い事ではなく、「猿猴捉月」とは仏教の戒律書である寓言で、「猿が水に映る月を捕ろうとして溺死したように、身のほどを知らぬ望みを持って失敗した。」と言うことである。

余談になるが、この教えで蘇った言葉は「海底に月を撈《と》る」、所謂「海底撈月」である。撈月とは水中から月を掬い上げることで「無駄に力を労しても効果がない」程の意味である。「緑木求漁」と同意であろう。この齢まで「海底撈月」の四字熟語を記憶していたのは、故事として「中国の唐の時代に、李白が船上で酒に酔い、水面に映った月を掬い取ろうとして溺れ死んだ」と言う伝説があり、杜甫と共に李杜と併称され、詩仙と呼ばれる李白の最期として永い間、信じられなかったからである。そのようなことが頭を過ぎりながら、大方丈から庭園に出て広大な庭を散歩した。南禅寺は幾度も参拝しているが、その塔頭のひとつ金地院の見学は、京都の新しい発見の喜びであった。期待した以上の満足を得て、次の旅程である知恩院へと向かった。

知恩院へのお参りは、宗教上の理由からではないが観光として長年の願いであった。昨年四月の初めに、京の花見を主目的としたツアーに参加した際、三日目の自由行動（ガイド資格を持つタクシードライバー）で訪ねたことがあった。御影堂が修理中につきテントで蔽われていて塔頭には入ることなく、七三万坪の広大な境内を散策するに止まっていた。今年は平成の大修理が完了したと聞き、出発前から楽しみにして、小学館の「古寺を巡る」で下調べをして出かけたのである。

浄土宗総本山知恩院は、この地に居を構えた法然上人が初めて念仏の教えを説き、その生涯を閉じた念仏の聖地である。正式名を「華頂山知恩教院大谷寺」という。案内人は某宗教大学を卒業して三年目の僧侶で大西と自己紹介した。昼食の予約時間から、一時間四〇分の見学時間があり、国宝や文化財のある塔頭の殆どを案内して貰うことができた。ただ残念なことは、御影堂は屋根瓦の吹き替えなど外回りは完了したが、現在は建物内部の修理中なので見学できないとのことであった。

この寺院に誰もが驚嘆することは、高い石段上に聳え立つ国宝の三門であろう。元和七年、二代将軍秀忠によって建立された。木造の門としては世界最大と言われ、高さ二四メートル、横幅五〇メートル、屋根瓦七万枚である。二階建ての楼内には宝冠釈迦如来坐像が安置されているとするが、年二回の特別公開時にしか上がることができない。寺院に参拝する際にいつも思い知らされることは、三門は三解脱門のことで空門・無相門・無願門の三つの悟りの境地を表しているとされることから、三門を潜ればそこは現世から仏の世界に至っているという気持ちを心して、お参りしなければならないと言うことである。

若い僧侶の大西さんの案内により、まず阿弥陀堂に参拝し、集会堂でお茶を頂き大方丈から小方丈、二十五菩薩の庭、古径堂、月光殿、雪香殿などを見学した。大方丈の内部は二条城の書院造りの形式を備えていて、将軍家の公務に用いられていた、とした。五四畳敷の鶴の間を中心に狩野派の絵師による豪華な金箔の襖絵に彩られた部屋が続いていた。その代表的な襖絵を上げると、鷺の間の狩野信政筆「柳鷺図襖・壁貼付」、菊の間の同筆「菊籬図襖」は豪華さが目立つ襖絵である。

それに対して、やや地味にも思えたが狩野興以筆「山水図」は、四季の山水が描かれているのだが、全一八面の襖絵で四季が一巡する構成になっているところが面白いのだと言う。そして、大方丈には仏間もあり、本尊阿弥陀如来像が安置され、天皇のおなりの間には玉座がある。一方の小方丈に移ると、この場所は将軍家の私的な生活の場として使われていたとされ、どの部屋にも水墨画の淡彩な落ち着いた雰囲気に包まれた、質素な感じがするほどであった。

知恩院をお参りして印象に残ることは、見学で僧侶の大西さんが説明してくれた「知恩院に伝わる七不思議」で、その内五つを観て確認することができた。まず、未確認の二つは、「白木の棺」と「瓜生石」である。その一つ、白木の棺は三門を建てた大工の棟梁、五味金右衛門夫婦の木造が収められた棺で、建設予算が超過した責任をとって自刃したと伝えられる、偉業を果たした名工の覚悟が感じられる。三門の楼上に安置されているため、三門の特別公開に参拝しないと見ることはできない。次に黒門の西にある大きな石、瓜生の石は知恩院が建立される前からあったとされ、植えた覚えのない瓜の蔓が一夜にして伸びて実をつけた、と言う伝えがある。今回は見学コース外で未見である。

未公開であった御影堂から大方丈・小方丈に続く廊下は五五〇メートルに及ぶが、その大半を歩くことになった。そして、歩くと鶯の鳴き声に似た音がした。侵入者を防ぐために床に工夫を凝らしたもので、将軍家の公務（大方丈）と私生活（小方丈）があるためである。二条城の廊下と同じである。案内人は、この種の廊下は多くのお城に見られるが、「そのなかで長さも音色も日本一だ。」と言った。真実は分からない。

塔頭の見学を終えた一行は、御影堂前の境内に集合し、写経塔と経蔵を見学し終えたとき、七不思議の「忘れ傘」はどこかと質問した人があって、若い僧は御影堂正面軒下を指さしているが、高い場所にあってか、なかなか見つからず見ずじまいの人もあったようだ。この忘れ傘は、名工・左甚五郎が魔除けに置いたとも、白狐の化身・濡髪童子が置いたとも伝えられており、いずれにしても傘は水を呼ぶことから、知恩院を火災から守るものとされている。

知恩院の参拝を終え、東山大黒通りにある昼食場所に移動した。清水五条駅から徒歩数分の所で、創業三五〇年の老舗「京料理　はり清」である。家人によれば二回目だと言う。このツアーに参加して楽しみなのは、宿泊ホテルか外食かは別にして地元の食材による料理と地酒を頂くことである。今回のツアーでの外食は、初日の夜が京料理「筍亭」で旬の筍料理を頂いて満足した。二日目の昼食は、貴船神社に参拝して「貴船荘」で、川床料理のような懐石料理を頂いた。今日平成最後の昼食は、伝統的な京懐石で、出される料理毎に京焼の華麗な器に魅了され、盛られた料理の美しさに目を見張るものがあった。そして、陽気の好さも手伝って伏見の冷酒も捗り、京料理の味わい深さを助長し、堪能するに余りある至福の一時を過ごした。

昼食後は、今回旅行の最後の行程である真言宗智山派総本山智積院をお参りするため、ツアーバスは東山七条に移動した。智積院は、真言宗智山派の総本山として全国に三千の末寺を擁し、関東で有名な寺には成田山新勝寺、川崎大師平間寺、高尾山薬王院、高幡山金剛寺などがあり、いずれも観光スポットとして国内外の参拝客で賑わいを見せている。これまで、年に一回か二回は京都を旅していて一〇年近くなるが、智積院のお参りは初めてであったことが不思議に思われる。それだけ京都は奥が深いということだろう。

案内を頂いたご住職の説明では、祥雲寺が智積院となった後、天和二年（一六八二年）の大火事で建物が焼失したが、障壁画の主要部分は難を逃れたものの、再建された建物の寸法に合わせる必要から、裁断や貼り付けがあるため、当初の全貌を知るには想像によらなければならない、とした。しかし、私のような素人には、当初の全貌を想像するまでもなく、目前にある現在の豪華な美しさを堪能するに十分な障壁画であり、代表的な画面が今日に遺されたことは、日本の文化や歴史として国家・国民の財産として幸いなことであった。

長谷川等伯筆・国宝「楓図」は、楓樹の幹の描きの豪放な感覚と激しさに圧倒される。巨木な楓の太い幹を画壁の中央に据え、枝が画面の上部から垂れ下がる構図は豪快かつ大胆である。

一方で、楓の枝の葉は緑から橙、黄から赤といった彩りに配慮しているところが美しさを増しているのだろう。さらに、地面に咲き誇る草花は写実的で、意外なほど繊細に描いていて、中央の巨木な幹と和合しているようで、全体を盛り上げているかのように思う。そして、同じ等伯の作品である、障壁画として豪華絢爛の「楓図」と金地院で午前中に鑑賞した「猿猴の襖絵」は、同じ人物の作品とは思えず、比較のできない等伯の途轍もない才能を見る思いである。脳裏に焼き付けるように、じっくりと鑑賞して至福な時を過ごした。

一方、等伯の息子である長谷川久蔵筆・国宝「桜図」は、二五歳の作品と言われ、老木と思われる二本の桜の太い幹が横に広く枝を伸ばした大胆な構図で、画面一杯ふんだんに八重の花を描き込んでいて、春爛漫の景を描き出している。画面は、当初六メートル以上にもわたっていたと考えられているが、その迫力には圧倒される。久蔵は、この作品に全身全霊を使い果たしたかのように完成させ、翌年の文禄二年（一五九三年）六月、二六歳の若さでこの世を去ることになる。父等伯の息子への期待は叶わず、久蔵の短くも輝かしい作品は「桜図」に集約されたのである。そして、久蔵が急逝した翌年、父等伯は哀惜の情を振り切り、自己の生命力を画面一杯に傾けて描き出したのが、国宝の「楓図」と言うのである。このことを知ると、障壁画・国宝「楓図」は、息子久蔵の急逝の悲しみを力に変えた父等伯の強靱な生命力によって、創出されたと言っても過言ではない。

智積院での印象を付記すると、国名勝と言われる庭園である。案内によると、この庭は「利休好み」と伝えられ、中国の廬山を模《かたど》って造られていると言い、山裾や中腹に自然石のみを用いて石組を配して変化をつけている。池周辺の刈込によって、深山にいるような錯覚に陥り、奥行きのある雄大さと勇壮さを感じた。一行は、大書院に座り込み休憩した。庭に咲くツツジやサツキの花、目に潤いを与える新緑の彩りを眺め、流れ落ちる滝の清らかな音を聴きながら、最後の行程を楽しんだ。

今回の旅は、旅行社の特別な企図ではなく、私たち夫婦も意識的に参加したわけでもない。偶然にも旅行最終日が四月三〇日で平成最後の日になっただけである。それにしても、恐らくは、元号が変わろうとする節目の日に京都で過ごしたことは忘れることはないであろう。

私の人生を顧みると、昭和の時代を四四年間、平成時代を三〇年間生き抜いてきた。大雑把に捉えると、私にとっての昭和は、人間としてビジネスマンとしては基礎作りの時代、そして平成は企業組織や集団をリードするための労働に努め、励んできた人生であったと思っている。これからの令和の時代が、どのような社会になるのかは、「神のみぞ知る」である。人生を難しく考えても仕方がない。人生は、これまでの人生がそうであったように、これからの人生も、ただひたすら一生懸命に生きることに尽きるのである。

（二〇一九年五月）

Ⅲ　思いつくまま

―興味をもったこと―

木の花を愛でる古の人

今から約千年前、その方の優れた様を「才気煥発」だけでは足りず、「当意即妙」を併せ持つと評判になっていた女性があった。彼女は、第六六代一条天皇（在位九八六〜一〇一一年）の美貌の妃・中宮（皇后）である（藤原）定子の女房として宮廷生活を送った女性である。彼女の本名も生没年も詳らかでないことは、当時の女性の常である。

しかし、才気煥発で文章・筆力ある彼女は、宮中内に止まらず外なる事物、情意生活、四季の情、趣、人生などに関する随想・見聞などを書き残した。今日で言う著書名の由来を辞典で引くと、「枕にこそは侍らめ」といって、当時としては貴重な用紙を中宮から下賜されたという跋文に基づくが、枕頭に置いて備忘録とする意とも、歌枕、枕詞の枕の意とも言う、としているが、執筆のきっかけは未だにはっきりとした正解はないようである。

この書物は、後世になってから学者の研究によって、約三百から成る章段の文章形態から、「類集的章段」、「日記回想的章段」、「随想的章段」などと区分している。この随想（筆）こそ、吉田兼好の『徒然草』、鴨長明の『方丈記』と並んで、日本の古典三大随筆と言われる『枕草子』

であり、そして才気煥発と当意即妙と謳われた彼女こそ、中宮定子に仕えた清少納言である。

二〇一四年一一月、河出書房新社の創業一三〇周年記念事業として企画した、『日本文学全集　全三〇巻』の刊行がスタートすることになったので注文した。茅ケ崎市内でお世話になっている駅前の長谷川書店が自宅に届けてくれる。すでに河出書房の全集が揃ってはいるものの、一九六五年六月発刊によるもので、編入された作品も古く、今回注文した全集は、芥川賞作家・詩人の池澤夏樹さんの斬新な個人編集であり、作品群も変わり、源氏物語等の古典分野では訳者（現在活躍中）が異なることから興味をもち揃えることにしたのである。

丁度発刊から二年目に入った今月に届いたのは、『枕草子』（作家・酒井順子訳）と『方丈記』（作家・高橋源一郎訳）、『徒然草』（思想家・内田樹訳）が編集された第七巻である。とりあえず、分厚い本を開いたら枕草子の三七段が目に留まった。私は恥ずかしい話、『枕草子』を通して読んだことがない。そしてこの作品には、『徒然草』のような人生訓や『方丈記』に記す大災害（京都に襲いかかった五大災厄）のような知見の記憶に残るものがない。唯一憶えていることは、中学か高校の古典の学習で暗記した「春はあけぼの。やうやう白くなりゆく山際、少し明かりて、紫だちたる雲の細くたなびきたる。」を諳んじるくらいのもので、続く「夏は～」になると思い出せない。今回、偶然にも見開いて立ち読みしてしまった三七段は、類集的章段「木の花は～」で、清少納言がどのような樹木の花を愛でたのかあるいは興味を示したのかに関心があって目を通す気になったのである。それとも言うのも、朝の散歩で巡り合える樹木の花を楽しみにしているからである。作家・酒井順子さんの分かり易い訳本を参照して、才気煥発と謳われた彼女の、恐らくは眺めたであろう木の花を備忘録しておきたい。合わせて、後世の学者が、何を以て彼女を才気煥発や当意即妙と形容し賛美したかの由来を探ってみたい。

枕草子三七段の書き出しは、「木の花は、濃いも薄いも、紅梅。」である。概ね梅に始まり、春の盛りまでの好みの花を採り上げている。梅に続く花は桜で、花びらが大きくて葉の色は濃く、細い枝に咲いているものとしている。現在の山桜であることが分かる。続いて藤の花を取りあげている。彼女は濃い色が好みのようで、花房が長く垂れ下がり、色濃く咲いているのが好きとしている。さらに、五月に入ると、橘の濃く青い葉に純白の花が咲いている雨の朝などは、とくに趣があるとしている。そして、「花々の間から、昨年の果実が黄金の珠かのように輝いて見えるのは、朝露に濡れた桜に劣らない」としている。それは、ほととぎすにゆかりのある花橘と思うからだろうかとしていて、橘に留まるほととぎすを詠む歌が古来多く、彼女はほととぎすが大好きだったようである。

余談になるが、醍醐天皇の下命による古今和歌集の巻三は、全歌三四首のうち二九首はほととぎすの初音を待ち侘びる歌である。その中で一首取り上げると、詠み人知らずだが、「けさ来鳴きいまだ旅なる郭公花橘に宿はからなむ」は、「落ち着き先のない旅先で鳴いているほととぎすに、静かな宿がほしいなら、わが家の庭に咲いた橘を借りてほしいものだ」と願っている歌である。

続いて梨の花を取りあげている。現代的な感覚では梨は栽培する果物であるから、観賞する花としては馴染みがない。清少納言も、つまらない花だとされているので身近には置かないし、葉の色からして面白味がないように見えるとしている。しかし、取りあげている理由として、唐土では無上のものとして漢詩にしているので、何か理由があるのだろうとよく見てみると、花びらの端に美しい色合いが、仄かについていることを発見している。

そして、ここが彼女の教養の見せどころであるのだが、「冥界の楊貴妃が、玄宗皇帝が現世から送った使者に会って涙を落したという顔を、白楽天が「梨花一枝、春、雨を帯たり」と表したのは、いい加減な気持ちからではないと思う」として、やはり梨の花の素晴らしさは、唐土の人にとっては類いないものなのだとしみじみ感じ入っているのである。そのことは、白楽天の長恨歌の一節に「玉容寂寞涙欄干、梨花一枝春帯雨」とあり、直訳では「宝石のような美しさの顔立ちは、寂しく静かで涙が流れていた。それは、梨の花の一枝が春の雨に帯びているようであった」と言う具合であるから、彼女の感受性に納得できるものである。

さらに桐の木の花が、紫色に咲くのは彼女にとって美しく素敵に映ったようである。葉の広がり方はひどく煩わしいとしながらも、他の木と同じく語るべきではないとしている。その理由は、唐土の言い伝えによると、名高い鳳凰という鳥はこの木だけを選んでとまると言うのが、素晴らしく思われるとしている。また、この木で琴を作って様々な音を奏でると思うと、ありきたりの言葉では表せない見事な木としている。

中国原産の桐は、神聖な木として伝統的に受け継がれてきた。日本に渡った後、皇室の紋章として使用されたこともあり、秀吉も天皇から「五七桐紋」を賜るなど、桐の紋章を身につける行為は権力の象徴でもあった。また、日本政府の紋章、勲章としての「桐花章」、菊花紋章と同じように、国章にパスポート、銀貨の装飾としても用いられている。さらに、桐の木材の用途でみると、桐は湿気を通さず割れる心配がないこと、狂いがないこと、熱に強いことなどから、箪笥や金庫のなか箱などに使われ、高級家具として扱われる。

日本の桐の産地としては、岩手の南部桐、福島の会津桐、岡山の備後桐が有名である。私の郷里である会津の喜多方地区では、昔は女の子が生まれると、何本かの桐の苗木を植える風習があった。女の子が一五歳になると桐の木を伐り箪笥を作り、嫁入りの際に持たせるのである。桐の木は生長が早く、一五年ほどで八〜一五メートルの成木になる。半世紀を経て、改めて会津の原風景を思い浮かべると、五月から六月にかけての、当時としては田植えが始まる時期に、屋敷内の庭や畑の隅に植えてある桐の木の枝先には、房のように釣鐘状の薄紫色の綺麗で上品な花を咲かせていた。

最後に取りあげている木の花は楝《おうち》（アフチ）である。彼女から見ると、木の格好は悪いが、楝の花はとても面白いとしている。それは、枯れたような感じで風変りに咲いて、必ず五月五日に合わせるのも見事としているのである。彼女がこの木に興味をもったのは、花そのものよりも、五月の初めに必ず咲く花の珍しさからではないだろうか。

木の花ではないが、九月のお彼岸には必ず咲く花に曼殊沙華があるように、不思議な木の花があるのである。また、楝の木は現在では馴染みがないが、植物事典では梅檀《せんだん》の古名であり、梅檀は白檀の別名である。諺に「梅檀は双葉より芳し」とあるように、この木は芽生えたときからすでに香りを放つ植物で、彼女もこのことは無論のこと分かっていたのだろう。

余談ながら、この木の花には万葉集巻五の七九八番歌に「妹が見し楝の花の散りぬべし　わが泣く涙いまだ干《ひ》なくに」がある。この歌は、山上憶良が大伴旅人の妻の死に対して、旅人の立場で詠んだ追悼歌である。解釈すると「妻が生前に愛でていた梅檀の花が散ろうとしている。私の泣く涙が乾かないというのに。」と言う具合であるが、この歌には妻との思い出が消えなくなるような寂しさが伝わってくる。

さて、清少納言についてその生い立ちをごく簡単に記しておくと、彼女は清原元輔の娘として生まれ、一条天皇の中宮・定子の女房として宮廷生活を送る。父の元輔は、後撰和歌集の撰者の一人で、「梨壺の五人」に数えられる大歌人である。さらに、その祖父には古今和歌集時代の歌人として名高い深養父《ふかやぶ》である。つまり、清少納言は、曾祖父・父と続く輝かしい歌詠み家系に生まれたのである。若い時、橘則光と結婚し、則長という男子を儲けるも、やがて離婚した。その後父の元輔が正暦元年(九九〇年)に亡くなったこともあってか、女房勤めを始める。正暦四年の頃と考えられている。この全集の個人編集者である池澤夏樹さんは、解説で彼女のことを才気煥発、当意即妙と評したが、その理由をこの作品の一〇〇段の「秋の月の心」などにその才気が読みとれるとしているので、それを明らかにして記しておきたいと思う。

枕草子一〇〇段は日記回想的章段である。酒井順子さんの訳を記すと、「中宮様が、職の御曹司にいらっしゃる時。八月一〇日過ぎの月の明るい夜、中宮様は右近の内侍に琵琶を弾かせて、端近の所にお座りになっておりました。おしゃべりしている女房達のなかで、私(少納言)が廂の柱に寄りかかって黙って控えていると、「なぜそんなに静かにしているの。寂しいから何か話してちょうだい」と中宮様がおっしゃったので、「秋の月の心を、じっくりと眺めているのでございます。」と申し上げると、「そうも言えるのでしょうね…」とおっしゃったのでした。」と言った短文である。酒井さんは、文中の「秋の月の心」に注釈をつけ、後撰和歌集や白楽天『琵琶行』にも、秋の月を無心に眺める一節があるとしている。

私の勝手な推測であるが、この全集の個人編者の池澤夏樹さんが彼女の才能を才気煥発だけでは足らず当意即妙と評したのは、和歌に通じるのは家系から頷けるとしても、唐土の漢詩にも明るい、当時の女性としては稀有な存在として、今日的には大変教養の高い女性と評価したからではないだろうか。

そこで後撰和歌集を調べてみると、巻五に秋歌下、巻六に秋中として月を愛でる歌が集中しているが、「八月一五日夜」の詞書がある歌は以下の二首である。秋の月を無心に眺めるという意である「秋の月の心」をより感じるのはどちらの歌であろうか。

三二五番　藤原雅正　いつとても月見ぬ秋はなきものをわきてこよひのめづらしきかな

三二六番　作者不詳　月影は同じ光の秋の夜を分きて見ゆるは心なりけり

簡単に解釈すると、前者は「いつでも月を見ない秋などないけれども、今夜の月は珍しく美しい。」となり、後者は「月の光は同じ秋の夜なのに、(一五夜だからといって)今日の月が特別に美しく見えるのは、心のせいなのかしら」と言う具合である。私的見解としては、三二六番歌が好きで、「秋の月の心」を感じるものである。

一方、訳者の酒井さんの注釈にある、白楽天の漢詩『琵琶行』にも、「秋の月の心」を感じる一節があるとしている。確かに調べてみると、白楽天は元和一〇年(八一五年)に左遷され、司馬に命じられて九江郡に赴任した時期に、客を見送るため潯陽江の畔にやって来たところ、見事な月の光のなか、船から琵琶の調べが静かに流れてきた様子を詩にしたためた。それが『琵琶行』である。その一節に、「～別時茫々江浸月　忽聞水上琵琶声～」とあり、読みは「別る る時茫々として江は月を浸せり　たちまち聞く、水上琵琶の声」である。枕草子一〇〇段でも、名月の夜に琵琶を弾かせているので、彼女は白楽天のこの詩を想い巡らしたのではないかと思われる。

これまで、清少納言が愛でる、若しくは好みの樹木の花を三七段「木の花は～」から備忘録してきたが、最後に彼女の花の咲かない樹木で興味のある「花を見るのでない木なら～」を四〇段から見てみたい。そこには、楓や桂、五葉松、檀、榊など十数種類に及ぶ。そのなかで、私が興味をもったのは楠木である。彼女からみれば、「野放図に繁った様を想像すると不気味だけれど、「千枝に分かれて」と恋する人の千々に乱れる心の例えとして歌に詠まれているのは、「誰が枝の数を知って言い始めたのかしら」と思って」、心惹かれるとしているのである。その歌は、古今集六帖二の「和泉なる信太の森の楠の木の千枝に分かれてものをこそ思へ」と推測するに易しい。そして、信太の森に関する歌は、多くの大歌人に詠まれている。そして、この信太の森は現在の大阪府和泉市葛の葉町にある信太葛森葛葉稲荷神社のことである。創建は和銅元年（七〇八年）で、神社には安倍保名と葛の葉姫の恋愛物語があり、後世には歌舞伎（蘆屋道満大内鑑）や浄瑠璃（信田森女占）、上方落語（天神山）、オペラ、映画にもなっている。

葛の葉が残した一首を記すと「恋しくば尋ね来て見よ和泉なる信太の森のうらみ葛の葉」である。さらに、この信太の森の白狐を母として生まれたのが陰陽師・安倍晴明と言う伝説がある。また、その境内の楠木は千枝のクス、夫婦クスと呼ばれ、樹齢二千年と推定される天然記念物を有する観光スポットである。

もう一種類、面白いので記しておくと、明日は檜木と言われる「あすなろ（翌檜）」である。彼女の近辺では、聞いたことも見たこともないが、御嶽詣でから帰ってきた人が持って来るようだ。枝ぶりなどは、触れたくないくらいに猛々しい感じだが、どういうつもりで「明日は檜木」と名付けのだろうか。虚しい約束であろうに、誰にお願いしたのかと、聞いて見たくて愉快である、として興味ある樹木に採り上げている。千年の時を経ても、こう言う捉え方に清少納言さんの才能に裏打ちされた教養の高さとセンスの良さから素敵な女性に思えてくるのである。

ところで、「あすなろ」で思い起こしたので最後に付記しておくと、彼女があすなろ（翌檜）に同情した時代から九五〇年後の昭和二九年（一九五四年）頃、作家井上靖は、自伝的要素が含むと思われる小説『あすなろ物語』（新潮社）を上梓した。少年鮎太が様々な出来事を体験しながら成長し、やがて新聞記者として活躍する姿を描いた小説である。弛まぬ努力を継続することが、成功へ繋がると言うメッセージ性があり、児童文学の名作とされるが、私にとっては、戦前・戦中・戦後の混乱を通した舞台背景や心に深く残した恋、人生の悲しみなど、児童に理解されるのは難しかったのではないかと思われる。

（二〇一六年一二月）

恋歌の道　―万葉の世界―

今年も國學院大學が夏休みに入った時期に開催する、公開講座（七月一九日～二三日）「古典講座・萬葉集（一一巻）を読む」を受講した。二日目、二時限の助教・鈴木道代さんの講義「相聞往来と恋歌の道」は、大伴宿禰家持の「坂上家の大嬢に贈れる歌」や大嬢の家持に贈る（返歌）、所謂相聞往来の歌を取り上げて解釈するものであったが、後半の講義で小歌としての恋歌、とくに「恋歌の道」には興味深いものがあった。

そこで、配布された資料に書き込んだ講義メモを整理し、歌の解釈など不明な点は、関係資料を調べ、我流の解釈を含めて講義録として残しておきたいと思ったのである。なお、会場となった学術メディアセンター・常磐松ホールは、二百名以上の参加者がいて、講義終了間際には質問を受付するが、中・高の教師のような学術的な質問内容が多く、私のようなレベルの興味本位だけで、参加できる場所ではなさそうな気恥ずかしさはあった。

さて古来、歌の世界では「大歌」やそれに対比する「小歌」がある。大歌とは、平安時代に正月節会・白馬節会・踏歌節会・大嘗祭・新嘗祭など、所謂五節で歌う女官の歌である。神楽歌、風俗歌など大歌所で教習されると言う。一方の小歌は、主に歌壇の場における社交集会において展開し、また市や遊楽のような社交集会や労働の場にも歌われ、それらは男女の掛け合いが主であることから恋歌が中心となる。

私が興味をもったことは、歌壇のような歌の祭りでは、さまざまな歌唱方法が存在するが、一定の歌の流れを理解しながら歌うことが求められるため、そこには歌を歌うための順序や歌唱方法が成立していたとする考え方である。それには、個々にテーマがあり、それをシリーズ（主題を共通とした連作）として歌うものである、とした。追記すると、歌壇とは、男女が山や市（品物交感売買の場）などに集まって、互いに歌を詠みかわし舞踏して遊んだ行事のことで、一種の求婚方式で性的解放が行われたとする。

歌壇における恋歌には、個々にテーマがあってそれをシリーズとして歌うとしたが、そのテーマを鈴木先生は、恋の始まりから終わりまでを一九項目に分類した。現代で言えば「合コン」の手順になるのであろうが、如何にも繊細である。しかし、万葉の恋歌には、厳然とした細部にわたる「型・カタチ」があるのが優雅さを感じる。それは、決して恋の成就だけの歌に絞るのではなく、最初の出会いから恋の苦しみや喜び、悲しみと言った繊細な心情のプロセスとも言えるので、講義メモを整理して備忘録に残しておきたい。

最初にテーマとなるのは、歌壇の場や社交集会の場所、つまり歌を詠む会場へと向かう時の喉馴らしの歌をテーマとした「試喉の歌」である。続いて、興味ありそうな相手と初めて出会った時の歌を「初逢の歌」と言う。続いてテーマとなるのは、好意ある相手の名前を問う時の思いを歌う「問名の歌」である。続いては、相手の住所を問う時の歌である「問村の歌」である。続けて、相手に恋人として相応しいかを質問する歌である「質問の歌」になる。次のテーマは、相手の心を知ろうとする時の歌である「深情の歌」である。続けて次は、相手の容姿や人格を褒める時の歌「賛美の歌」と展開する。続いて、愈々相手の恋の心を抱いた時の歌として「初恋の歌」と言うことになる。そして遂に、互いに恋する心を抱いた時の歌として「相思の歌」になる。さらに次なる段階は、互いに激しい愛情を抱いた時の歌「熱愛の歌」になる。そしてカップルの誕生とも言える、二人の恋が成就した時の歌「定情の歌」である。続いて次のテーマは、互いに愛の誓約をする時の歌となる「約束の歌」である。次は、愈々結ばれる、夜を共に過ごした時の歌である「共寝の歌」と展開する。次は共寝をして迎える翌朝、夜明けになって帰らなければならない時の歌である「鶏鳴の歌」となる。次のテーマからは恋人関係が続かなくなる状況のテーマになるが、相手の不実を恨む時の歌として「怨恨の歌」へと展開する。そして別れを迎える段階として、互いに恋しい思いを抱きながらも別れる時の歌としての「分離の歌」である。次には、親の決めた相手を拒否して好きな相手と逃げる、所謂駆け落ちの歌とも言える「逃婚の歌」である。そして、最後のテーマとなるのは、二人が社会的に生きられず心中を決意する時の歌「情死の歌」である。内容的には重複しているような内容もあるが、歌壇の世界はゆっくりと繊細、優雅がさが求められるのである。それぞれの万葉恋歌を解釈して、どのテーマに属するか理解できれば、楽しみは深まるものと思われる。

鈴木先生の講義では、このように恋歌の流れは、中国古代の詩経以来に見える順序（歌路）であり、それぞれの恋の段階を踏まえて、挑発や反発または歓喜を繰り返しながら集団の歌は展開する、とした。以下に、講義ではテーマの区分に当てはまる歌を取り上げたので、興味のある印象深い歌を備忘録しておきたい。なお、万葉集（巻一一）は、二三五一番歌から二八五〇番歌までの約五百首に及び、施頭歌、正述心緒《せいじゅつしんちょ》、寄物陳思《きぶつちんし》、問答などから構成されていているが、恋歌の殆どが作者未詳である。

講義レジメに従って、最初に恋歌の流れでみると、主題を共通した連作の例としての「問答」をあげてみよう。これは、歌の内容から分かるように、男性からの問に対して女性が答える形式の歌である。「初逢の歌」の問答歌の例として二首あげておきたい。

二八一〇番歌　音のみを聞きてや恋ひむ真澄鏡直目逢ひて恋ひまくもいたく

二八一一番歌　この言を聞かむとならし真澄鏡照れる月夜も闇のみに見つ

私の雑な講義メモを推測した私的な思いを込めた自由な解釈によると、問は「噂を聞いて恋し続けるか、直接逢って確かめ、その後長い間淋しい思いに苦しむのがよいか。それが考えどころである」に対して女性からの答は「あなたのそのお言葉をお月さまも聞いていたのでしょうか。ほら、輝いていたお月さん涙で曇ってきましたよ」と言うような返歌である。現代風には、「逢えば募るは別れの辛さ」であり、逢って別れた後の深い悲しみが歌の主題であろう。

次に具体的に「菅」シリーズで問答歌を見てみよう。菅はカヤツリグサ科の多年草で、水辺や沼地に群生する。葉が広線形で長く、高さ一メートルに達し、笠や蓑、むしろ、草履などを作るのに栽培される植物である。「思情の歌」と思われる問答歌の例として二首示しておきたい。

二八一八番歌　杜若佐紀沼の菅を笠に縫ひ着む日を待つに年そ経にける
二八一九番歌　おし照る難波菅笠置き古し後は誰が着む笠ならなくに

歌を解釈すると、問は「佐紀沼（奈良市佐紀町の広い地域）の菅を笠に編んで着ける日を待っていたら、年が経ってしまった」となる。ところがこの歌は、二八一九番歌と一組になっているようで、答も「照り渡る難波の菅で作った笠を着けもせず、笠を古びさせてしまって、後に誰か着る人がいるのでしょうか」と言うような具合に解される。つまり、どちらの歌も結婚することを菅の笠を着ることに例えて表現している、と思われる。

続いて、菅シリーズから鈴木先生が示されたテーマ別に印象深い（講義メモの取れた）「試喉の歌」と「熱愛の歌」を二首とり挙げておきたい。まず試喉の歌としては、二四五六番歌として柿本人麻呂に「烏玉の黒髪山の山菅に　小雨零りしきしくしく思ほゆ」がある。また、熱愛の歌として二七六一番歌に「奥山の石本菅の根深くも思ほゆるかも吾が思妻は」が印象に残る。我流に解釈すると、前者は「黒髪山（奈良市の北方）の山菅に小雨が絶え間なく（しくしく）降るように、ずーっとあの人のことを思っていますよ」と言うように、歌会の会場に向かう度に逢う人に思いを寄せた歌であることが想像できる。後者は「奥山の岩陰に生える菅の根が深いように、私の妻への恋は、心深く慕っています」と解釈した。

次に衣シリーズから問答歌を取りあげておきたい。講義レジメからは、何れも作者は未詳であるが、男性から女性への問いかけの歌と返歌である。

二八一二番歌　吾妹子に恋ひてすべなみ白袴の袖反ししは夢に見えきや
二八一三番歌　わが背子が袖反す夜の夢ならしまことも君に逢へりし如し

解釈すると、前者は「あなたが恋しいあまり、いたたまれず、何とかお逢いできないかと、白袴の袖を折り返して寝ました。そのような私の恋い焦がれる姿は、あなたの夢に見えなかったでしょうか」となり、後者は「私、夢を見ました。あの夢は、あなたが袖を返しておやすみになった、その夜の夢だったのですね。あなたに直接お逢いしているようでした」と言う具合である。当時は、着物の袖を折り返して寝ると、恋しく思う人と逢えると言う俗信があったと言われている。何とも、悶々とした心の動きが微笑ましく、ロマンチックな歌であろう。

最後に衣シリーズの、テーマ別に印象深い「熱愛の歌」と「鶏鳴の歌」から二首を取りあげておきたい。まず、熱愛の歌として「白妙の袖をはつはつ見しからに　かかる恋をもわれはするかも」（一二四一一番歌）は、「袖と袖が触れ合ったときから愛しいあの人を思うこの気持ちはおさまることがありません」と解釈する。また、共寝した朝方、帰らなければならないときの歌である鶏鳴の歌としては、「人眼守る君がまにまにわれさへに　早く起きつつ裳の裾濡れぬ」（一二五六三番歌）があり、解釈すると「人目を憚って朝早く起き出したあなたにつられて私まで早く起き出し、裳の裙を濡らしてしまいました」になる。

この公開講座は、今年で三回目の受講になる。古代の歌集である万葉集は巻二〇からなる、長歌・短歌・旋頭歌など約四五〇〇首の膨大な歌集で、この講座は続くが、完走できると考えているわけではない。そして、講義中は興味深く聴くことができるものの、帰りの電車では頭は空白になっていて、記憶に残り暗誦することができた歌など数える程しかない。昔、歌留多で馴染み暗記した百人一首のようにはいかない。今回、とくに備忘録にしようとした動機は、テーマである恋歌に興味があったこと、講師の鈴木道代さんは若い先生であったが、一生懸命さを感じたこと、比較的分かり易く、途中諦めることなくノートを取れたことから、非常に興味深い授業であったことである。少なくとも私の好奇心を満たしてくれる内容で、駅構内を恵比寿の近くまで歩く渋谷駅から利用する湘南新宿ライナーでの家路は、上機嫌であった。

（二〇一七年八月）

ホトトギスと初鰹について

ビジネス人生現役の三〇代に入った頃、夕方に会社から五分程の社長宅に書類をお届けに伺い、リビングの壁に掛けてあった古い掛け軸について長時間、ご高説を伺ったことがある。その掛け軸は江戸時代の俳人・山口素堂の水墨の山水画であったのだが、私にはその芸術的な価値など分かるものではなく、ただ黙って頷いているだけであった。掛け軸のことはともかくとして、本格的な青葉の季節になって、初鰹が魚河岸に出回る頃には、何らかのマスコミが素堂の句である「目には青葉山ほととぎす初鰹」を採り上げるので、「鰹のタタキ」を連想して広く親しまれている句である。

そして、この句には「青葉」と「ほととぎす」と「初鰹」と言う三つの季語があり、かつそれぞれが「目に青葉」に癒される視覚や「ホトトギスの鳴き声」を聴く聴覚と、「初鰹」に食欲をそそる味覚を連想し、人間と自然との共生が感じられ、生命力が漲ってくるような名句として、俳句の世界に疎い私も知見はしていた。そして、社長がこの掛け軸を収集できたことは、所有するに相応しく造詣の深い文化人であり、素堂と同郷の山梨出身であることの幸運に恵まれたものと邪推した。さらに、翌週か翌々週の週末の夜、夕食にご招待を頂く機会を得て、初鰹のたたき料理とお酒を美味しく頂いたが、いまだに記憶に残る約四〇年前の懐かしくもあり苦い思い出でもある。

今年も本格的な青葉の季節を迎えて、約四〇年前の出来事を思い起こしたのは、六月初めにホームコースである鎌倉カントリークラブでプレーし、鬱蒼と繁る林の方角から盛んに鳴くウグイスとホトトギス（白色で黒い横斑模様の姿は見られなかったが）の声を聴いたからである。加えて、今年は國學院大學のオープンカレッジで、中村幸弘名誉教授（同大・栃木短大学長）の「古今和歌集を読む」講座を受講しており、四月と五月に巻第三（殆どがホトトギスを詠んだ歌）を学び終えたばかりであることからであろう。

まず野鳥の「ホトトギス」を野鳥図鑑で調べてみると、呼称の多さに驚く。夏鳥としてアフリカ南部や南アジアで越冬して飛来してくるホトトギスは、カッコウ目カッコウ科の鳥でカッコウに似ているが一回り程小型の二八センチ程で、背面は灰褐色、腹面は白色で横斑がある。最も特徴的なことは、ホトトギスを表示する漢字として杜鵑、霍公鳥、時鳥、沓手鳥、不如帰、郭公、蜀魂、子規などとあるように、当て字が多いことである。さらには古来特に万葉集和歌に多く現れ、人々は夏を告げる「初音」を楽しみにしたとされる。

また、歌人たちは、この鳥の飛来する時期や思い入れからだろうか、卯月鳥、早苗鳥、文目《あやめ》鳥、妹背鳥、魂迎鳥《たまむかえ》、冥土に往来する鳥としたあやなし鳥、夕影鳥、夜直鳥《よただ》、偶鳥《たまさか》、黄昏鳥、勧農鳥、死出田長《しでのたおさ》など数え切れない程の呼称を用いている。とくに、ホトトギスを子規と表すことに関して、鳴くときに口の中が赤く見えるので、「血を吐く鳥」と言われ、晩年結核を患った明治の俳人・正岡子規の俳号は、本種の漢字名の一つに由来する、としている。

この鳥のもう一つの特徴は、山地の樹林に生息し、自らは巣を作らず主にウグイスの巣からチョコレート色の卵を排除し、一回り大きめな同色の卵を産み、ウグイスに抱卵、育雛を委ねることである。それにしても、人間では「お人よし」に当たるが、ホトトギスが托卵した卵を孵化し、自分より大きな雛にせっせと餌を運び育てるウグイスにとっては子孫を残せない草臥《くたび》れ儲けの「お鳥よし」ということになる。そして、鳴き声は顕著で、「キョッキン・キョキョキョキョキョ」と聞こえるが、聴きようによっては「天辺かけたか」、「本尊かけたか」、「特許許可局」などと聞きなしする。どう聞こえるかは別にして、ウグイスに抱卵、育雛を委ねたホトトギスは響の良い美しい声で夏を謳歌しているのである。その代償であろう、其角の「あの声でトカゲ喰らうかホトトギス」の句に皮肉（教訓でもある）がこめられている。

ホトトギスを詠んだ和歌には、万葉集に多いとされ一五三首に登場すると文献にあるが、私が代表的な歌として大伴家持が詠んだ歌をあげれば、まずは一四七三番歌の「橘の花散る里の

霍公鳥　片恋しつつ鳴く日しぞ多き」である。これは、橘の花が散ってしまった里で「ホンソンカケタカ、ホンソンカケタカ」と鳴く日が多く、霍公鳥は妻も橘の花も散ってしまったことを懐かしんで鳴いているのだろう、と解釈できる。よく知られているもう一首は、四〇八四番歌の「暁に名告り鳴くなる時鳥　いやめづらしく思ほゆるかも」である。解釈すると、「暁の闇のなかで名を名告って鳴くのはきっと時鳥、その時鳥の鳴き声のように久し振りの便りで、あなたが一層懐かしく思われてならない」と言うような気持ちを表わしているようである。

一方、醍醐天皇の下命により、紀友則、紀貫之、壬生忠岑などが編纂した平安時代前期の勅撰和歌集である古今和歌集（全二〇巻）の巻第三は、夏の歌が収められている。本巻の全歌数は三四首と数少ないが、その大部分の二九首はホトトギスを詠んだ歌である。四月以来、オープンカレッジで受講した「講義録ノート」のなかから、印象深い歌を幾つか記しておきたい。

まず、巻第三の最初に収められている一三五番歌は、柿本人麻呂の作という説もあるが、詠み人知らずになっていて、ホトトギスの初音を待ち侘びる歌「わが屋戸の池の藤波咲きにけり山郭公いつか来鳴かむ」とある。わが家の庭先の池ほとりには藤の花が咲いているよ。山ホトトギスはいつここに来て鳴いてくれるだろうか、と解釈され早く来て鳴いてほしいという願いが込められている歌である。

次にホトトギスの鳴き声をどこで聴くか。その場所の違いを対照としていると分かる歌として一四一と一四二番を配列しているので記しておきたい。作は詠み人知らずだが、わが家で聴く歌として「けさ来鳴きいまだ旅なる郭公　花橘に宿はからなむ」は、講義ノートによると「今朝初めて来てくれた郭公は、まだ落ち着き先のない旅先で鳴いているようだが、静かな宿がほしいなら、わが家の庭に咲いた橘を借りてほしいものだ。」と解釈していて、ホトトギスへの「わが家を去らないで欲しい」という呼びかけと橘の花との組み合わせを軸においている。その対照として、紀友則が旅に出て、京都近郊の山科と大津の境にある逢坂山の自然の中で聴く郭公の鳴き声を詠んだとされる歌に「音羽山けさこえくれば郭公　こずゑはるかに今ぞ鳴くなる」がある。

次に恋歌に属すのだろうが、明治の俳人・正岡子規がホトトギス（子規）から俳号にしたとされる、激しい恋の歌を記しておきたい。一四八番歌に詠み人知らずの「思ひいづるときはの山の時鳥　韓紅のふりいでてぞ鳴く」がある。解釈すると、晩年の子規が結核で血を吐く思いで句を創作した姿を連想するのだが、「常盤山のホトトギスは、血を染め出すように真っ赤な血を吐いて声を絞り出して鳴くという。私があの恋を思い出す時には、声を絞って泣くように。」と言った具合になるから、何とも切ない失恋の未練が伺える歌である。

古今集を一四七番歌まで読み進んでいくと、『伊勢物語』四三段に収められている、恋人の浮気を風刺したような歌に接したので記しておく。そこには詠み人知らずで「時鳥汝が鳴く里

のあまたあれば　なほうとまれぬ思ふものから」とある。解釈すると、「ホトトギスよ、何しろおまえが鳴く里が多いものだから、やはり自然といやになるよ」と言うような具合である。伊勢物語では男がホトトギスの絵に添えて女に贈った歌である。

以上に記した和歌は、四月から母校のオープンカレッジで受講している古今和歌集巻第三から印象深い作品を記したものである。古の時代の何れの歌も、ホトトギスの「初音」を待ち侘びる叙情性の豊かな歌も目を引くが、恋しく会いたい人、離別した人、亡くした妻を偲ぶなど、ホトトギスの鳴き声を聴く人々の切ない思いが伝わってくる歌である。

さて、他方苦い思い出となる「目には青葉山ほととぎす初鰹」の初鰹と酒宴にまつわる話を記しておかないと片手落ちである。鰹は黒潮に乗って北上すると言われている。定住地域がどこかは知らないが、土佐の代表的な郷土料理は「鰹のたたき」と聞くので、四国沖をとおり渥美半島から御前崎につらなる遠州灘を越えて、伊豆半島を回って相模湾に入る。五・六月の青葉の茂る頃、脂が乗り切ったこの時期に捕れるはしりの鰹を「初鰹」と呼んだ。江戸時代には相模湾で捕獲されたものが鎌倉海岸から運ばれ、将軍に献上されたと聞けば庶民にとって鰹シーズンの開幕と言うことになる。しかし、どれほどの庶民が食することができたのであろうか。其角の句に「まな板に小判一枚初かつお」とあるように、現在の貨幣価値に換算すると一尾二〇万円になると言う説があるくらいだから、とても一般庶民の口に入る魚ではなかったのではないだろうか。

当時、鎌倉海岸から江戸に運ぶにあたっては、鰹の鮮度が落ちないように、運搬船用の「押送船」という櫓漕ぎ船で、足早に芝浦に運ばれ陸揚げされた、とある。その様子を表わす川柳に「初鰹むかでのような船にのり」とある。そして、その船の初鰹は吉原に運ばれ、千両箱三つ分の小判が散ったと言う話である。兎に角も、この時期の鰹は江戸っ子に人気のある魚で、「初物七五日」とあるように、初鰹を食べると寿命が七五日の延びると大変珍重され、諺には、「初鰹は女房を質に入れても食え」とある。このような初鰹の人気ぶりに皮肉を込めて、芭蕉は「鎌倉を生きて出ていけ初鰹」としたためた。

江戸時代の初鰹人気は大変なものだが、それ以前の時代はどうであったかについては、吉田兼好の『徒然草』に鰹の生食の始まりが記されているのを見ることができる。徒然草は、元徳二年一一月（一三三〇年）から翌年一〇月にかけて成立（執筆）したとされ、兼好四八歳の頃で今から約七百年前のことである。兼好は再三関東に下向し、鎌倉や金沢（文庫の称名寺）に足を運んでいて、相模国との縁は深く徒然草に記述がある。

徒然草一一九段には、鎌倉で捕獲されて水揚げされる鰹について簡単短文な記述があるので記しておくと、「鎌倉の海に、鰹といふ魚は、かの境には双なきものにて、このごろもてなすものなり。それも、鎌倉の年寄りの申し侍りしは、『この魚、己ら若かりし世までは、はかばかしき人の前へ出づること侍らざりき。頭は下部も食はず、切りて捨て侍りしものなり』と申しき。かやうの物も、世の末になれば、上ざままでも入り立つわざにこそ侍れ。」とある。(『徒然草』角川ソフィア文庫ビギナーズ・クラシックス　武田友宏著)

厳密な通釈はできないが、概ね「鎌倉の沖で捕れる鰹という魚は、近頃では大変美味しいとされ、もてはやされているようだ。ところが、鎌倉の老人が言うには、『この魚、わしらが若い時分までは、位のある方のお膳に出ることはなかった。その頭は、貧しい階級の者でさえ食さずに切り捨てたものだ』と語っている。こう言うものでも、時代が下ると上流階級まで入り込むと言うわけである」と言う意味合いであろう。ここから分かることは、この鰹は鰹節のことではなく、生食の鰹である。

つまり、この頃から生の刺身にして食う習慣ができたようで、高級魚として扱われた江戸時代以前の鎌倉時代まで遡ることができる。文庫本の著者・武田先生は、「鎌倉に武士文化が花開き、食習慣が変わってきたこと、食文化の変動に着目した兼好の視線も鮮度がよい」と解説している。また、後世になって鰹は、「勝つ男」の意を込めた縁起物ともなる。さらに神明造りの神社の屋根の鰹木は、天皇の権威の象徴だったとされている。鰹は、それだけ日本人と縁の深い魚なのである。

ところで冒頭において、三〇代に入った当時、勤務先社長宅の「初鰹を食べる会」にご招待頂いたことに触れ、それが懐かしくもある一方、苦い思い出でもあるとした。それと言うのは、上司共々三人ほどでお邪魔したのだが、普段のテーブルではなく、特別にリビングルームに毛氈を引き、円卓には大皿の初鰹のたたきを中心としたお料理が用意されていた。ビールをいただいた後、日本酒になったが徳利とお猪口である。かなり宴が進んだところ、私のお猪口がなくなっていることに気づいた。円卓の下、膝元を見たらお猪口が割れているではないか。円卓の下はカーペットが引いてあり、落下したとしても三〇〜四〇センチである。信じられないことだが、多分スーツの袖に絡んだのだろうが「とんでもない大失態」である。

大失態と言うのは、酒宴で用意された徳利とお猪口はセットものの陶器であり、有田焼「柿右衛門」の作で、奥様が桐の箱から出すところを見て知っていたからである。お猪口一つ欠けてもセットものとして価値が下がることは私にでも分かる。翌日、上司同伴で不始末をお詫びに伺ったが、台所で洗い物をされた奥様は「あら、そうなの。気が付かなかったわ。」と気にしないように、と言われた。私は、青葉の季節には毎年、相模湾地上がりの鰹が入ると、生姜とニンニク醤油で食するが、その度に三〇代のこの出来事を思い起こすのである。

（二〇一八年七月）

健康セミナーと不老長寿について

六月一一日、会津若松に出向いた。二年ぶりに高校の同級会の案内があり、そこにはＪＲ会津若松駅前から路線バスで会津の奥座敷である東山温泉「くつろぎの宿　新滝」に午後三時集合とあった。六時過ぎになる宴会を考えると三時集合は早過ぎると思われた。民謡磐梯山にでてくる小原庄助が愛した温泉とはいえ、時間を潰すだけの長湯ができるものではない。時間に余裕があったので、駅前ロータリーから、野口英世が東京留学前の青春時代を過ごした、「野口英世青春通り」まで歩き、帰省の際に立ち寄る古風な喫茶店「壱番館」で時間を調整し、一五分遅れで会場ホテルに到着した。

受付で分かったことだが、集合時間を三時にしたのは、健康セミナー「元気に喜寿を迎えるために」の企画があって、もう始まっているので四階の会場に行くようにと案内された。

この企画を見落としたのは、同級会の出欠を問う案内に記載されていたにも拘わらず、日付と場所だけを確認して返事を出し、切符を手配しておしまいと言う私のいい加減な性癖が直っていない証拠である。

セミナーの講師は、医者や看護師、栄養士でもない、同級会代表幹事でお世話になっている地元喜多方在住の五十嵐将介さんである。彼も既に完全リタイヤしているが、この分野の専門知識を学び資格を取得し、高齢者の集まるところに出向いて講演を行っている、とのことであった。無論ボランティア活動である。大変素晴らしいことで、この企画に感謝である。

ところで、セミナーのテーマである「元気で喜寿を迎えるために」としたのは、毎回、宴会の前に訃報の報告があり黙禱を捧げるのだが、昭和三九年三月卒業級友一五〇名のうち、連絡の取れない不明者一〇名、痛恨の極みである鬼籍に入った級友が三七名と毎回少しずつ増えていて、かつ参加者が健康状態を理由に毎回減少傾向にあると言うから、まずは健康第一を考えてのテーマ設定だったのであろう。そして、地元の幹事たちは、次回の同級会開催は七七歳の喜寿を迎える三年後にする、としているのだろうと邪推した。毎回のことだが、宴会と部屋を変えた二次会では、青春時代を懐古する話題よりは、互いの健康状態の確認と入院経験のある友はその経験談になる。

今回のセミナーで有益だったことは、免疫力をどう高めるかの原則とその実現のための習慣を知見したことである。何十年来人間ドックを受けているが、終了後の面接で毎回決まって暴飲暴食の抑制と適度な運動によって減量することを勧められる。その意味では、具体的な提案ではないにしても病気予防の免疫力を高める原則が理解でき、具体策は自ら考えることができる。講師の将介さんが用意してくれたレジメからその骨格を備忘録しておくと、免疫力を高める三つの原則は、第一に鼻呼吸に徹すること、口呼吸は諸病の元凶である。第二はよく言われていることだが、よく噛むことである。その効用は栄養呼吸巾を高めミトコンドリア活性化に繋がり、病気の予防に多大な影響を及ぼすとしている。第三の原則は、身体を冷やさないことである。腹、肌、肺を冷やすことは腸内環境が乱れ、新陳代謝不全と細胞汚染に繋がると言う。そして、この原則を具現化するための四つの習慣を列挙すると、上向きに寝ること、年相応の運動を励行すること、太陽の光を浴びること、これは前述した人体エネルギーの源泉であるミトコンドリアは、太陽の光を必要としているからである。

最後に最も大切なことは、多くの病気の元凶とも言える心のストレッサーを消去するため、「積極的な心・肯定の心で生きること」であるとした。つまり、講師の結論はタイムオーバーして聞けなかったが、配布されたレジメの最後に記してあったように、お互いに「温かい心・真・善・美を愛する心」を持って生きてゆこうではないか、と言う提言のように得心した。そして、当面の節目としての目標は喜寿だろうが、傘寿、米寿を元気で迎えられるように、お互いに頑張ろうとの決意を醸成するに余りあるセミナーであった。個人的にも当面の目標を三年後の「元気で喜寿を迎える」とすることに異存はなく望むところである。しかし、これを「平均寿命を全うしよう」とするのであれば、否定するものではないにしても一考を要するであろう。

厚生労働省の発表（七月三一日の朝刊）によると、日本人の平均寿命は毎年僅かずつではあるが延びているとしている。平成三〇年の日本人の平均寿命は、女性が八七歳、男性が八一歳で過去最高値を示した。主な国・地域の平均寿命は、男女とも香港が第一位、日本女性は四年連続で二位、男性は三位である。仮に平均寿命を迎えられるとすれば、家人は一二年、私は七年の余命がある勘定である。しかし、この余命には落とし穴があることを忘れてはならない。「健康寿命」という概念である。つまり、介護を受けたり、寝たきりになったりすることなく生活できるのが健康寿命のことであり、平成二八年では男性が七二歳、女性は七四歳だったとしている。あくまでも平均の話ではあるが、平均寿命と健康寿命の差は男性が九年、女性に至っては一三年に及んでおり、老人ホームや医療機関か在宅介護を受けているのが実態なのである。このことを考えると、平均寿命が延びるのは結構な話ではあるが、健康寿命が追従して伸びなければ手放しで喜べるものではない。

今回の同級会セミナーは、幾つかの持病を持つ自らの健康問題やまだ着手していない終活問題など改めて考える機会を得ることになった。そして、何の役には立たないものの、古から伝わる「不老長寿の方法」と一方では「長寿欲への戒め」を思い起こしたので、一隅閑話として備忘録としておきたい。

まず中国古代の権力者を取りあげると、最古の王朝で、その贅を「酒池肉林」の語源とされた暴君、殷の紂王や古代統一帝国の創始者である秦の始皇帝、巨万の富により物資欲と名誉欲を手中にした彼らが最後に求めたのは不老不死であった。莫大な財と労働力を費やした帝陵や万里の長城をも築いたが、不老不死は叶わなかった。徐福は始皇帝の命により不老不死の薬を求めて日本にやってきたが、『八丈記』（都指定重要文化財）によれば、八丈島に訪れて地を開いたとされるものの、彼が捜し求めた仙薬は滋養に富んだ、セリ科の多年草の明日葉《あしたば》ではなかったかと伝わっている。今日では食卓に出る健康食材である。

さらに中国の古典文学から不老不死を追究すると、『西遊記』に見られる。日本においては、翻訳本はもとより、ドラマやアニメ化されているので多くの人々が目に触れているだろう。私も例外ではない。しかし、本題の「不老長寿」に関するストーリーに触れた記憶がない。または忘却して憶えていない。この西遊記に「不老長寿」に関する物語があることを私が知見したのは、大英博物館で版画・素描部門副部長のフランシス・ケアリーの著書『図説　樹木の文化史』（小川紹子訳・柊風舎）によってである。新聞広告で知り興味本位で注文して手に入れて、長い間「積ん読《つどく》」状態にあった。今年の正月、何気なくこの書籍のページを開いたら、偶然にも赤子の実がなる樹木の版画に目が留まったのである。その樹木は「草還丹」またの名を「人参果」と言う、中国らしく誇大妄想でスケールの大きな不老長寿を齎す果実なのである。

一五九〇年代に呉承恩によって書かれた、実に不思議で奇妙な「生命の樹」は、明時代の小説『西遊記』に登場する。この物語は、三蔵法師が孫悟空・猪八戒・沙悟浄を従えて、巡礼若しくはインドから経典を中国に持ち帰るために出かけた旅に基づくもので、生命の樹を発見したのは万寿山の山中でのことである。物語のあらすじを簡単に記しておきたい。

万寿山の山中には五荘観という道観（道教の寺院）があり、道号を鎮元子という偉い仙人が住んでいた。この道観では、霊性を帯びた世にも不思議な植物で、珍しい宝物がとれる。草還丹または人参果と呼ばれる実がなるこの樹木は、三千年に一度だけ花が咲き、三千年に一回だけ実をつけ、その実は三千年経ってやっと熟すとされることから、ほぼ一万年かかってやっと食べられるのである。しかもその一万年の間に、たった三〇個だけ実をつけると言うとんでもない果物だったのである。実の形は、生まれて三日もたたない赤ん坊そっくりで手足もあり、五官も揃っている。もし、縁があってこの果物の匂いを少しでも嗅ぐことができれば、その人は三六〇歳まで生きられる。また、一個まるまる食べたなら、四万七〇〇〇年も生きられるもので、正しく不老長寿ならぬ不老不死の実なのである。特別な客人として三蔵法師は迎えられ、その人参果を二つ差し出されるが、法師は「赤ん坊」が仙樹の実であることを理解できず、人肉を勧められていると思って震え上がってしまうと言うストーリーである。従って三蔵法師は食べず仕舞いだった。

一方、日本においては、海の向こうにあると信じた「常世《とこよ》の国」は不老不死の理想郷、今流ではユートピアとされ、古事記には次のような記述がある。手元にある『古事記』（池澤夏樹訳・日本文学全集第一巻・河出書房新社）によると、第一一代垂仁天皇は、田道間守（タヂマモリ・多遅摩毛理）を常世の国に遣わして、「非時香菓・トキジクノカク」の実を取って来るように命じたとある。この「非時」とは、時を定めずのことで、「いつでも香りを放つ木の実」を指すと解釈されている。田道間守がその国まで行って、その木を見つけ、枝ごと折って葉のついたままの橘を八個、実を串に刺したままのものを八個採って戻る間に、天皇は亡くなってしまった。田道間守はそれぞれの橘を半分に分け、一方を皇后に贈り、もう一方の四個分を天皇の御陵の入り口に捧げて、「常世の国のトキジクノカクの実を持ち帰りました」と言って、哭き叫ぶあまり、遂に死んでしまった。このトキジクノカクの実とは、今言うところの橘であり、キシュウミカンとも言われる。このように、垂仁天皇は不老不死の霊薬とされるトキジクノカクを食することなく亡くなってしまった。しかし古事記の記述によると、この天皇は一五三歳でみまかり、御陵は菅野の御立野にある、としている。

戦国時代でみると、平均寿命が四〇歳程度とされる時代に、光秀の謀叛によって死を遂げた信長は例外としても、信玄や秀吉、政宗ら多くの武将が五〇～六〇歳で、平均寿命よりは長寿である。とくに家康は突出していて、七五歳の寿命を全うしていて多くの子供を残している。

家康の健康法は、運動面では鷹狩りに精を出したこと、さらに家康は自ら中国の薬学書を研究して調合し自ら服用していたとされる。その基本となる薬が「八味地黄丸」に「海狗腎《かいくじん》」を加えた処方を愛用していたと言われる。因みに気になる「海狗腎」とは、一雄多雌のハレムをつくる膃肭臍《おっとせい》のペニスと睾丸を原料とするものである。なお「八味地黄丸」は、現代においても、漢方薬として腎虚の薬として処方されている。今日においては、不老長寿は権力者のみならず一庶民までが求めるようになり、若さを保つ薬品やサプリメントは世に溢れているので、自己満足の効用はあるのだろう。

閑話休題。最後に、忘れてならないことは、平均寿命に達していない我が同志たちに必要なことは、「平均寿命」と「健康寿命」のギャップを如何に縮小するかである。そこで思い起こしたのが、吉田兼好の「徒然草の七段」に記してある長寿への警鐘を表わした一文である。私は徒然草の二四三段からなる高説を人生の教訓に思っており、思い出しては読んでいるが、概略して以下に記しておきたい。

『徒然草七段』―略― 命あるもので人間ほど長寿な生き物はない。蜻蛉は朝に生まれて夕方には死に、蟬のように夏だけ生きて春秋の季節の美しさを知らない生物もいる。それに比較すれば、人間は心安らかに一年間を送れるだけをとってみても、何と長閑な話ではないだろうか。

―略―

どうせ、永遠に住むことができないこの世に、醜い姿になるまで生きて何になるだろうか。長生きすると恥をかくことも多くなる。長くとも四〇そこそこで死ぬのが無難ということであろう。

さらに続けて兼好法師は、年老いた人生の有り様を「そのほど過ぎぬれば、かたちを恥ずる心もなく、人に出で交じらはむことを思ひ、夕べの陽に子孫を愛して栄ゆく末を見むまで命をあらまし、ひたすら世をむさぼる心のみ深く、もののあはれも知らずなりゆくなむ、あさましき。」と結論づけるのである。要すれば、兼好法師が理想とする人生四〇年を過ぎると、容貌の衰えを恥じる心もなくなり、平気で人前に出て社交的に振る舞おうとする。太陽が沈むような老齢の身で子や孫を溺愛し、その繁栄を見届けたいとするような長寿を望み、世俗の欲望ばかりが強くなり、自然や人生の営みの深い感動の味わいも分からなくなって、生きていくのは何とも救いがたいと思う、と言うように単なる齢を重ねるだけの長寿への警鐘を鳴らしているのである。

古希を迎えてからこの秋には四年経過するが、この七段を私的な思いから現代的に解釈すれば、肉体的な若さによる長寿よりも精神的な若さを失うことが、如何に見苦しいか、恐ろしいかを指摘しているもので、心身が老化することによって、恥じる心を失い、本能を抑制できなくなることへの嘆きである。しっかりと心しておかなければならない。

備忘録として記しておくと、吉田兼好が『徒然草』を記したのは、元徳（一三三〇年）二年一一月から元弘元年一〇月にかけてとされ、兼好法師は四八歳である。人間の寿命を蜻蛉や蝉と比較されても困るが、この時代の平均寿命はおよそ三〇歳と推測されており、文中に「長くとも四十に足らぬほどにて死なむこそあやすかるべけれ」と四〇そこそこで死ぬのが理想的だとしている。当時は四〇歳になると「四〇の賀」という長寿のお祝い事をしていたと文献にある。そして、法師は自分が理想とした死期より三〇年長い、徒然草を執筆してから二二年後の文和（一三五二年）元年、七〇歳で没したとされ長寿であった。

今回の同級会は、二年ぶりに級友に会えたことの嬉しさもあったが、三年後に再会できるような健康問題を真面目に考える機会を得たことは何よりの収穫であった。そして、忘れてならないことは、「温かい心・真・善・美を愛する心」をもって生きていこうと言う、フレームを知見したことである。そして、心を新たにしたことは、一日一善、些細なことでよい、ひとつのことでもよい、自然と自分にできることで、他人が嬉しくなるような、喜んで貰えるようなことを実践できるように心掛けたい、と言う思いを強くしたことである。

（二〇一九年七月）

憎らしいものと不快感を抱くもの

吉田兼好の随筆『徒然草』序段の書き出しである「つれづれなるままに～」は、「つくづくと物思いにふけること、なすこともなくさびしいさま、することもなく退屈なさま」と言った意味合いである。昨年の暮れに、作家・酒井順子さん訳の『枕草子』（日本文学全集七巻・河出書房新社）が届いた際に、この作品の特徴の一つである類聚（集）的章段に興味をもったので、それこそ「つれづれなるままに」に任せて、全作品のなかに、その分類に入る作品（段）が如何ほどあるのかを数えたことがあった。

枕草子は、一段から三一九段からなる。さらに、後世になって編纂から落ちこぼれた段があることが分かった。それを「一本」と称されるが、それを分類して二九段にしている。私がつれづれに任せて、類聚的章段としてカウントした作品は、正確性に自信はないものの、本段三一九作品（段）中、一四四作品（段）、一本二九作品（段）中、二二作品である。つまり、本段と一本を合わせた全三四八段中、約半分に近い一六六段が類聚的章段に属する作品であることが分かった。

これら類聚的章段に区分される作品には、その対象が「さまざまな人たち（人間）、動物、植物、昆虫、害虫などの生き物」から人間の性格、性癖、仕草、家の慣習や習慣など多岐にわたっている。そして、その対象を「美しいもの、好ましいもの、嫌いなもの、醜いもの、憎らしいもの」などと言った、事物の性質や状態、心情などを表わす形容語（詞）を、書き出しのタイトルとして、それに類聚する具体的な事項を採り上げて、誰に憚ることなくストレートかつ繊細に評価している。約千年前の女性の幅広く高い教養に基づいて、遠慮のないはっきりとした自分の考えを展開していることは驚きである。つまり、彼女の世界観に現代の我々が共鳴できると言うことは、物の捉え方や受け止め方と言った思想文化が悠久の時を経ても脈々と継承されている証であろう。酒井さんの切れの良い訳も手伝ってのことか、読んでいて痛快である。それらの作品のなかで、興味と納得し感心した項目を備忘録しておきたい。

まず、四三段には、「虫は鈴虫。」とあり、続けて蜩、蝶、松虫、こおろぎ、きりぎりす、蛍が類聚してある。これらは、蝶の可愛さと虫の鳴き声に風情があることから、彼女が好む昆虫であることは容易に想像できる。そのなかにあって、同情（?）している昆虫にみの虫の記述がある。広辞苑によると、みの虫はミノガ科のガの幼虫。樹木の枝や葉を糸で綴ってその中に潜み、蓑を負うような形をしている。袋の中で蛹になり、次いで成虫となる。袋は丈夫で財布などの材料とした。加えて、鬼の捨て子、鬼の子として枕草子四三段を例言としている。彼女の「みの虫感」は、「みの虫はとても可哀そうである。鬼が生んだ子ということなので、『自分に似てこの子も恐ろしい心を持っているのだろう』と親が粗末な着物を着せ、『もうすぐ、秋風が吹く頃にはまた来るから待っておいで』と言い残して逃げて行ったのも知らず、音で秋風を知る八月になると『ちちよ、ちちよ』と弱々しく鳴くのがしんみりするものです。」としている。酒井さんの現代語訳の見事さもさることながら清少納言の観察力、感受性、創作力は演劇のような表現力で、ほとほと得心する。

さらに七五段では、「めったにないもの」として、理由を付さず類聚しているのは、「姑に褒められた婿。また姑に可愛がられた嫁。主人の悪口を言わない従者。全く癖のない人。容姿も性格も態度も優れていて生涯に少しも過ちの無い人。男女のことは触れないでおくが、女同士にしても、いくら深く付き合っていても、最後まで仲の良い人はめったにいない。」としていて、千年を経た今日においても悠久として変わるものではないことに、改めて驚くのである。

ところで、類聚的章段に関心があったので、約一六〇ある章段を先行して読了した。そこで新たに生まれた関心は、各章段のなかで「類聚事項の数」である。調べて見ると、類聚の最も少ない章段は六八段の「歌集は万葉集。古今集。」である。これに対して、最大に類聚事項が採り上げられているのは、一二五段の「興ざめするもの」として、「昼に吠えている犬。春まで残っている網代。牛に死なれた牛飼い。火がおきていない火鉢や囲炉裏。女の子ばかり生まれる博士の家。」など二四項目に及んでいる。

そのなかでも、彼女の私生活ではないと思われるが、「思う人を待つ女の家で、夜が少し更けてからそっと門を叩く音が。胸がわずかに高鳴り、人をやって尋ねさせると、待ち人とは別のどうでもいい男が名乗ってくるというのも、まったく興ざめを通り越しているというものです。」としている。同様に、「とても眠いと思っているのに、それほど好きでもない人が揺り起こしてきて、無理に話しかけてくるのは、本当にうんざり。」としていて面白く、同情を禁じ得ない話としては頷けるものである。

次に類聚の項目の多い章段は、二八段の「憎らしいもの」で集められたもので二三項目ある。この「憎らしいもの」の類聚には、「憎く思われるようなさま、気に入らない、可愛げがない、腹立たしいなど」と言った視点から同じ種類を挙げていて、反語的に「憎しみを感じるほど優れているさま」という、怨みや妬みの事柄の例はない。憎らしい例を列挙すれば、「急いでいる時に来て長話をするお客。たいしたことない人がやけににこにこしてペラペラ話している者。話を聞こうと思っているときに泣き出す赤ん坊。おしゃべりをしている時にでしゃばって自分一人で話を先に進めてしまう人。開けて出入りする戸を閉めない人。」など今日においても同様なお人や場面には直面する。

また、小動物では「烏が集まって飛び交い騒がしく鳴いているの。こっそり忍んで来る人を知っていて吠える犬。声を合わせて長々と遠吠えをする犬は不吉な感じすらして憎らしい。」としている。さらに、人間にとっての害虫では、「蚤も、本当に憎らしいもの。着物の下で踊り回って、着物を持ち上げるかのようにするのです。」さらに「眠くて横になっているところに、蚊が小さな情けない音で到来を告げ、顔の近くを飛び回るの。羽風さえ、蚊に相応にあるのが、本当に憎らしい。」とあり、今でこそこの害虫に困ることはなくなったが、先の大戦直後生まれの私にとっては、何れも体験したことなので理解できる現象である。宮廷の局住まいにしても、千年前の女房殿たちにとっては深刻な問題で、嘸《さぞ》かし憎かったことだろう。

とりあえず類聚的章段だけを読み終えた。そして、前述した二八段の「憎らしいもの」を拡大解釈して「気に食わないもの→不快感を抱くもの」として、つれづれなるままに、私個人の思いで類聚項目を考えてみたら、結構な数が頭に浮かんだ。枕草子と同じ形式で記すのは恐れ多いことだが、老人の戯言として許容して頂き、その幾つかを閑話として備忘録しておきたい。以下に示す類聚は、「自分の気持ちの有り様に合わず不満である。語気を強めれば、反感がつのって、些か憎らしく不快感を抱くものである。」と言うほどの意味合いである。

不快感を抱くもの。

品格の無い国会議員。

与野党による予算委員会などの国会審議は、党派によって主義・主張が違うのだから、激しく議論するのは結構なことだが、時々追及する側から人権を無視した耳を疑うような罵倒や誹謗中傷の暴言が飛び出し、国会や議員の品位品格のカケラもないように感じることがある。これは美しい言葉遣いを求めているのではなく、キタナイ言葉は使わないでほしいと言うことである。本人は「答弁者の大臣を遣り込めた。」と得意になっているが、品のない言葉を発すると、その人の顔付きまで醜くなることを知るべきである。あれでは、支持率の向上に期待を持てないどころか不快感を通り越して、政権交代ができそうもない失望感だけが残る。

付言するまでもなく、品格ある人とは「徳」が備わっている人のことで、「他人に思い遣りをもつ仁、正義の心をもって正しい行いをする義、豊かな心を示し感謝の心をもつ礼、優れた知恵と知識を重んじ公正な判断をする智、他人を信じ他人から信頼される信」という「五常の徳」が身についていなければならない。国会議員であれば、資格要件として第一に挙げられるべきである。この資格要件が欠如している行為（謝罪の記者会見で「不徳の致すところ」と釈明）が発覚すれば、本人はもとより選んだ民にも責任はある。

不遜なアナウンサーや司会者。

ＮＨＫや民放を問わず、学歴や教養の高いアナウンサーに不遜を付けること自体、私自身が不遜であることは承知している。テレビで、政治討論会や選挙速報などを見ていて感じることだが、かなりベテラン司会者やアナウンサーが、例えば総理大臣や国務大臣に対して、「安倍さん、この結果をどう思いますか」と言うように、各放送局を問わず、大臣を「さん」付けで問いかけている。ここはやはり名字に「さん」を付ければ良いと言うものではなく、名字を略しても「総理！か大臣、この結果をどう思われますか」が礼儀というものでしょう。さらに、政治家に限らず、ノーベル賞を受賞されてから何年も経過はしていたが、現役の学者先生に「さん」付けで話かけられたときは不快感を通り越し、不遜な態度に怒りを覚えた。

また、民放に思想的な特色があるのは分かるが、討論会における司会者の役割は、参加者の議論を整理し結論を導く交通整理役なのに、与野党どちらかの意見と同じであったとしても、自分の意見を押し付ける不遜な司会者には、強い不快感を持つに至った。さらには逆のケースで、料理番組の料理人を、お化粧講座で美容師を「先生」と呼ぶ女子アナを見かけたときは、不快感ではなく、笑ってしまいました。私の場合は、ビジネス現役中に関わり合いを持たせて頂いた大学教授、医師、弁護士、公認会計士、税理士の方々には「先生」の敬称でお付き合いをいただいてきた。また、義理で出席したパーティで政治家にもお会いしたが、私はある程度の齢に達しており、彼らの教え子ではないので、「先生」の敬称は使わなかった。これは、些か不遜と思われるかも知れないが、私の常識としているところである。

また、天気予報のコーナーで、天気予報士の「夕方から夜にかけて雨模様になります」に対して、ベテラン女子アナが「あら私、傘を持ってこなかったわ」などと公共電波でプライベートなことを話し出した時には、驚愕の極みであった。これに類したことは結構あって、「あなたのことなど誰も聞きたくねーヨ」と叫んでしまう。

総理夫人として相応しくない人。

予算委員会では、本来の国家予算の議論ができず、「森友問題」で大事な時間を無駄遣いしている。二〇一六年六月、学校法人「森友学園」に豊中市の国有地を払い下げられた。不動産鑑定士が鑑定した評価額は、九億五〇〇〇万円である。驚いたことに、これに対して近畿財務局が出した払い下げ価格は、八億円値引きの一億三四〇〇万円であった。問題になったのは値引きの額もさることながら、学園理事長が価格交渉で「総理夫妻と親しい」ことをちらつかせたこと、さらには学校名を安倍晋三記念小学校に、名誉校長を総理夫人にお願いしてあると発表したことから、首相夫妻の影響があったのではないかの疑惑が浮上したのである。つまり、近畿財務局の役人に忖度が働いた値引きではなかったかの疑問である。

私は、首相がこの国にとってふさわしい人物かどうかの判断基準は、「奥様が総理夫人（トップレディ）として相応しいかどうか」で決まる、つまり国民が総理候補者の奥様の品定めによって決定するとした（『備忘録集Ⅳ　春風に凭れて』に収録）。その視点から評価させていただければ、大いなる不満であり、奥様が介入したことが事実とすれば、不愉快極まりない。夫人の行動次第では、先々、この政権が掲げている憲法改正の高い志を半ばにして倒れる可能性だってあるのではないかと思う。

ルールを守らない人。

朝の散歩から帰る際、自宅に近いコンビニで飲み物を求めて喉を潤すことがある。その際に遭遇することだが、出勤途上と思われる紳士的な三〇代のビジネスマンが、お店に立ち寄らず持参した缶や生ゴミをコンビニの出入口に設置してあるゴミ箱に押し込んで捨てる姿を見かけた。この人だけではなく結構多いらしい。この人の住む町内会には、ゴミを出す場所と容器は自治会で、分別したゴミの回収曜日は市役所から年間計画が配布されているはずである。このようなルールを守らない人を見るに付け、強い不快感を抱くものである。また、回覧板や自治会費集金の当番が面倒で、自治会への入会を拒否する世帯もあると言うが驚きである。不快になるこれらの情報は、毎日が日曜日になって知るに至った。

常識のないタレント。

先日閑に任せて、テレビを点けると二世タレントがお笑い番組に出ていて、簡単なクイズや家庭での親子関係などの質問の受け答えをしていた。二十歳前とは言え、常識がなく、世の中の動きを知らず、さらに決定的なことは、親のことを話すのに「うちのパパ、うちのママ」と呼んでいたことには驚愕を覚えた。この二世タレントのレベルがこの世代の全てを代表しているわけではないにしても、権利と義務が一体化していない「選挙権を一八歳から与える法案」を思い起こしたら、権利だけを付与する理由が益々分からなくなり、不快さを通り越してテレビを消してしまった。

以上は、思い付いたままに、私個人の「不快感を抱くもの」として、類聚する事項を採り上げたが、改めて思い起こして見ると他にもある。列挙すると、ツアーに参加して遭遇することでは、「寺院で並んでいる入場順番を守れない中国人観光客」、「約束したバス集合時間に二〇分も遅れ、添乗員にしか謝らない参加者」、「ディナーで料理が出される毎にスマホのシャッターを切る臨席のカップル」、さらに、社会を見渡すと、「創業者として巨大企業を成したのに、CSRに欠けるオーナー経営者」、「脱税者」などは、不快感を通り越して軽蔑するに至る。

閑話休題。日数はかかったが枕草子を完読した。途中で気になることで思い出したことは、約千年前の同じ時代に、それも一条天皇の中宮の女房として宮廷住まいをしていた、清少納言と紫式部は面識や交流はあったかどうかと言うことである。今回の読書を通して、清少納言が紫式部をどう見ていたかは、想像することはできたので、備忘録として追加しておきたい。

一条天皇の中宮定子の父である藤原道隆は、関白職にあったが、その栄華は長く続かず、長徳元年（九九五年）に四三歳の若さで亡くなると、関白職は弟の道兼に、続いて道兼も亡くなるとその弟の道長の天下になる。道長は「月の満ち欠け以外は、全て意のままになる」と豪語して「この世をばわが世とぞ思ふ望月の欠けたることもなしと思へば」と詠んだとおり、絶大な権勢を打ち立てた。定子の一門は、兄弟が花山上皇に対する不敬の罪で左遷されるなど没落していくが、一条帝の定子への寵愛は衰えることなく、次々と子を生した。そして、定子の男児誕生の日に、道長は娘の彰子を一条天皇に入内させたのである。暫くした後、彰子が中宮に、定子が皇后という異例の事態になった。その中宮彰子の女房として仕えたのが源氏物語を書いた紫式部である。彰子が中宮についた暮に、すでに身籠っていた定子皇后が第三子を出産した後二四歳で他界するまでは、清少納言が女房として仕えていたわけで、宮廷で紫式部と清少納言の出会いのなかったはずはない。しかし、枕草子に紫式部に関する記述は見当たらない。才気煥発と当意即妙を併せ持つ二人なので、普通に考えれば、ライバル意識は異常に高く、仲良くなれるはずがないと想像する。それは、枕草子には、紫式部の夫の悪口を記しているし、一方の紫式部も『紫式部日記』に清少納言を酷評していることから明らかである。これは、謂わば定子と彰子の中宮を巡る女房役としての代理戦争のようなものとも言えないだろうか。

枕草子一一九段は類聚的章段で、「しみじみするもの」を採り上げ、「親孝行な人。卵を抱く鶏。山里の雪。など」を列挙している。そのなかに吉野山の金峯山蔵王権現を詣でるための御嶽精進している身分の高い若者を「しみじみするもの」としていて、偉い方とは言っても、ひたすら質素な格好で参詣するのが作法だとしている。

本文を続けると、これに対して右衛門の佐の藤原宣孝という人が曰くには、「つまらないたとえ。ただ清い着物でさえあれば、質素でなくてもよかろうに。まさか、絶対に粗末にして詣でよとは、御嶽の蔵王権現様も決しておっしゃるまいよ」と言うことで、とても濃い紫の指貫に白い狩衣、山吹色のひどく大げさな衣など豪華な衣を着て、息子の隆光にも同様な豪華な衣を着せて、ぞろぞろと参詣した。これを見た帰る人も、これから参詣する人も珍しがり「およそ昔から、この山で、こんな格好の人は見たことがない」と仰天し呆れていた、と記しているのである。この藤原宣孝こそが紫式部の夫なのである。枕草子では、その他にも、「歌の詠み合わせの会で歌が思いつかずに冷や汗をだらだらと掻いていて情けない男」として綴っている。これらは、明らかに清少納言の紫式部に対する当て付けである。

一方、ネットや文庫本で知見したことだが、枕草子で「夫の悪口」を綴ったことを知った紫式部は、それに対抗するに及んだ。そして、彼女の不平不満が多く記されていると評される『紫式部日記』(角川ソフィア文庫・山本淳子訳)には、紫式部の清少納言に対する評価は相当に辛辣なものである。訳文の概略を示すと、「清少納言は偉そうにしていて定子に仕えている人。頭が良さそうな風をして漢字を書きまくっているけど、よく見たら幼稚な間違いもしている。男の前では、少し頭が悪いような感じに振る舞った方がいいのに。」と綴っている。学者先生によると、当時の男性貴族にとって漢文や漢詩は教養そのもので、清少納言のように女性が通じている（枕草子の随所に見られる）のは稀有なことであったとしている。

日記を続けると、「彼女は、『私なら知っていると得意気にしているのを見ると腹が立って仕方がない』、自分は皆とは違う特別だと思っているかも知れないけれど、そんな人に限って、偽の教養しかないものなの。いつも気取っていて、あのような薄っぺらな態度をとるような人が、思い残すことがない人生を送ることができるだろうか。送れるはずがない。」としていて、かなりの酷評である。

以上のように、些か紫式部VS清少納言になった感は歪めないが、勝ち負けの勝負はさておき、二人とも中宮の女房であったように、お互いの立場や文学の才能など共通する分野が多かったこともあり、自意識過剰になって自然にライバル意識が生まれて、お互いのことをよく思わなかったようである。

後世の学者に、才気煥発、当意即妙と謳われた清少納言は、一〇歳程年下の定子の人柄に夢中になり、敬愛し、役に立つ喜びを知り、いつも定子のそばにいて自らの教養と応答の才能で高い評判を得て幸せな日々を送っていた。その喜びと定子からの強い信頼、絶対的な自らの自信が『枕草子』のエッセーに表現されているようである。難産で亡くなった定子を看取り宮中を去ることになり、その後は二度目の夫（枕草子には登場しない藤原棟世）が暮らす摂津国に向かったそうである。そして、一条天皇の後継となったのは、六七代三条天皇を経て、女房として仕えた定子の子・敦康親王ではなく、道長の子・彰子が生した第二皇子敦成親王が六八代後一条天皇に、第三皇子敦良親王が六九代後朱雀天皇であった。関白・藤原道長の権勢の凄さを感じる。

（二〇一七年三月）

兼好法師の無常迅速について

吉田兼好が徒然草の執筆に着手したのは、兼好書籍の年譜によると、元徳二年（一三三〇年）の一一月で、翌年の一〇月にかけて成立したと推測されている。『徒然草』は、『枕草子』や『方丈記』に並ぶ名随筆の一つとされ、私の中学時代のテストには「日本三大随筆をあげ、作者名を書きなさい」と言うような出題があった記憶がある。先日、隣家の中学二年の孫娘が来て、テーブルに置いてあった文庫本を見つけて「ジイジも徒然草を読んでいるんだ！」と言っていたので、今日に至っても中学生の教材として教えていることが判明した。そして、今も徒然草の愛読者の層は広く厚いとされる。

しかし、歴史を遡ると兼好の生前はもとより、死後に至っても、なお一部の知識人の目に留まっただけで、本格的なブームを呼んだのは、江戸時代に入ってからである、とする説がある。私は普段、愛読書として手元に置く『徒然草』は、「角川ソフィア文庫・武田友宏著」と「講談社学術文庫・三木紀人著」他であるが、武田さんの説によると、江戸時代に入り文学が漸く民衆の手で制作されるようになると、この作品のもつ合理的な思考や豊かな感受性が高く評価され、「日本の論語」とまで賞賛されて嫁入り道具の一つになるほどになった、と記している。

ところで、徒然草の思想の中心は、「無常観」であることは論を俟たない。そして、序段より二四三段からなる文章のなかで、兼好法師の無常観は各段の随所に見られるが、近年の私はとくに、顕著に表れている一五五段の「無常は迅速であること」に最も関心が深く、繰り返しては読み、そして考え、法師が無常をどのように克服したか（心穏やかに受け入れられるか）を追求しているのである。世の無常のなかで、どう自分らしく生き抜くかの追及は、永遠の課題かもしれない。改めて、武田友宏さんらの通釈を参考に、自己流ではあるが文章化し、改めて兼好の無常観を認識して備忘録とする。

この段の序論とでも言うべき書き出しには、「世に従はむ人は、まず機嫌を知るべし。」とある。世の動向、世の中の動きを捉え、それにうまく合わせるようにするには、何と言ってもタイミングを見逃してはならない、ということだろう。続けて口語訳すると、「世の動きに対する順序が悪いと、世間様は耳を貸さないし、気持ちもかみ合わず、やることなすことがうまくいかない。何事にも相応しいタイミングと言うことがあることを、肝に銘じておく必要がある。如何ともし難いことは、出産や発病や死亡だけは、その時期を予測することができず、事の運びの順序が悪いからと言って、引き延ばすことも中止にすることもできない。この世では、諸行無常の如く、万物が生じ、存続し、変化し、やがて必ず滅びる、と言う四つの現象が絶えず移り変わるが、この真実の大事はまるで溢れるばかり激流のようである。一瞬たりとも止まることなく、この大事は実現・直進していくのである。従って、自分が必ずやり遂げたい目指すものがある場合は、時機をとやかく言う余裕はない。あれこれと準備する時間を取ったり、途中で休んだりするようなことは論外である。」とある。

この序論から得られる教訓は、人間世界では、世の動きに対して何事もタイミングよく対応することが肝要である、と言われている。その一方では、生老病死のように、我々の力ではどうにもならないものがある。如何なる人間も、この不可抗力には逆らうことはできず、心身を委ねることしかなく、それをどのように受け止められるかが問題だとしている。

中段の書き出しには、「春暮れてのち夏になり、夏果てて秋の来るにはあらず。」とある。これは、春・夏・秋・冬への変化においても、春が終わって、その後で夏になり、夏が終わって、その後で秋が来るのではない。つまり、春夏秋冬の四季は、それぞれが独立分離しているのではない、と言うことである。解釈を続けると「春のままの状態から夏の気配が感じられてくる。兆しがある、と言うことである。夏の中に秋はすでに入り込んでおり、秋は秋のままで冬の寒さを迎え、初冬の一〇月は、まるで春を思わせるような小春日和で、その暖かさに誘われて、草が青色をおび梅は蕾をつけてしまう。木の葉が散るのも、葉が落ちてから、その後で芽生えるのではない。内部から芽生えて生長する力に耐えられないので、古い葉が落ちるのである。

葉が落ちるのを迎えとる力をすでに内部に準備しているから、待ち受けて交替する順序は大変速いのである。」と言う具合である。

自然界においても、春の中に夏が潜んでいて、夏の中に秋が隠れている、また秋の中に冬が兆している。このように、ある季節が目に見える形ではっきりと終わる前に、もう次の季節が始まっているのである。従って、季節の開始の時期は予測不可能だから、それが予想外の早さとなって感じられる、としている。このように、兼好法師は四季の移ろいにも無常観を以て観察しているが、四季の変化を代表する花で見ると、例えば春では散る桜花を和歌のなかで取り上げてみたい。

私が桜散る歌で無常観を感じるのは、新勅撰集一〇五二番歌・百人一首九六番歌、入道前太政大臣が詠んだ「花さそふ嵐の庭の雪ならで　ふりゆくものはわが身なりけり」である。嵐のなかに、一瞬にして雪のように舞う桜花のイメージから、散る桜を惜しむ老人の姿が想像され、自然と人間の二重の無常を感じさせるのである。もう一首は、古今和歌集の詠み人知らずに「春ごとに花の盛りはありなめど　あひ見むことは命なりけり」もまた無常観を感じる歌である。今年も桜花を見ることができた喜びと感謝、一方ではこの先、桜に何度巡り合うことができようか、と言う死の想念を閃かせる歌である。

兼好法師は、人間の生と死の問題を四季の変化と同様で、別のものではないと断言している。

徒然草一五五段の結論として、最終段の書き出しは、「生・老・病・死の移り来ること、またこれに過ぎたり。」としている。これは、人間の一生において、生・老・病・死という四つの苦が次々に交替でやってくることは、四季の変化よりも早い、と言うことである。解釈を続けると「この四季の変化、移ろいには春・夏・秋・冬という決まった順序がある。しかし、人間の死期は順序を待たずに突如としてやってくる。死は予測できるように、前からやって来るとは限らない。予測できないように、いつの間にか背後に迫っている場合がある。だれもが、『自分がいつかは死ぬ』と知っていながら、その覚悟がしっかりとできていないうちに、不意に死はやってくるのである。それは、沖にある干潟が遥かに遠くに見えるのに、満潮時にはその遠い干潟からではなく、目の前の海岸から潮が満ち溢れてくるのに似ているのである。」としている。

繰り返すが、兼好法師のこの教えは、四季の場合と同じように、生と死とは別ものではなく、「死は生の中に潜んでいて、それが現れる時期は予測が不能である。しかも、生・老・病・死の四苦の交替は、四季の変化と異なって順序通りには来ない。」と言うことである。つまり、病や死は人間を不意打ちすることがあると言うことである。

この段での無常とは、人間の世界を支配する人知を超えた現象とか力、目に見えない力が存在することを感じさせることである。それを理解し納得できるものとは異なるだろう。例えば、人間は自分の生死を思い通りにはできないという儚さがある。無常を否定し、忌避し受け入れられない人間も存在するだろう。しかし専門家によると、兼好法師の卓越する「無常観」は、人の世も人の命も儚いからこそ、生きる価値がある、と言う。儚い命だからこそ、生をいとおしみ、命のあわれさや粗末にしてはならないことを知ることができる。そしてそれは、儚い命だからこそ、命が尊いものであり一瞬一瞬を大切に生きるべきだと説いている、としているのだと思えてならない。そうすることで無常を肯定し、そこから人生の価値を見い出そうとしたのかもしれない。

しかし、私にとっての諸行無常は、人の世も自然も神秘的なものにほかならず畏敬の念を抱くものであり、とくに自分の死の問題とは、古希を経過した今日に至っても、平常心を以て真剣に対坐できるものに至っていない。それは、一六世紀仏の思想家・モンテーニュが『エセー』(原二郎著・岩波文庫)で記している「私たちは死の心配によって生を乱し、生の心配によって死を乱している。」の域を脱していない未熟者の証左である。続けてモンテーニュは、「どこで死が待ち構えているのか、定かではないのだから、こちらから至るところで待ち受けよう。死について予め考えることは、自由について予測することである」としている。今の私は、ただ生あることの喜びを、周りの方々に感謝しながら、少しでもお役に立てばとの思いを失わず、ひたすら一生懸命に生きていきたいと思っている。そして、漠然と願うことは、人生の終焉を「風がふっと吹き抜けるように消える」ように迎えたいと思うことである。

（二〇一九年一一月）

国難の時代に生きる

――あとがきに代えて――

令和二年元旦。一〇時過ぎ穏やかな日和のなか、家人と茅ケ崎駅北口から程近い厳島神社をお参りして「家内安全」を祈願した。結婚以来、四九年間続いている恒例行事である。また、例年国道一三四号線で応援している箱根駅伝では、近年連続してシード権を獲得している母校が、終始好位置をキープし、総合成績では歴史的な順位（三位）を記録した。誠に誇らしく、気分の良い三箇日であった。

一方では、正月気分が抜けた頃から世間が騒がしくなってきた。昨年の一二月初旬に、中国河北省の武漢市で発生した新型コロナウイルスは、二月中旬には中国国内はもとより、凄まじい勢いで全世界に感染が拡大した。日本も例外ではなく、外国クルーズ船が横浜に入港して以来、急激に感染者が増え続け、死亡者が発生するに至った。行政においては、中央政府と地方自治体でコロナ対応を巡って齟齬が目立った。マスクや医療防具不足、トイレットペーパーなどの買い溜め騒動のなかで、感染者は増え続け、緊急事態宣言の発令ひとつ決まらない政府に地方行政と多くの国民が苛立っていた。唯一決まったことは、ＩＯＣと日本政府は、東京五輪開催を来夏まで一年間延期することで合意したことだけである。

三月の私の心情。国難の状況のなかにあっても、季節の移ろいは確実にやってきた。花見の自粛要請が出た啓蟄を過ぎた頃の新聞の川柳に、「春を待ち芽吹く桜に罪はない」とあった。気象庁は、冴え返るような雪降る一四日に東京の桜に開花を、二三日には満開を宣言した。散歩途上のラチエン公園の桜は、四月五日には風に舞って散っていた。昼前の散歩で小さなベンチに腰を下ろし休んでいると、春の陽光は公園の樹木の芽吹きと萌え出る若草の緑を照らしていた。あらゆる生命の息吹で躍動漲るこの時期なのに、人生七五年目の今年は、春愁の念が私の心を支配し、物憂い思いが払拭できない状況が続いていた。そして、今年の散り急ぐラチエン桜は、西行法師の「おのづから花なき年の春もあらば何かにつけてか日を暮らすべき」の情景でしかなく、やるべきことが何も進まなかった。

日本政府は、四月の初旬には七都市に、医療崩壊の危機に直面して中旬には、遅きに失した感はあったが全国に「緊急事態宣言」を発令した。三月初旬、学校を臨時休校としてからすでに三カ月になろうとしている。学ぶ場所を失った子供たちが不憫でならなかった。事業主へのテレワークの要請、プロスポーツをはじめとする各種イベント、飲食店や遊戯場など「三密」事業の営業自粛要請が続いていた。そして、五月二五日には、全国的に「緊急事態宣言」は解除され、段階的に自粛が解かれることになった。

六月一日からは、孫たちの小中学の休校が解かれ、登校して行った。中旬以降には、都道府県境をまたぐ移動の自粛要請が全面解除された。しかし、終息方向のメドが立つに至った訳ではなく、第二波、三波感染の不安は払拭されてはいない。昨日発表の世界の感染者は約二二〇〇万人、死者は約七七万人に達している。国内においては、感染者が約五万八〇〇〇人、死者は先進国では最も少ないものの一一〇〇人に達しようとしている。そうしたなかで、行政もさることながら、生命をかけて奮闘されている医療関係者や物流関係者等の皆さんに敬意と感謝の念を、そして自らの安全確保を祈るばかりである。今日まで五カ月の自粛生活を経て、平穏無事な日常が如何に幸せかを、これ程強烈に実感したことがない。一日も早く自由で平和な日常生活に戻れることを祈るだけである。

このウイルス拡散が齎した世界的規模での不安と不幸は、その温床が人類社会のグローバル化が齎らした現代文明にあることは疑いのないことである。しかし、一方で人類はその文明から恩恵を享受してきたことも事実である。この矛盾は現代文明の宿命である。今こそ、世界の英知を結集して現代文明の矛盾との闘いに勝利しなければならない。観念的ではあるが、その基本的な方向は、この惑星で何十億年も前から生息し、進化してきたであろう「先住微生物」に対して、二足歩行可能になった霊長類である祖先が生まれてから、高々五〜六〇万年の歴史しか持たない人類が、「ウイルスを根絶する」といった傲慢な思考態度では問題解決にはならないだろう。これからも発生する新型ウイルスが、人間の生命を脅かさないように共生するにはどのように対峙すればよいのかを、改めて考え直すことが必要ではないだろうか。

かつてアメリカの生物地理学者ジャレド・ダイアモンド博士は、著書『危機と人類』（日本経済新聞出版社）で、二一世紀の四つの脅威として「核兵器」、「気候変動」、「資源の枯渇」、「格差の拡大」を取り上げられた。そして、それらは一国で解決できるものではない。地球規模の課題にも拘わらず、自国ファーストの国益優先によって国際社会の取り組みがいまだに十分な成果をあげるに至っておらず、世界的な不幸を齎すと警鐘を鳴らしていた。今次の新型コロナウイルスも同質の世界的な脅威である。これら人間が創った五つの脅威に対して、全世界の平安と自由を守るためには、世界の国々で「人類として、国家として、国民としての在り方」の歴史を変える、新しい世界観や国家観、そして社会生活システムの構築へと変わらなければならないのである。

それはさておき今の日本は、医療制度の維持と充実、崩壊し続ける経済基盤の再建、自粛要請に伴う各種の補助や支援等による驚異的な財政難など、かつて経験したことのない国難に直面している。その国難を解決して原状復帰にどれだけの期間を要するかの予測が付かない中にあっても、喫緊の課題として今国民がひとつになってやるべきことは、法的強制力を持たない「緊急事態宣言」に基づく行政からの自粛要請に対して、良識ある自制心をもち、責任ある行動によって「自らが感染しないこと、そして感染させないこと」である。これこそが我々にできる終息に向けての一歩である。

さて、この備忘録集シリーズは、五五歳時に「小鳥のように遊ぶ」をまとめて以来、五年を目安に、その間に経験したこと、新しい発見や知見によって自分の思考や人生に変化を齎したこと、旅行や散策と言った趣味の世界で感動・感銘を受けた思い出深い事柄を備忘録集としてきた。

今回の備忘録集は、古希を迎えた年に実質上ビジネス人生から解放され（その後二年間は非常勤）、それ以降、自由に行動してきた、約四年半に体験したなかで、思い出深い事柄のなかから収録するものである。七〇代も半ばにして、体力が衰えるのは自然の成り行きである。それは当然のことながら気力の衰えをも伴う。老齢により知らず知らずに失っていくであろう、これまでに蓄積してきた知見の蓄えは、新しく吸収する努力で得られる糧でバランスが取れるものではない。このような認識のもとで、前回の備忘録集を上梓して以来、今年は五年目を迎えることから、昨年の晩夏を迎えた頃から、これまで記録してきた備忘録ノートの整理を開始したのである。

時となく顧みると、これまでの七四年余に亘る人生のなかで、とりわけ「戦闘的に働き、小鳥のように遊ぶ」をモットーとした、約半世紀に及ぶビジネス人生を息災で発展的な継続企業実現の一助になれたことは、入社以来からの先人、上司、先輩や同僚、後輩の方々、お取引関係でお付き合いを頂いた方々、長い間を役員として負託をいただいた株主の方々、さらには多くの友人たちからのご指導とご鞭撻のお陰である。深甚からの感謝の念は、今日に至っても忘れるわけにはいかない。また、ビジネスを離れた人生においても、恙なく歩んでこられたのは、家族からの理解と愛情を享受できたからである。

そして、年齢的にはすでに「平均健康寿命年齢＝男性七二歳」を超過しており、私にとっては、「お釣りの人生」を頂いて生かされているようなものである。これ以上の望むべき喜びはない。生かされていること自体、周りの方々に心からの「日々是感謝」である。いつまで続くか分からないこれからの人生を如何に生きるのか、と言った自問に対して真面な回答などない。心の平穏のみを模索しながら、ただひたすら生きることでしかない。そして願うことは、先々の世の中がどのように変化していくのか、どのように変化しなければならないかに関心をもち続け、これからも新しい発見や習得できた知見を備忘録ノートに記していくことである。

今回五冊目となる備忘録集を纏めるに当たって、コールサック社代表の鈴木比佐雄さんには、新型コロナウイルスの感染予防に細心の注意とご配慮を頂き、かつ編集では格別なご指導を頂戴したこと、さらには編集者の座馬寛彦さんには、前回同様に並々ならぬご指導はもとより多大なお手数をおかけしたことを、衷心より御礼と感謝を申し上げたい。

二〇二〇年八月二〇日

五十嵐幸雄

五十嵐幸雄（いがらし　ゆきお）略歴

1945年11月8日、福島県生まれ。

1969年、電気機械器具メーカーに入社。

主に総務人事・経理・経営企画職に従事。

2018年6月に退職。

著書に、備忘録集『小鳥のように遊ぶ』（2001年4月）、備忘録集Ⅱ『忙中自ずから閑あり』（2006年4月）、備忘録集Ⅲ『ビジネスマンの余白』（2010年7月）、備忘録集Ⅳ『春風に凭れて』（2016年4月）、備忘録集Ⅴ『日々新たに』（2020年10月）。

現住所　〒253-0053　神奈川県茅ケ崎市東海岸北2-5-27
E-mail　yko1108@yahoo.co.jp

石炭袋

備忘録集Ⅴ　日々新たに

2020年10月17日初版発行
著者　　　　　五十嵐幸雄
編集・発行者　鈴木比佐雄
発行所　株式会社 コールサック社
〒173-0004
東京都板橋区板橋2-63-4-209号室
電話 03-5944-3258　FAX 03-5944-3238
suzuki@coal-sack.com　http://www.coal-sack.com
郵便振替 00180-4-741802
印刷管理　株式会社 コールサック社　製作部

＊写真　五十嵐幸雄　＊装丁　奥川はるみ

ISBN978-4-86435-449-3　C1095　￥2000E
落丁本・乱丁本はお取り替えいたします。